STERNENSCHUSS

DIE HIMMELWÄRTS SAGA
BUCH 1

A.R. KNIGHT

KAPITEL 1

DSCHUNGELLAUF

ICH BEOBACHTE sie hinter dem dicken Baum, wie sie sich zwischen den Farnen und Lianen bewegt, die durch den Regenmangel vergilbt sind. Eine Mücke summt vor mir, landet aber dank des klebrigen Safts, der meine Haut bedeckt, nicht und lässt mich frei konzentrieren.

Denn sie wird immer besser.

Mein Mooswrap gleitet mit mir, als ich mich um den Stamm bewege. Seine Ringe aus gewobenem, weichem Grün halten mich kühl und leise, während ich hinter ihr herschleiche. Sie hingegen trägt ein fleckiges, zerlumptes Hemd und etwas, das sie Hose nennt, die bis zu ihren Knöcheln reicht, wo sie auf dicke braune - und mittlerweile hoffnungslos zerkratzte - Stiefel trifft. Sie zerbrechen Zweige und knicken Pflanzen, während sie sich bewegt, was sie leicht zu verfolgen macht. An ihrer Hüfte trägt sie eine glänzende graue Röhre, die ich sie noch nie benutzen sehen habe, aber die dennoch faszinierend ist. Heute werde ich sie mir schnappen.

Irgendwo vor uns ertönt ein wildes Heulen - ein aufge-schreckter Vogel - und sie wendet ruckartig ihren Blick in diese Richtung, ihre Arme angespannt. Ich nutze den Moment. Ein-zwei Schritte über den Ast, direkt in die Mitte eines Haufens frisch gefallener Blätter, leise den Boden berührend, und dann, mit einem Druck meiner rechten Wade, springe ich. Ich bin zu weit weg für einen Tackle, aber genau richtig für ihre Beinrückseite. Sie schafft es, die bewegte Luft zu spüren und dreht sich halb um, als ich auf sie zufliege, was ihr Gleichgewicht nur noch mehr aus der Bahn wirft, da ich sie nun seitwärts statt nach vorne stoße.

Sie kracht mit einem Grunzen zu Boden und ich bin über ihr, taste nach der Röhre. Ich bekomme meine Hand an den Griff, als ich etwas Scharfes an meiner Kehle spüre.

„Falsches Ziel, Kaishi", flüstert Viera. „Das Messer ist aus der Nähe tödlicher als die Pistole."

Ich werfe einen Blick auf den schlichten Ledergriff und die glänzende Metallklinge - geschmiedet, wie Viera sagt, in ihrer Heimat unter den Bergen. Wenn ich jemals mein eigenes Messer bekomme, wird es aus schwarzem Glas sein und im Licht von Ignos schimmern, während es es aufsaugt.

„Du hast mir nie gezeigt, wie es funktioniert", sage ich, aber ich nehme meine Hände von ihrer Pistole.

Erst dann nimmt sie das Messer weg.

„Werde ich auch nicht, es sei denn, die Dinge nehmen eine Wendung." Viera wartet, bis ich von ihr runter bin, und folgt mir dann auf die Füße, seufzend über die neuen Schmutzflecken auf ihrer Kleidung.

„Was für eine Wendung?"

„Eine schlechte." Viera steckt das Messer zurück in den Schlitz nahe der Oberseite ihres Stiefels.

Bevor ich mehr Details erfahren kann, hallt ein klagender Ruf durch den Wald. Er ist unheimlich und windet sich durch die Dschungelbäume wie die Geister meiner Vorfahren. Ein ausgehöhlter Rufer. Einer von dreien, die wir haben, und sie sind alle Preziosen. Blase ihn von der Spitze des Turms und du wirst seinen Klang sogar in anderen Dörfern hören.

Vater sagt, er mache andere Stämme eifersüchtig. Mutter sagt, er singe ein wunderschönes Lied. Ich sehe nicht, warum der ausgehöhlte Rufer nicht beides kann.

Ich warte nicht auf den zweiten Stoß. Ich werfe Viera einen schnellen Dank für das Spiel zu und überprüfe die Lianenbindung, die mein Haar zusammenhält - es gibt nichts Schlimmeres als lose Strähnen, die beim Sprint durch den Wald an Ästen hängen bleiben - und dann renne ich los.

Füße, nackt und zerschrammt, stampfen tote Blätter in den Schmutz, während ich den Pfad zurück zum Hauptplatz entlanglaufe. Farne kitzeln meine Beine. Bäume machen halbherzige Versuche, nach meinem Kopf zu greifen.

Meine Route ist nicht der einzige Weg zurück nach Hause, und schon bald sehe ich Bewegung in den Wäldern um mich herum. Jäger, Bauern, Leute, die sich bewegen, weil den ganzen Tag im Dorf zu sitzen ein Rezept dafür ist, den Verstand zu verlieren.

Sie kommen jetzt alle zurück, und sie sind nicht leise dabei. Jubelrufe und Rufe ertönen, Grüße vermischen sich mit Fragen und Antworten über Beute, das Wetter und was gekocht wird. Ich stimme mit ein, und niemand kümmert sich darum, dass die Tochter des Priesters noch nicht bei der Zeremonie ist.

Denn meistens bin ich die Tochter des Priesters. Nicht der Priester.

Werde es nie sein.

Als ich mein Dorf betrete, sehe ich acht Steinhäuser.

Flach gebaut, als hätte jemand mit Würfeln angefangen und dann aufgegeben, als er merkte, dass unser Stein nicht gut mit rechten Winkeln harmoniert. Wir haben hier im Dschungel keine Steinmetze. Unser Stein kommt von unseren Händen. Der Mörtel, der ihn zusammenhält, wird mit der Kraft unserer Arme gemischt und mit Steinen verteilt.

Aber ich schaue nicht auf die Häuser. Ich konzentriere mich auf das eine Ding, das unser Dorf am Laufen hält. Der Turm, und unserer ist ein großer. Der größte, den ich je gesehen habe, und ich war schon bei einigen anderen Stämmen auf Touren mit meinem Vater und habe ihre Türme gesehen. Aus dem Boden gegrabene Steine stützen Baumstämme und Moos, die wir aufeinander gestapelt haben, um einen lebendigen Hügel zu erschaffen. Wo immer sich eine Schieferplatte zeigt, haben unsere Leute ihre Version von Ignos und seinem brennenden Heiligenschein eingemeißelt.

Die Dämmerung bietet die perfekte Zeit zum Betrachten: Ignos küsst den fernen Horizont und pflanzt sein letztes Licht genau auf die Spitze des Turms. Auf dem Altar dort, einer glatten Steinplatte, die zwischen Zwillingssäulen eingeklemmt ist, trägt Ignos' Kreis, umrahmt von Scherben. Alles, was auf diesen Altar gelegt wird, ist zwischen Ignos zentriert und ermöglicht einen einfachen Übergang von diesem Leben ins nächste.

Ignos ist jetzt nicht mehr allein da oben. Mein Vater steht vor dem Altar, umgeben von einem Trio. Einer hält den ausgehöhlten Rufer – einen gelblichen Bambusstab mit Löchern – und ich erkenne einen Jungen, der kaum älter ist als ich.

Normalerweise ist er mit den anderen auf der Jagd, aber offensichtlich hat er etwas richtig gemacht – man darf den

Rufer nicht blasen, ohne es sich verdient zu haben. Die anderen beiden sind die, die ich als die Gefolgsmänner meines Vaters bezeichne. Sie folgen ihm durch die Stadt und helfen ihm, alles zu bekommen, was er braucht.

Im Moment ist das ein Messer aus schwarzem Glas und eine Person, die mit dem Rücken auf dem Altar festgehalten wird.

„Kaishi!" Die Stimme meiner Mutter lenkt mich von der Szene ab und zu ihr hin. Sie steht vor unserem Haus mit einem Blick, der tausend Strafen verspricht, wenn ich nicht sofort zu ihr komme, also tue ich es.

„Ich bin nicht zu spät", sage ich, um den Streit im Keim zu ersticken. Ich scheitere, und ich weiß das an der Höhe, in die sich die rechte Augenbraue meiner Mutter hebt.

„Nimm nicht an zu wissen, was ich sagen will", tadelt Mutter. „Das ist unhöflich und kindisch."

„Sollen Kinder nicht kindisch sein?", sage ich, weil ich bisher dem Erwachsenenritus entkommen bin: einen Ehemann oder eine Ehefrau zu bekommen.

Versteh mich nicht falsch – ich bin ein Fan davon. Es gibt viele nette, ungebundene Jäger in unserem Dorf, aber ich habe einen Widerstand gegen das Schicksal. Oder besser gesagt, gegen das, was andere für mein Schicksal halten. Aber darüber schweige ich, weil ich nicht lebensmüde bin.

„Offensichtlich", erwidert Mutter. Ich denke, Vater liebt sie zum Teil, weil sie diesen messerscharfen Sarkasmus hat und keine Angst davor hat, damit zu schneiden. „Es geht nicht darum, was du getan hast, sondern was du nicht getan hast."

Jetzt zeigt sie zurück zum Tier und ich kann diesem Finger mit dem Gefühl eines Kindes folgen, dem genau gezeigt wird, wo sein Fehler liegt. Es ist das Messer aus schwarzem Glas, das jetzt von Vater gehalten wird. Er hebt es hoch, um Ignos' Licht einzufangen, sodass es dort oben praktisch glüht.

Und ich weiß es.

„Ich habe es vergessen", sage ich, was die Wahrheit ist. Ehrlich.

„Ja. Dein Vater hat es selbst gereinigt."

„Wir haben normalerweise nicht jeden Tag Opfer."

„Dies ist keine normale Zeit", aber bevor Mutter die Predigt fortsetzen kann, ertönt der ausgehöhlte Rufer erneut.

Diesmal ist es ein Stakkato-Blast. Wenn du jetzt nicht hier bist, sagt er, wirst du etwas Gutes verpassen, also schließt Mutter ihren Mund zu einem festen Stirnrunzeln, packt meinen Arm, als hätte ich sechs Sommer gesehen statt sechzehn, und wir machen uns auf den Weg.

Mein Stamm ist nicht klein, aber wir können uns für die Zeremonie gut in engen Reihen zusammendrängen. Es gibt einen Gang in der Mitte, wo in ein paar Minuten der Körper, der sich gerade auf dem Altar befindet, getragen werden wird. Meine Mutter zieht mich direkt zwischen die versammelten Menschen. Wir tragen alle unsere Moos-Wickel; smaragdgrüne und braune Moose, die wir anbauen und zusammenweben. Einige Stämme haben Fell, andere benutzen Baumwolle, aber wir sind zu tief unter den Bäumen dafür.

Alle Teile, die das Moos nicht bedeckt, und viele, die es tut, bestreichen wir mit verschiedenen Salben; Zeug, das hilft, die Insekten fernzuhalten oder Schnittwunden und Bisse zu heilen. Die Gerüche vermischen sich mit brennendem Weihrauch, einem weiteren Merkmal des Dorfes und der Kern einer meiner Lieblingsbeschäftigungen: ein Sprint am Rande der Stadt und das Genießen der Düfte.

Jetzt ist es ein würziger Rauch, und am Rande atme ich die ersten Andeutungen des Abendessens ein: Schweinefleisch, das früher am Tag mit heißen Kohlen vergraben wurde.

Ich bin nicht die Einzige, die an Essen denkt; wir gehen an einem jungen Jungen vorbei, halb so alt wie ich oder jünger, der, weil er von seinen hochaufragenden Eltern und anderen Erwachsenen umgeben ist, nicht sehen kann, was vor sich geht, und die verpasste Gelegenheit nutzt, um zurück zu den Kochfeuern zu starren. Ich nutze einen Moment und tippe ihm auf die Schulter.

Komm mit mir, forme ich lautlos mit den Lippen. Die Zeit zum Reden ist vorbei – Vater hat bereits mit den Gebeten begonnen – aber der Junge versteht es. Er nimmt meine angebotene Hand und geht mit uns zur Vorderseite der Menge. Die Vorteile, die Tochter des Priesters zu sein? Ein Platz in der ersten Reihe bei jedem Opfer.

Blutspritzer gibt's gratis dazu.

Man könnte meinen, das Opfer auf dem Altar würde sich wehren. Er ist wahrscheinlich ein Jäger, obwohl ich die Tätowierungen auf diesem nicht erkenne. Er wurde vermutlich gelehrt zu kämpfen, zu töten und zu nehmen, was er zum Überleben braucht. Nur wird er hier von einem älteren Mann festgehalten, der mit gefiederten Armbändern bedeckt ist, dessen Arm knochig und, obwohl stark, nicht fähiger ist, einen Mann wie unser Opfer festzuhalten, als ich es wäre.

Nur liegt der Gefangene still.

Ehre.

Das ist es, was Vater mir das erste Mal erklärt, als ich eines davon miterlebe. Das Opfer ehrt Ignos und bringt unserem Stamm etwas Ruhm, aber es ist auch Erlösung für unseren Gefangenen. Eine Chance für ihn, etwas von dem zurückzugewinnen, was er durch seine Gefangennahme verloren hat.

Geh in Frieden zu Ignos und akzeptiere deinen Platz in seinem Haus, und sei froh darüber.

Das Argument funktioniert nicht bei jedem Opfer. Einige kämpfen bis zum Ende. Kämpfen und flehen. Das sind immer die chaotischen. Ich versuche wegzuschauen, wenn das passiert, aber Mutter zwingt mich hinzusehen. Die Schande zu bezeugen.

Zu kämpfen, wenn es keine Chance gibt, macht alles nur noch schmerzhafter.

Vater geht durch eine weitere Reihe von Gebeten. Er bittet Ignos um Wasser, um Nahrung und um einen gesunden Stamm. Es ist das Standard-Trio, und ich werfe ihm nicht vor, dass es ihm an Originalität mangelt. Das tut auch der Rest des Dorfes nicht, und wir alle sagen unsere Teile, wenn wir sollen.

Der nächste Teil ist hart, aber der Gefangene macht es leicht. Mehrere schnelle Schnitte mit der schwarzen Glasklinge und wir sehen sein Herz. Vater hält es hoch zu Ignos' letztem Licht, als es den Kopf des geschnitzten Altars berührt.

Dann ist es vorbei. Kein Blitz, kein Donner, keine Erdbeben. Wenn Ignos es gehört hat, macht er es nicht offensichtlich.

Als die Menge geht, windet sich der Junge mit ihnen weg und lässt mich allein mit Mutter zurück. Sie will nicht wieder anfangen, wenn alle hier sind, und ich denke, es liegt zum Teil daran, dass niemand Lust auf Streit hat, nachdem er gerade jemanden buchstäblich vor sich auseinandergerissen gesehen hat. Also stehen wir und warten, denn meine einzige Aufgabe kommt die Stufen zu mir herunter.

Vater, die Geste mit einem breiten Lächeln abmildernd, reicht mir das blutgetränkte Messer aus schwarzem Glas mit beiden Händen. Ich nehme es auf die gleiche Weise an, und die warme Flüssigkeit gleitet zwischen meinen Fingern. Ich versuche nicht daran zu denken, dass das Rote vor Momenten noch in jemandem war, und es gelingt mir erst, als Vater anfängt, mit mir zu sprechen.

„Du wirst es diesmal sauber machen, Kaishi?", sagt er die Worte ohne Bosheit, mit einem Hauch von Scherz, weil Vater weiß, dass ich es schon von Mutter gehört habe. „Wir haben Glück gehabt. Es gibt morgen noch einen."

„Glaubst du, er hat es gehört?", frage ich. „Ignos?"

„Es geht nicht darum, ob er unsere Gebete gehört hat", antwortet Vater. „Sondern ob wir eine Antwort verdienen."

KAPITEL 2

MISSIONSVORBEREITUNG

ER WIRD IN SUPERLATIVEN BESCHRIEBEN. Eine lebende Waffe. Der Tod in Person. Das Letzte, was man sieht, bevor die Augen dunkel werden. All dies und mehr wurde auf hundert Welten geflüstert, um sein Kommen anzukündigen.

Allgemein, und für sich selbst, geht er unter dem Namen, den er sich verdient hat:

Sax.

Eine einzige Silbe, denn er ist bisher ein Oratus mit drei Buchstaben. Kein Schiff unter seinem Kommando, keine Armee, die auf seinen Befehl wartet. Nicht, dass er das bräuchte oder wollte; beides würde ihn vom Blut fernhalten. Vom visceralen Gefühl seiner Klauen, die die Arbeit verrichten, für die sie gemacht sind.

Er betrachtet sie gerade. Überprüft sie vor einem breiten Spiegel. Alle zwanzig. Fünf an jeder Hand, und davon hat er vier. Sie sind an Armen befestigt: zwei auf jeder Seite, die aus einem langen Torso sprießen, der aufgrund seiner grauen Schuppen wie plätscherndes Wasser an einem wolkigen Tag schimmert. Zwei Beine, ein

Schwanz und sein Kopf, dick und dominiert von seinen großen ovalen Augen und dem umschließenden Mund, vervollständigen die Gliedmaßen. Mit fast vier Metern Größe kommt Sax nicht gerade in einer kleinen Verpackung daher.

Während er die Waffen seines Körpers überprüft, behält Sax den Oratus neben ihm im Auge. Gleicher Körper, gleiche Größe, nur dass Bas eher roségoldfarben ist. Sax blickt sie mit einer Mischung aus Zuversicht und Liebe an, der Art von Bindung, die ein Paar teilt.

Bas bemerkt es nicht, weil sie bereits begonnen hat, ihre Maske aufzusetzen. Sie drückt ihre linke Vorderklaue - das obere Armpaar - in den Spiegel. Zunächst scheint es, als könnte die Klaue hindurchstoßen und das Ding zerschmettern. Glas überall verteilen. Stattdessen verformt sich die Oberfläche des Glases; saugt ihre Klaue ein und sickert dann darüber. Flüssiges Metall.

Die Maske fließt über Bas' Klaue, ihren Arm und den Rest von ihr. Sobald Bas vollständig bedeckt ist, Augen und alles, scheint die Maske in ihre Haut einzusinken. Wird durchscheinend, als wären ihre rosafarbenen Schuppen von einem leichten Nebel bedeckt.

Sax folgt ihrem Beispiel. Sie alle brauchen Masken; vorgeschrieben für Missionen mit hohem Risiko für Angriffe oder Vakuumexposition, und diese hat beides. Hinter ihm hört er, oder besser gesagt, nimmt er durch Hohlräume in seinem Schädel voller winziger, vibrationssensitiver Antennen wahr, wie die andere Hälfte ihres Sets lacht. Das Übliche für die beiden. Ginge man zurück zum Beginn ihrer fünfzig Missionen umfassenden Strecke, würde man Sax vor Wut über ihr Zischen kochen sehen.

Jetzt ignoriert er es.

Wenn es soweit ist, werden Gar und Lan nicht lachen.

Sie werden die Abzüge ihrer Miner betätigen, genau wie Sax. Gar würde wahrscheinlich zuerst schießen.

Die Maske ist kühl, erwärmt sich aber schnell auf Sax' Hauttemperatur. Tatsächlich brennt sie ein wenig. Erhöht Sax' Körpertemperatur auf ideale Leistungsniveaus. Während die Maske das Gleichgewicht erreicht, treten Sax und Bas vom Spiegel zurück, um den nächsten Teil der Show zu sehen.

Oratus-Klauen sind wie Diamanten - sie können durch fast alles schneiden -, aber sie sind nicht sehr hilfreich gegen einen Feind auf Distanz. Die Maske hilft gegen Waffenfeuer, aber schlägt man genug Löcher hinein, zerfällt auch die Maske. Besser, das Problem zu eliminieren.

Der Spiegel hilft ihnen dabei. Mit einer Welle von Sax' Klaue fließt der Spiegel zur Decke hoch und enthüllt blaue Metallregale, die eine Reihe tödlicher Werkzeuge beherbergen. Sax bewegt sich zuerst, mit der Sicherheit zu wissen, was er will und wie er es bekommt. Das Ziel ist ein Paar schwarzer Stöcke etwa von meiner Größe.

Sax nennt sie Schlagstöcke. Er nimmt sie mit seinen Vorderklauen auf und setzt sie quer über seinen Rücken. Sie haften an der Maske wie ein Magnet.

Als Nächstes kommt ein Gürtel für seine Taille, gefolgt von einer Vielzahl von Spaß und Spielen. Dinge zum Werfen, Abfeuern oder Schmecken, je nach Situation. Neben ihm trifft Bas ihre eigenen Entscheidungen, und als sie beide fertig sind, nehmen sie sich einen Moment Zeit, um einander anzustarren. Die Liste überprüfen, sicherstellen, dass niemand etwas vergessen hat.

Keiner von ihnen hat das.

„Evva sagt, dies könnte die letzte sein", bricht Bas das Schweigen, und während sich ihr Mund bewegt, kommt der Ton tatsächlich durch die Maske.

Die vier sind bereits verbunden.

„Es gibt immer mehr", antwortet Sax, seine Stimme wie mahlendes Sand.

„Aber was, wenn es so ist?"

„Dann müssen wir eben etwas anderes finden, das wir töten können", mischt sich Gar in das Gespräch ein und gesellt sich zu ihrer Gruppe in der Mitte des Raumes. Dazu gibt es nicht viel zu sagen, weil alle Gars Einschätzung zustimmen. Oratus sind wie Miner - sie dienen einem Zweck, und Sax fällt es schwer zu überlegen, was das sein könnte, wenn nicht die Feinde der Galaxie in Stücke zu reißen. Lan erspart ihm die Mühe, indem er sich einmischt und ihr Set vervollständigt.

Sie sind bereit zu gehen.

KAPITEL 3

NACHTRITUALE

ICH HALTE die Fackel mit beiden Händen und beobachte, wie die Flammen im nächtlichen Wind tanzen. Sie ist nicht schwer – der Holzstab ist kaum länger als mein Unterarm, und der brennende Fetzen lässt das Feuer nicht hoch auflodern –, aber Vater sagt, dass das Halten mit beiden Händen Hingabe zur Aufgabe signalisiert.

Da ich Ignos, dem Gott, der über Leben und Tod meiner Familie und meines Stammes entscheidet, ein Gebet darbringen werde, scheint Hingabe angemessen.

Es ist dunkel im Dschungel, nachdem Ignos untergegangen ist. Wenn ich im Dorf stünde, wo die meisten Bäume gefällt wurden, um Platz zu schaffen, könnte ich die Sterne sehen. Unter dem Blätterdach jedoch würde ich ohne die Fackel in einem Meer aus Schwärze waten. So wie es ist, können meine Augen kaum mehr als meine eigenen Füße und den überwucherten Pfad darunter ausmachen.

Meine Ohren jedoch entdecken eine ganz eigene Welt.

Während die Vogelrufe verstummen, wenn Nomis – die silberne Schwester von Ignos – aufsteigt, nehmen andere Tiere ihren Platz ein. Summende Insekten schwärmen um das Licht, einige von ihnen so groß wie meine Hand. Der Saft, den ich auf meine Haut geschmiert habe, hält die meisten von mir fern, und Jahre der Übung sorgen dafür, dass ich nicht zusammenzucke, wenn sich eine Motte auf mein Handgelenk setzt und ihre eulenäugigen Flügel ausbreitet.

Meine Schritte erschrecken irgendwo über mir einen Klammeraffen, und er heult, während er davon schwingt und seine Familie vor meinem Kommen warnt.

Angst überkommt mich hier nicht, obwohl ich allein bin. Unsere Jäger und die anderer Stämme durchqueren diese Gebiete oft genug, sodass alle großen Raubtiere entweder gelernt haben, sich fernzuhalten, oder in unseren Feuern gelandet sind. Diese Stämme haben auch kein Interesse daran, mich mitzunehmen, selbst wenn sie nachts unterwegs wären. Opfergaben dienen dazu, Ignos zu ehren, und ein sechzehnjähriges Mädchen hat nicht viel Ehre zu bieten.

Noch nicht, jedenfalls.

Als ich die Lichtung erreiche, steht am anderen Ende ein kleiner Steintotem. Ungefähr so groß wie ich und mit einer weiteren Schnitzerei von Ignos versehen. Dieser hier ist jedoch weiß gefleckt und ausgewaschen. Vater sagt, er sei schon vor dem Dorf hier gewesen und sei teilweise der Grund, warum unser Stamm so lange überlebt hat; andere unternehmen Pilgerreisen hierher für ihre eigenen Leute, und ihre Gaben bezahlen ihre friedliche Passage. Nahrung und Werkzeuge, die unserem Dorf beim Wachsen helfen.

Jetzt bin ich jedoch die Einzige hier, was gut ist. Einsamkeit hilft mir, Ignos näher zu kommen, oder zumindest denke ich das, als ich vor dem Totem niederknie und mit den Riten beginne. Mit geschlossenen Augen stelle ich die Fackel beiseite, obwohl ich sie in die harte Erde drehen muss. Ein Zeichen, dass wir etwas Regen gebrauchen könnten – normalerweise ist diese Lichtung ein Schlammloch. Jeder weiß, wenn du hier warst, weil du mit beschmierten Knien zurückkommst.

Es ist ein rituelles Gebet. Ich bitte um Führung, Stärke und die übliche Reihe von Gnaden. Erst am Ende breche ich in Originalität aus. Beginne ein einseitiges Gespräch mit einem Gott, der so groß und geheimnisvoll ist, dass ich keine Ahnung habe, ob er mich verstehen kann oder ob es ihn kümmert.

„Ich weiß nicht, ob du zuhörst", sage ich und lege meine Hände auf den Totem. Wir sollen ihn eigentlich nicht berühren, aber niemand sieht zu, und vielleicht erregt es Ignos' Aufmerksamkeit. „Ich bitte dich heute Nacht um etwas. Wieder."

Ich halte inne. Das ist der schwierige Teil, denn wenn ich es nicht ausspreche, fühlt es sich nicht so real an. Ich kann das Gefühl mit meinen Pflichten, Gesprächen oder einfach durch einen Lauf durch den Dschungel verdrängen. Aber ich bin nicht hergekommen, um abgelenkt zu werden, also sage ich es trotzdem.

„Ich brauche eine Bestimmung. Vater sagt, ich kann keine Priesterin werden, und Mutter erzählt mir, dass ich bald einen Ehemann bekommen werde. Das will ich nicht, Ignos. Ich will nicht, was sie für mich wollen. Zeig mir bitte etwas anderes!"

Es ist ein Flehen, und ich schäme mich ein wenig, als ich es sage. Ich werde sogar rot, dort im Dunkeln, weil ich weiß, dass die meisten im Dorf dasselbe sagen würden, wenn sie die Chance hätten, aber sie haben sie nicht. Sie finden sich mit den Schwierigkeiten ab und genießen die glücklichen Momente: eine erfolgreiche Ernte, einen Tanz um die Feuer, eine Jagd, die genug einbringt, um die Familie zu ernähren.

Wer bin ich, dass ich um mehr bitte?

Ich öffne gerade den Mund, um alles zurückzunehmen, um Vergebung zu bitten, als eine Brise aufkommt und ich spüre, wie meine Fackel erlischt. Meine Augen öffnen sich zur reinsten Dunkelheit, die ich seit langem gesehen habe, obwohl ich in der Lage bin, die Fackel an ihrer Wärme zu erkennen. Nicht das erste Mal, dass das passiert ist, und jeder Solare weiß, wie man sich nachts durch die Farne und Bäume tastet.

Die Dunkelheit ist jedoch der Grund, warum ich eine Minute später, als der ganze Himmel in Flammen aufgeht, erblinde.

Nur für eine Sekunde, und es ist nicht wirklich Blindheit, sondern Schock über den weißen Ausbruch, der alles überwältigt. Ich blinzle schnell, als das Glühen zu einer einzigen, riesigen Kugel zurückgeht, die über die Bäume rast. Das Blätterdach bedeutet, dass ich das Feuer nur stellenweise sehe, während es nahe herankommt und dann über meinen Kopf hinwegfegt.

Es ist schwer, in diesem wütenden Orange und Schwarz irgendetwas zu erkennen, aber ich verfolge die brennende Kugel trotzdem. Zumindest bis sie unter den Baumwipfeln verschwindet. Zuerst kommt das Knacken und Krachen von Bäumen, und dann ein welliger Knall. Wie ein Gewitter, das über einem See losbricht. Der Boden verschiebt sich, und ich falle auf alle Viere, meine Finger graben sich in die Erde, als wäre es eine Klippe, die ich zu erklimmen versuche.

Dann ist es vorbei.

Stille übernimmt, und für einen Moment ist alles verblüfft ruhig. Ich atme tief ein. Die ersten Insekten testen ihr Summen. Nach und nach nimmt der Dschungel seine Symphonie wieder auf.

Als ich mit der ausgebrannten Fackel dastehe, wende ich mich nicht zu meinem Dorf zurück. Ich habe gesehen, wo der helle Blitz gelandet ist. Es sah nicht weit aus. Ich denke auch an mein Gebet. Und an das Schicksal.

Vielleicht hat Ignos mich gehört und mir eine Antwort gegeben. Alle Geschichten meiner Eltern über Helden begannen mit einer Sache: Wenn sich die Gelegenheit bot, handelte der Held. Also gehe ich am Totem vorbei und wate ins ungeschnittene Gebüsch.

Ohne Licht und in unbekanntem Gebiet komme ich nur langsam voran. Insekten beißen – Ameisen und andere Krabbeltiere, die sich von meiner Saftbeschichtung nicht abschrecken lassen – und Tiere, die vor dem Absturz fliehen, stoßen auf mich und kehren um.

Unsichtbare Zweige zerkratzen mein Gesicht und ein Dorn hinterlässt seine Spuren auf meiner Hand. Ich kehre jedoch nicht um, weil ich weiß, was hinter mir liegt.

Schließlich breche ich durch in etwas, das vor wenigen Augenblicken noch keine Lichtung war. Jetzt ist es eine feurige Katastrophe. Bäume halten Flammen fest, als würde ich einen Becher Wasser halten. Überall sind Erde und Steine aufgetürmt, als hätte jemand hemmungslos gegraben. Mir fällt auch auf, dass die meisten Trümmer schwarz und heiß sind.

Ich trete auf die Erde.

Sie verbrennt meine Fußsohlen, also tanze ich, bis ich ein etwas kühleres Stück Fels finde, und sehe mich um.

In der Mitte befindet sich eine Grube, fast so groß wie eines unserer Häuser. Tiefer als ich groß bin, und in der Mitte ist etwas, das für mich wie ein ovaler Felsbrocken aussieht. Im flackernden Orange ist er offensichtlich auch mit Grübchen übersät. Stücke und Teile aus seinen Seiten herausgerissen, obwohl die unbeschädigten Teile glänzen. Ich habe noch nie etwas Ähnliches gesehen, aber das passt zu dem, was ich denke. Ignos hat etwas völlig Neues geschickt.

Etwas nur für mich.

Ich gehe die nächsten Schritte langsam und vorsichtig. Teste die Erde, um sicherzustellen, dass jeder Schritt nicht zu heiß ist. Trotzdem werden Verbrennungen meiner wachsenden Liste von Verletzungen hinzugefügt.

Man kann nicht sagen, dass Ignos einen nicht für seine Träume arbeiten lässt.

Ich klettere zum Rand des Lochs. Jetzt, da ich näher bin, kann ich erkennen, dass das Oval nicht viel größer ist als Vater. Vier oder fünf von ihm, in dieselbe Form gequetscht, würden das ganze Ding ausmachen.

Als ob das Oval wüsste, dass ich es ansehe, beginnt es zu dampfen. Weiße Schwaden entweichen aus dem, was sich zu einer Linie um die Mitte des Ovals entwickelt, und steigen in den Himmel auf. Dann, bevor ich entscheiden kann, was zu tun ist, platzt das Oval in zwei Hälften. Der obere Teil hebt sich und fällt von mir weg, und ich bemerke, dass er mit einem kleinen silbernen Scharnier an der gegenüberliegenden Seite des Ovals befestigt ist.

Interessanter ist jedoch, was sich in Ignos' Geschenk befindet. Es sieht aus wie ein schwarzes Meer, obwohl ich bei genauerer Betrachtung Spuren von Lila erkennen kann. Die Tinte – denn ich weiß nicht, wie ich es sonst nennen soll – erscheint still, und ich nehme das als Zeichen, näher zu kommen.

Ich bin nicht völlig überzeugt; ich steige langsam in die Grube hinab und achte darauf, den einfachsten Weg zu finden, um wieder herauszuklettern, falls sich das Oval als unfreundlich erweisen sollte.

Ich strecke eine Hand aus, um die äußere Hülle des Ovals zu berühren. Den Rand der Öffnung. Er ist warm, aber nicht so heiß wie Teile der Erde. Wenn mein Verstand nicht völlig geschockt wäre, würde ich mich vielleicht fragen, warum, aber stattdessen stelle ich fest, dass es sicher ist, ihn zu berühren, und gehe weiter näher heran.

Beide Hände liegen auf dem Rand, der mir etwa bis zum Kinn reicht, und ich spähe in diese violett-schwarze Tinte. Da ist etwas drin. Ich kann einen Schatten erkennen, der sich im Feuerschein bewegt.

Ich greife danach, durch Jahre des Fischfangens trainiert, rutsche auf diesem schmalen Rand aus und falle hinein.

KAPITEL 4

DER BEFEHL

SAX HEBT eine einzelne Klaue und das Schiff nimmt es zur Kenntnis. Die Spiegel gleiten zurück an ihren Platz und verbergen die restlichen Waffen. Hinter Sax öffnet sich eine Tür, die bis zu diesem Moment eins mit dem perlmuttartigen Schimmer der Schiffswände war, mit einem Zischen komprimierter Luft. Vorsichtig darauf bedacht, seinen Schwanz nicht in die Quere kommen zu lassen, führt Sax die Gruppe aus dem Raum und den äußeren Korridor des Schiffs entlang.

Und bleibt sofort stehen. Er hat vergessen, was Evva gesagt hat. Sie kommen zu spät zum Kampf, und als die äußere Hülle des Schiffs durchsichtig wird – ein raffinierter Effekt gut platzierter Bildschirme – werden die vier Zeugen des Chaos.

Was wie ganze Vogelschwärme aussieht, taucht und flitzt durch den Weltraum. Eine schwarze Palette, verunstaltet durch den orangefarbenen Gasriesen, der sie anstarrt, seine brodelnde Atmosphäre übersät mit Flecken, während Schiffe ihn kreuzen. Ständig brechen Lichtshows aus, während Piloten ihr Glück mit Energiewaffen versuchen, obwohl Sax weiß, dass noch viel mehr Projektile durch dieses Vakuum fliegen; unsichtbar und genauso tödlich.

Sax wird von dem größten Fleck angezogen. Macht Sinn – dafür ist er hier. Es ist eine Art Scheibe, und sie hängt dort im Weltraum und überragt alles um sie herum. Man könnte meinen, es wäre das Zentrum des Kampfes, da es das wichtigste Schiff hier ist, aber es sieht so aus, als hätte sich die Schlacht von ihm entfernt.

„Sie haben uns eine Falle gestellt", sagt Sax. „Sollte eine glatte Fahrt werden."

„Wie viele, glaubst du, sind auf einem Samenschiff dieser Größe?", fragt Gar, und Sax kann ihn fast sabbern hören.

„Genug für uns alle und noch mehr", antwortet Sax. „Evva sagt, du wirst teilen müssen, Gar."

Die Kommandantin hat nichts dergleichen gesagt, aber das war die Andeutung, die Sax verstanden hatte, als Evva ihm sagte, dass sie mit einer vollen Angriffscrew gehen würden. Mindestens vier Shuttles, randvoll mit Soldaten. Sax hatte allerdings dafür gesorgt, dass sie die einzigen Oratus waren. Niemand, der ihm den Ruhm streitig machen könnte. Trotzdem ist dies ein großes Engagement für das Vincere, das Militär des Chorus.

„Solange sie verstehen, dass sie nur die Reste bekommen und nicht mehr", zischt Gar.

Am Ende des Ganges dreht sich eine kreisförmige Tür auf. Evva ist auf der anderen Seite. Nicht direkt, sondern in einer Sphäre stehend. Von ihren Augen aus sieht es so aus, als hätte sie ihren Kopf in einen riesigen, bläulichen Ball gesteckt. Im Inneren sieht Evva alles, was die Sensoren ihr über den Kampf mitteilen können, und lässt sie darin wie eine Art Gottheit schweben. Sax hat es schon einmal versucht. Es drehte ihm den Magen um und kostete ihn eine gute Mahlzeit.

Hinter Evva befindet sich der Rest der Brücke. Abgesehen von der scheinbar riesigen Windschutzscheibe – wieder Bildschirme, die über schwerer Panzerung liegen – wird die Brücke von Pods eingenommen. Flaum, pelzige Kreaturen mit großen Augen und langen Schnauzen, sitzen an einigen und plaudern miteinander oder mit Schiffen draußen. Sax widersteht dem Drang, obwohl Lans tiefes Knurren sagt, dass sie es nicht tut.

Normalerweise sind diese Dinger Beute. Normalerweise sind sie Snacks, die man auf dem Weg zum echten Fleisch zerreißt.

Evva verlässt die Sphäre, bevor Sax mit seiner hypothetischen Zerstörung der Flaum fertig ist, und sie ist alles, was Sax von einem Oratus des vierten Buchstabens erwarten würde. Ihre limonengrünen Schuppen sind übersät mit leuchtenden Medaillen, als hätte jemand Evva mit einer Kanone voller Ehren beschossen. Jede einzelne glüht im Licht und spielt regenbogenfarbene Tricks mit Sax' Augen.

„Wir sind bereit zu beginnen, Kommandantin", sagt Sax, obwohl ein Aufblitzen hinter Evva – irgendein Schiff, das ein feuriges Ende findet – seinen Blick von ihr ablenkt.

„Euer Shuttle ist bereit", erwidert Evva. Ihre Stimme, nicht durch die Masken, klingt gefiltert, bis Sax wieder zu ihr zurückblickt. Dann ordnet die Maske die Prioritäten neu und bringt Evvas nächsten Satz klar und deutlich. „Eure Befehle lauten, direkt zum Kern vorzudringen. Findet den Samen Sevora und eliminiert ihn. Keine Gefangenen nötig."

„Natürlich", antwortet Sax.

„Ihr solltet alle wissen", sagt Evva, und Sax horcht auf, weil sich ihre Stimme verändert hat. Es ist nicht die

Kommandantin, die spricht, es ist Evva. „Der Chorus hat einen zehnten Zyklus ausgerufen. Den Großen Frieden, so nennen sie ihn. Es liegt an uns, ihn hier zu verwirklichen, dafür zu sorgen, dass die letzten neun Kriegszyklen nicht umsonst waren."

„Der Große Frieden? Wir kämpfen doch noch", sagt Bas.

„Nicht mehr lange", Evva deutet mit einer Klaue in den Weltraum. „Wir glauben, das ist ihr letztes. Das finale Samenschiff. Zerstört es, und wir haben endlich gewonnen."

Evva legt da Emotion hinein, und Sax weiß warum. Sie ist aus einem Grund allein auf dieser Brücke. Brillanz, sicher, aber auch weil ihr Paar bei einem schiefgelaufenen Angriff auf ein Samenschiff verschwunden ist. Oratus hegen ihre Groll tief, und Evvas gibt den vieren einen Schub.

„Wir ehren eure Leben", fährt Evva fort, wieder in formeller Form.

„Wir fühlen uns geehrt zu dienen", erwidert Sax und hört, wie die anderen das Gleiche sagen.

Es wird eine gute Jagd werden.

KAPITEL 5

BEIGEGNUNG MIT EINEM GOTT

ALS ICH AUFWACHE, weiß ich, dass ich ersticke. Ich spüre die kühle Flüssigkeit, die gegen meine Augen drückt und die Tinte im Oval sein muss. Ich fühle auch, wie meine Nerven mir sagen, dass jemand in meine Richtung starrt.

Ich bin nicht allein.

Als ich meine Arme bewege – die Tinte ist zähflüssig, schwerer als erwartet – zuckt etwas in meinem Gehirn. Wie Kopfschmerzen, die an- und ausgehen, nur schärfer. Ich schiebe es beiseite, denn was ich jetzt brauche, ist Luft.

Meine Füße treffen auf den harten Boden des Ovals und drücken sich ab, sodass mein Kopf frei wird. Die Tinte tropft nicht sauber ab. Sie klebt wie Fruchtsaft. Ich beginne, sie von meinem Mund wegzuwischen, hole den ersten keuchenden Atemzug, und da brechen Geräusche in meinem Kopf aus. Eine Mischung aus Tiergeschrei, mahlendem Gestein und Klängen, die ich überhaupt nicht zuordnen kann. Sie ballen sich zusammen, winden sich und platzen, und undeutlich, dahinter, kann ich immer noch das Knistern sterbender Flammen hören und sonst nichts um das Oval herum.

Das, mehr als alles andere, bestätigt, dass ich dies nur in meinem eigenen Kopf höre. Das, mehr als alles andere, treibt einen Pfahl der Angst in mein Herz.

Angst.

Das Wort erscheint. Wie ein Traum oder eine plötzliche Eingebung. Damit einher geht ein kristallklarer Ton, als ob das Wort von, sagen wir, einem ausgehöhlten Blasinstrument gesprochen würde. Überhaupt nicht der richtige Klang.

Angst.

Das Wort kommt wieder, zusammen mit dem Ton, aber diesmal gibt es Anpassungen, wie bei der Sprache, während es durch die Buchstaben klettert. Wie ein Kind, das lernt, ein Wort auszusprechen. Wie ich es tat, als ich jung war.

Ich schaue hinunter auf die Tinte, in der ich schwimme, und stelle fest, dass sie niedriger ist als gedacht. Nein, sie verdunstet. Verschwindet in der Nacht. Der Pool schrumpft, bis er mir kaum bis zur Taille reicht.

Ich.

Ja, denke ich, das bin ich.

Mich.

Ich schüttle meinen Kopf. Versuche, ihn von einer Seite zur anderen zu schlagen, um zu sehen, ob etwas herausspringen könnte. Oder ob ich einen Teil meines Gehirns beschädigt habe und es diese seltsamen Ausbrüche verursacht. Die Bewegung lässt nur meine Ohren klingeln.

Neue Wörter brauchen Zeit.

Es ist ein Satz und nichts, was ich gerade gesagt habe. Ich erstarre. Vielleicht, denke ich, wenn ich aufhöre, irgendetwas anderes zu tun, werde ich in der Lage sein zu verstehen, was los ist. Wirklich, ich greife nach allem. Gehe durch, was mein Stamm lehrt, wenn man auf einen Raubtier trifft.

Oder einen Feind.

Kein Feind.

Es antwortet mir. Die Töne sagen die Worte, während sie in meinen Geist blitzen, obwohl ich sie nicht genau in meinen Ohren höre. Eher wie wenn ich mir vorstelle, dass jemand zu mir spricht, und ich ihre Stimme hören kann, obwohl sie nicht wirklich sprechen. Es ist ein Gefühl.

Ich bin nicht deine Einbildung.

So viel ist offensichtlich. Auch wenn ich eine Träumerin bin, bin ich nicht so gut darin, mich selbst zu täuschen. Also springe ich zur nächsten Frage: Wenn dies nicht meine Einbildung ist und es nicht außerhalb von mir ist, was ist es dann?

Du bist Kaishi?

Woher kennt es meinen Namen?

Ich weiß viel mehr als das, Kaishi. Ich weiß, wo du geboren wurdest. Ich weiß, dass dein Vater der Priester deines Dorfes ist. Und ich weiß, dass du es hasst, dir die Haare zu schneiden.

Meinen Namen und die Position meines Vaters könnte ich entschuldigen. Gängiges Wissen für Menschen, die hier in der Gegend leben. Selbst benachbarte Stämme wissen, wer mein Vater ist, und ich war schon auf einigen Handelsreisen bei ihnen, also könnte ich erkannt werden, obwohl der Lichtmangel in dieser Grube es schwierig machen würde.

Aber meine Haare? Das habe ich noch nie jemandem erzählt.

Ich beschwere mich nie, auch nicht, wenn Mutter das Messer an meine verfilzten Knoten ansetzt. Es ist schließlich eine Chance, tapfer zu sein.

Diese Logik durchzugehen, bringt mich zurück zu meiner Frage.

Nämlich, was ist das?

Die Stimme antwortet nicht. Dann wird mein linker Arm taub. Ich schaue ihn an, beginne, meinen rechten zu bewegen, um ihn zu berühren, als dieser auch taub wird. Meine Beine zucken, und plötzlich kann ich nichts mehr fühlen.

Interessant. Es scheint ein Problem mit dir zu geben, Kaishi.

Da stimme ich zu. Zu allem Überfluss kommen jetzt Geräusche aus dem Dschungel. Pfiffe und Rufe. Ich erkenne die Stimmen und Rufe. Mein eigener Stamm, wahrscheinlich kommen sie, um zu sehen, was hier passiert ist.

Währenddessen stecke ich im Oval fest und kann meine Zehen nicht spüren.

Ja, das ist ein Nebeneffekt. Das Problem scheint bei der vollständigen Kontrolle zu liegen. Die kann ich nicht erreichen.

Vollständige Kontrolle wovon?

Dir.

Es gibt eine Sache, von der ich weiß, dass sie eine Person kontrollieren kann, wenn sie es wünscht. Eine Sache mit der Macht, einen Solare anders als normal handeln zu lassen, und das ist Ignos.

Die Idee verbindet die Fragmente für mich. Fügt das Gebet am Totem, den seltsamen Blitz am Himmel und jetzt die Stimme in meinem Kopf zusammen. Diese Stimme, dieses Ding, das mit mir spricht, muss Ignos sein, oder zumindest ein Teil von ihm.

Ich warte darauf, dass die Stimme bestätigt, aber sie schweigt. Ich bin jedoch glücklich, diesen Gedanken weiterzuverfolgen. Wenn Ignos mit mir spricht, warum?

Könnte er nicht tun, was er wollte, ohne meinen Kopf durcheinanderzubringen?

Selbst ein Gott muss die Welt durch die Augen seiner Untergebenen sehen.

Die Geräusche werden lauter, und ich vermute, dass Vaters Krieger jeden Moment in die Lichtung einbrechen werden. Ich würde gerne aus dem Oval herauskommen, aber ich kann meine Arme und Beine immer noch nicht bewegen.

Zuerst, schau nach unten.

Ich folge Ignos' Anweisungen und blicke auf den Boden des Ovals. Die Tinte ist fast vollständig verschwunden, und im letzten Rest befindet sich ein seltsamer grüner Würfel. Er ist grüner als alles, was ich je gesehen habe – am ehesten vergleichbar mit einem frisch gesprossenen Blatt an einem Frühlingsmorgen. Er ist von spinnwebartigen blauen Adern überzogen.

Nimm ihn.

Als Ignos diese Worte spricht, kann ich meine Arme wieder bewegen. Meine Beine auch. Ich bin versucht wegzulaufen, aber den Gott in meinem Kopf zu verärgern, scheint keine gute Wahl zu sein, also strecke ich mich aus und lege meine Handfläche auf den Würfel. Er zittert leicht, wie ein verängstigtes Tier. Dann lösen sich die Adern vom grünen Würfel und greifen nach meiner Hand zurück. Ich versuche, mich wegzureißen, aber die Adern haben mich schon erfasst.

Bleib still. Es wird weniger wehtun.

Jetzt sagt Ignos es mir, nachdem die Adern ihre winzigen Haken in meine Haut geschlagen haben. Sie wickeln sich um meine Hand und kriechen bis zu meinem Handgelenk hoch. Es gelingt mir, meine Nerven zu beruhigen, teilweise weil ich ohnehin schon so von Schnitten und Bissen übersät bin, dass ein paar mehr kaum auffallen.

Der Würfel schmilzt, und ich beobachte, wie das einst Feste zerfällt und entlang der blauen Adern nach oben fließt. Über meine Hand – es ist wie Harz, nur nicht klebrig – und um mein Handgelenk. Die grünen Ströme winden sich um mich und verhärten sich plötzlich. Wie eine erlöschende Fackel verblasst das Grün zu einem düsteren Braun.

Ich nenne es den Cache. Wir werden ihn brauchen.

Ignos' Stimme klingt angenehm, als er das sagt. Als würde er eine Blume oder das Frühstück beschreiben. Ich habe jedoch keine Zeit zu fragen warum, da ich sehe, wie sich die Farne um die Grube teilen und die mächtigen Krieger von Vaters Stamm zum Vorschein kommen. Sie tragen Speere, Schleudern, Bögen, und sie alle starren mich verwirrt an.

Was ich auch tun würde, wenn ich an ihrer Stelle wäre.

Es gibt keine Geschichte, keine Lehre von Mutter oder einen alten Spruch, der beschreibt, was man tun soll, wenn ein Gott in deinem Kopf Wohnung nimmt. Also passen meine weit aufgerissenen Augen zu denen des Stammes, und ich beantworte ihre stummen Fragen mit dem Einzigen, was mir einfällt: „Ich habe etwas gefunden."

Das hilft niemandem, aber es spornt Vater an, durch die Reihe der Krieger zu brechen und in die Grube zu klettern. Er eilt über den Schmutz und zieht mich, in das Oval greifend, heraus. Ich bin kein Baby mehr, also muss ich ihm helfen. Meine eigenen Beine benutzen, um über den Rand zu klettern. Ich bin überglücklich, dass beide funktionieren, dass die Taubheit verschwunden ist, und in diesem Moment der Freude beginne ich zu reden, weil ich jetzt nicht mehr in eine Menge starre, sondern in das besorgte Gesicht meines Vaters blicke.

„Es ist ein Geschenk, Vater", sage ich. „Ignos hat mein Gebet erhört. Er ist jetzt bei mir."

Vater nimmt das so auf, wie ich es getan hätte, wenn einer der Dorfbewohner mir erzählt hätte, der Meister aller Schöpfung hätte in ihrem Geist Wohnung genommen. Er neigt den Kopf, schließt kurz die Augen und blickt dann an mir vorbei zum Oval. Bemerkt, dass es leer ist.

„Ein Geschenk", spricht Vater langsam, wie er es tat, als ich klein war und er wollte, dass ich aufhöre zu weinen.

Ich bin verärgert, dass er nicht sofort versteht, also wiederhole ich die Worte: „Er kam vom Himmel, Vater. Ignos spricht gerade mit mir."

Der letzte Teil ist übertrieben. Ignos spricht jetzt nicht, und ich weiß nicht warum. Später werde ich verstehen, dass seine häufigen Schweigepausen die Momente sind, in denen er neue Informationen verarbeitet. Er nimmt all die Dinge auf, die er nicht kennt und versteht, und vergleicht sie dann mit dem Cache, dem Armband an meinem Handgelenk, um zu sehen, ob es etwas Ähnliches in seinen Speichern gibt.

„Ignos spricht zu dir?", sagt Vater. Er lässt den skeptischen Tonfall nicht fallen. „Was sagt er?"

Sag, was ich dir sage. Als ob ich es spräche.

Ignos' Befehl stürmt durch meinen Geist, und Wortketten folgen ihm. Fantastische Beschreibungen von Sternen und Welten weit jenseits unserer eigenen. Es ergibt keinen Sinn, aber ich bin so erzogen worden, dem zu vertrauen, was ein Gott mir sagt, also wiederhole ich es trotzdem. Während ich spreche, arbeitet Vaters Gesichtsausdruck, schwankend zwischen Verwirrung, Unglauben und Furcht.

„All diese Dinge, euch und euren Stämmen unbekannt, sind Teil meines Königreichs", sage ich, wie Ignos es anweist. „Es ist nun Zeit, euch auf den Beitritt zu diesem Königreich vorzubereiten, weshalb ich hier bin. Ruft eure Nachbarstämme und bringt sie her, um meine Worte zu vernehmen, damit wir beginnen können."

Ignos fährt durch mich fort, über kommende Wunder zu sprechen. Die Worte sind großartig und umfassend. Die Art von Rede, die Vater halten könnte, die ich aber nie gehalten habe. Das, denke ich, überzeugt Vater mehr als alles andere. Wunderbare Geschichten kann ich erfinden. Predigten wie diese erfordern mehr Anstrengung. Sie verlangen, die emotionale Kadenz der Menge zu kennen.

Ignos kann das. Ich nicht.

Am Ende von Ignos' Rede tritt Vater von mir zurück. Ich sehe einen neuen Blick in seinen Augen, einen, der einen Stich verknoteten Schmerzes mit sich bringt. In diesem Blick bin ich nicht seine Tochter. Ich bin etwas anderes. Sowohl gefürchtet als auch verehrt. Ich wende mich von diesem schmerzenden Blick ab und sehe, dass die Krieger zugehört haben, und es ist sogar noch schlimmer bei ihnen: Einige knien auf dem Boden und verbeugen sich vor mir. Andere weinen offen oder schauen zum Himmel auf, auf der Suche nach den Wundern, die ich versprochen habe.

Vater unterbricht mit dem Ruf, ins Dorf zurückzukehren. Ein Paar Krieger bleibt zurück, um das Oval zu untersuchen und nach allem zu suchen, was ich übersehen haben könnte. Die übrigen eskortieren uns zurück.

Das Dorf ist hellwach und wartet auf uns, und unsere Gruppe zerfällt in ein Dutzend Nacherzählungen meiner Worte. Vater nimmt sich für keine von ihnen Zeit, sondern zieht mich stattdessen zum Haus unserer Familie. Als Vater mich hineinführt, sieht er Mutter an und sagt: „Unsere Tochter behauptet, sie sei von Ignos berührt worden."

Dann wendet er sich mir zu und sagt mit dem ernstesten Gesichtsausdruck, den ich je gesehen habe: „Sie wird schlafen müssen, denn morgen wird ihre erste Zeremonie stattfinden. Wenn Kaishi die Riten gut spricht, dann wird unser Dorf eine neue Priesterin haben. Wenn sie es nicht tut, dann wird Ignos ihre Verspottung nicht dulden, und wir werden ein weiteres Opfer haben."

SIE HÄNGEN BEREITS, als der Rest der Fußtruppen das Shuttle betritt. Flaum, ihre pelzigen Körper in Standard-Hartplattenuniform gehüllt, und Whelks, die nichts tragen und ihre Gewehre in ihren ockerfarbenen, stoppligen Gelarmen halten. Beide Spezies vermehren sich rasant, weshalb sie die überwiegende Mehrheit der untergeordneten Rollen ausfüllen, die nötig sind, um die Vincere am Laufen zu halten.

Wenn Sax ihn fragen würde, würde Gar die Flaum höher einschätzen als die schneckenartigen Whelks, aber nur, weil Gar den Geschmack von Fell bevorzugt.

Sax hat seine vier Arme und zwei Beine um die Stangen an der Decke ihres Angriffsshuttles geschlungen. Bas ist neben ihm, und Gar und Lan haben ähnliche Positionen an anderen Stangen dahinter eingenommen. Für die Soldaten darunter sieht es lächerlich aus, aber sie wissen, dass sie nicht darauf zeigen und lachen sollten, denn diejenigen, die es tun, neigen dazu, schnelle, schreckliche Enden zu finden.

Außerdem hat die Übung einen Zweck. Einen, von

dem Sax weiß, dass er jetzt kommt, da das Shuttle in Bewegung geraten ist. Sie verlassen das Kommandoschiff und beginnen die Fahrt durch den kampferfüllten Weltraum.

Wenn Evva ihre Arbeit gemacht hat, dann wird der Rest der Vincere-Flotte sie decken. Ihre Jäger und Fregatten sollten jede mögliche Angriffsroute mit mehr Feuerkraft füllen, als selbst die Sevora zu riskieren wagen.

Die Front des Shuttles – bei diesen bleiben die Piloten im Heck – wird durchsichtig. Vor ihnen, stetig größer werdend, schwebt der orange Gasriese und das Saatschiff. Ein perfekter Blick auf ihr Ziel.

„Wie viele fallen in der ersten Minute?", fragt Bas die vier durch die Masken. „Die Hälfte?"

Sie spricht von ihren Soldaten unten. Sax muss die Kreaturen nicht hören, um zu wissen, dass sie nervös sind, wie es Kanonenfutter sein sollte, bevor es in den Tod läuft.

„Ein Drittel", antwortet Lan. „Es ist ein Saatschiff, kein Kriegsschiff. Sie werden nicht bereit sein."

„Wir haben ihnen genug Vorwarnung gegeben", sagt Sax, und die anderen drei zischen zustimmend. Zu spät in einen Kampf zu springen, ist schlimm genug, aber es hat zu lange gedauert, die Shuttles zu beladen und startbereit zu machen. Was bedeutet, dass das Vincere-Kommando nicht damit gerechnet hat, dass ein Saatschiff hier sein würde, so weit außerhalb des besiedelten Raums.

Als sie näher kommen, erkennt Sax die Quadranten, die das Saatschiff aufteilen. Vier Abschnitte mit einem Kreis in der Mitte. Dort würde der Saat-Sevora sein. Derjenige, der die ganze Operation leitet. Wenn man zu dieser Kreatur gelangt, könnte Sax das Schiff auf eine Todesspirale in den Gasriesen schicken. Die Schwerkraft des Planeten würde den Rest erledigen.

Die äußere Hülle des Saatschiffs erscheint in einem

verblassten Grün, was Lans Einschätzung bestätigt. Die smaragdgrüne Farbe bedeutet, dass die Sevora mit diesem neue Welten gründen wollen. Neue Spezies bekommen. Ein rotes Saatschiff wäre militarisiert und bereit, Tausende von kampfbereiten Truppen zu einem Ziel zu bringen.

Die Vincere-Aufzeichnungen besagen, dass es früher auch viele andere Farben gab, aber Sax hat diese nie gesehen. Er fragt sich kurz, warum die Sevora ihre Schiffe farblich kennzeichnen würden und fragt die Gruppe, aber sie haben keine Antwort und er lässt die Frage fallen.

Außerdem ist es Zeit für die Vorbereitung.

„Stim einnehmen", sagt Sax, und alle außer Bas, die behauptet, das Zeug nicht zu mögen, tauchen eine ihrer Vorderkrallen in ein kleines Fläschchen mit bläulicher Flüssigkeit, das an ihren Gürteln befestigt ist.

Das Stim bleibt an seiner Kralle haften, als er sie aus dem Fläschchen zieht, das eine Membran hat, die sich nach dem Eintauchen selbst versiegelt, und Sax hebt die beschichtete Kralle zu seinem Mund. Öffnet ihn leicht und steckt die Kralle hinein. Leckt mit seiner gespaltenen Zunge das Stim ab.

Schmeckt wie Zucker.

Stim trifft ihn hart. Das tut es immer. Aber es ist die Art von Schlag, die Spaß macht. Sax' doppelte Herzen drehen auf Hochtouren, seine Pupillen weiten sich, und es tritt eine Verlangsamung ein. Als hätte jemand dem Universum gesagt, es solle Luft holen. Sax hat Zeit, über das Shuttle nachzudenken, seine Minenarbeiter zu überprüfen, seine Maske, und zu bestätigen, dass die anderen in der Gruppe dasselbe tun.

Zeit auch, um nach oben zu schauen.

Um zu sehen, wie ihr Shuttle in die harte Metallhülle des Saatschiffs rast.

KAPITEL 7

ZEREMONIE

EIN TRIO von Jägern bewegt einen frisch ausgenommenen und gesäuberten Eber in eine Grube voller heißer Kohlen, die in einem der vielen Kochfeuer erwärmt wurden. Sie verlieren keine Zeit damit, mehr Kohlen und Erde darüber zu schaufeln. Er wird im Laufe der Zeremonie garen und als festliches Abendessen bereit sein.

Ich beobachte all das, während ich unter dem sich neigenden Licht von Ignos eine Kokosnuss aufhacke. Die süße Milch darin wird selbst an einem heißen, schwülen Nachmittag wie diesem kühl sein. Es ist fast ein ganzer Tag vergangen, seit ich einen Gott in meinem Kopf habe, und Ignos, wie sich herausstellt, redet gerne. Obwohl ich vermute, dass ihn die Kokosnuss fasziniert, denn er bleibt ruhig, bis ich ein kleines Loch hineinschlage. Als ich jedoch die Kokosnuss anhebe und den ersten Schluck kühler, zuckriger Milch koste, bricht Ignos so schnell in meinen Kopf ein, dass ich mich fast überall bespucke.

Faszinierend! Ich würde sagen, dass die Beeren auf Vimelia um einiges saftiger sind, allerdings nicht ganz so süß.

Er benutzt auch solche Wörter. Dinge, die ich nicht verstehe. Anfangs stellte ich Fragen, aber als diese zu ebenso seltsamen Antworten führten, gab ich auf. Ich denke, Ignos hat viel zu tun, was Menschen sowieso nicht verstehen sollen.

Außerdem habe ich mir wegen einer Zeremonie Sorgen zu machen.

Keine Angst, Kaishi. Alles, was ich dir erzähle, wird irgendwann Sinn ergeben.

Ich mache mir keine Sorgen um Ignos' Unsinn. Ich bin besorgt darüber, wie ich zu Hunderten meines eigenen Stammes predigen soll. Vaters Worte gestern Abend waren auch nicht müßig; es ist unter den Stämmen nicht ungewöhnlich, dass jemand behauptet, direkt von Ignos zu hören. Normalerweise folgt darauf, dass sie als Lügner entlarvt werden, wenn eines ihrer „Wunder" schiefgeht. Die Strafe für so etwas ist eine schnelle Reise zur Spitze des Turms.

Sie kommen nicht wieder herunter. Zumindest nicht in einem Stück.

Also plane ich jetzt meine Sätze. Gehe sie durch, während ich an der Kokosnuss nippe.

Vertraust du mir nicht, Kaishi? Ich werde dir die Worte geben, wie ich es letzte Nacht getan habe.

Worte wie diese würden mich umbringen. Ignos hat zwar alle überrascht, aber das waren Schwärmereien mitten in der Nacht für eine Gruppe müder Krieger, die etwas sahen, was sie noch nie zuvor gesehen hatten. Nichts von dem, was Ignos sagte, kam aus unseren heiligen Riten, und Versprechen von weit entfernten Sternen würden Familien, die auf Regen hier im Dschungel hoffen, nichts bringen.

Vater sagt immer, dass es bei einem Priester darum geht,

Hoffnung zu vermitteln und Verzweiflung zu lindern, also versuche ich herauszufinden, wie ich das machen kann.

Ich habe viele Reden gehört, Kaishi. An Orten jenseits deiner Vorstellungskraft. In Worten jenseits deines Verständnisses. Vertrau darauf, dass ich das Richtige zu sagen weiß.

Ich schaue zu den Bäumen auf, die unser Dorf umrahmen, zum Turm, der sich hoch erhebt. An vielen dieser Bäume huschen kleine Ameisen auf der Suche nach Nahrung hin und her. Eulen und Klammeraffen hängen an Ästen und gehen ihren eigenen täglichen Ritualen nach. Vogelrufe durchdringen die Luft; Pärchen tauschen Neuigkeiten aus. Wenn Ignos sie alle verstehen könnte, dann könnte er mir vielleicht die Worte geben, die ich brauche.

Schau auf dein Handgelenk, Kaishi. Dort werden wir finden, was wir wollen.

Das Armband ist immer noch da, eng anliegend. Ich habe gestern Nacht versucht, es abzunehmen, aber es bewegte sich nicht, also gab ich auf. Zu müde, um mich damals groß darum zu kümmern. Als ich es ansehe, scheint das matte Braun für einen Moment grün aufzublitzen, als wüsste es irgendwie Bescheid.

Jede aufgezeichnete Rede, die wir haben, lebt im Cache. Ich werde die richtige finden, und dein Volk wird dich als die größte Priesterin in der Geschichte der Solare verehren.

Habe ich erwähnt, dass Ignos einen Hang zur Übertreibung hat? Er mag zwar ein Gott sein, aber die Art, wie er davon spricht, dass ich zu dieser Legende und jener Königin werde, ist sogar für meine nach Ehrgeiz hungernde Seele ein bisschen zu viel. Ein Teil von mir fühlt sich sogar beleidigt – denkt Ignos wirklich, wir seien so leicht zu täuschen?

Ich versuche nicht, dich zu täuschen, Kaishi. Sobald wir ihre Herzen haben, können wir den Cache nutzen, um die

Wunder zu finden, die ihren Verstand gefangen nehmen. Dann wirst du alles haben, wovon du je träumen könntest.

Ich schüttle den Kopf, was meinen Vater, der auf mich zukommt, dazu bringt, ein schiefes Lächeln aufzusetzen. Es ist eine andere Version seines üblichen Grinsens. Eine, die in den Mundwinkeln traurig ist.

„Tief im Gespräch mit Ignos?", sagt Vater, als er sich neben mich setzt.

„Das könnte man so sagen", antworte ich. „Hast du je mit ihm gesprochen?"

Vater schüttelt den Kopf. „Ich bete zu ihm, und seine Antworten kommen in wortlosen Formen. Nach dem, was ich bei dir sehe, glaube ich jedoch, dass ich es so vorziehe."

Ich lache, und es droht, in ein Schluchzen überzugehen. Ignos' Abstieg zum Horizont bringt das, was gleich passieren wird, in den Fokus, und die Vorstellung, dass dies vielleicht das letzte Mal sein könnte, dass Vater und ich hier sitzen und reden, lässt mich innerlich schrumpfen. Vater spürt das auf diese Art, wie Eltern es tun, und legt eine Hand auf meine Schulter. Der Druck hilft. Es ist eine Basis, auf der ich stehen kann.

„Du kennst die Riten", sagt Vater. „Du hast mich oft genug sprechen hören. Sprich die einfachen, und du wirst akzeptiert werden."

Ja, ich kenne sie. Gebete für Regen, für Nahrung, für Gesundheit. Sie sind nicht schwierig.

Sie werden dich auch nicht zur Legende machen.

„Glaubst du wirklich, dass die gut genug sein werden?", frage ich. „Wie viele kommen?"

„Ich weiß es nicht. Wir haben Läufer ausgesandt, aber es scheint, unsere Nachbarn sind nervös. Die Ereignisse der letzten Nacht haben nicht geholfen. Und sie auch nicht."

Ich sehe, wohin er nickt, und ich weiß, wovon er spricht,

denn wie könnte ich es nicht wissen? Viera wohnt seit fast zwei Monaten im Gästehaus, nachdem ihre Freunde abgereist sind. Sie hat blasse Haut und ist eine Lunare, also ist sie entweder hier, um uns zu töten oder mit uns zu handeln.

Ich erzähle ihm nichts von den Spielen, die wir spielen, oder was Viera mir beibringt. Manche Dinge muss Vater nicht wissen.

„Sie ist die einzige, die noch da ist", sage ich.

„Vorerst", antwortet Vater. „Viera macht kein Geheimnis daraus, dass ihre Freunde zurückkommen werden."

„Ich dachte, sie wären gut für uns. Sie haben doch mit allen Stämmen gehandelt?"

„Mit einem Auge auf alles, was wir ihnen nicht geben wollten, wie die Halskette deiner Mutter und mein Kopfschmuck." Vater spricht eigentlich vom Türkis. Diese leuchtend blauen Edelsteine gehören dem Priester und seiner Frau, wer auch immer das ist.

Darauf weiß ich nichts zu erwidern, und einen Moment später seufzt Vater, steht auf und hält mir seine Hand hin. Ich ergreife sie und er zieht mich hoch. Er legt seine Hände auf meine Schultern und zieht mich in eine Umarmung.

„Kaishi, überzeuge sie davon, dass du hörst, was Ignos sagt", flüstert Vater. „Unser Dorf braucht eine Priesterin, und deine Eltern brauchen dich."

Dann geht er in Richtung der Stufenpyramide. Ich bemerke auch, dass er das Messer aus schwarzem Glas in einer Schlaufe um seine Taille trägt. Es ist sauber, obwohl ich es nicht gereinigt habe.

Ignos zerstört den Moment, wie er es oft tut, mit einem zornigen Ton.

Ihr seid zu primitiv, um meine Fragen zu beantworten. Um mir zu helfen, die Blockade zu entfernen.

Ich frage Ignos, was „die Blockade" sein könnte, bekomme aber keine Antwort.

Als der Himmel sich lila und orange färbt, mache ich mich auf den Weg zur Stufenpyramide. Ein Teil der Menge ist bereits dort versammelt, für das, was das interessanteste Opfer seit langem zu werden verspricht. Da trifft es mich. Ich werde das Ritual durchführen, was bedeutet, dass ich das Opfer vollziehen muss. Den Mann aufschneiden und sein Herz herausnehmen.

Ich beginne zu schwitzen. Das habe ich noch nie getan. Selbst mit Vater dort oben, der mich anleitet, ist der Gedanke, durch die lebendige Haut eines anderen Menschen zu schneiden, erschreckend.

Du hast den gesamten Himmel in Flammen stehen sehen. Hast dir deinen Weg durch einen dunklen und gefährlichen Dschungel gebahnt, um etwas zu finden, das du dir nie zuvor vorgestellt hast. Bist darauf zugegangen und hast mich getroffen, und du hast Angst vor etwas, das du schon so oft gesehen hast?

Ignos hat natürlich recht. Das sollte nicht so schwer sein.

Das sage ich mir, als ich zwischen den sich versammelnden Menschen zum Fuß der Stufenpyramide gehe. Ich bin diese Steine schon oft hinauf- und hinuntergeklettert.

Die Morgendämmerung ist die beste Zeit, wenn die Felsen kühl sind und man von oben die Nebeldecke sehen kann, die den gesamten Dschungel bedeckt. Bäume, die ihre grünen Blätter hindurchstrecken. Jetzt sind die Steine warm und ich hebe jedes Bein, platziere jede Hand langsam und achte darauf, meine Füße richtig zu setzen. Einen Schritt nach dem anderen. Niemand wird einer Priesterin vertrauen, die fällt.

Ich blicke nach oben und sehe, dass Vater bereits auf

der Spitze ist, zusammen mit dem Mann, der das ausge-höhlte Rufhorn bläst. Ein Geräusch, das ich kaum wahr-nehme, so konzentriert bin ich auf das Klettern. Das Opfer ist auch da, zusammen mit dem üblichen Paar assistierender Ältester. Dieser hier ist ein magerer Jäger, und anders als der gestrige ist sein Gesicht voller Angst.

Du und ich beide, möchte ich sagen, aber das wäre grausam. Er wird so oder so sterben. Ich bin nur tot, wenn ich versage.

Was nicht passieren wird.

Ignos ist plötzlich voller Ermutigung. Als ob der Gott erkennt, dass sein auserwählter Körper unter das Messer kommen könnte, wenn er nicht mit etwas Gutem aufwarten kann. Wenn ich eine entscheidende Phrase falsch in Erin-nerung habe oder beim Schneiden pfusche.

Aber ich bewältige die erste Etappe gut genug. Schaffe es bis zur Spitze, neben den Altar. Ignos' Licht ist hier oben immer noch heiß, selbst in der Dämmerung. Als würde er mich direkt über den Horizont hinweg anstarren, und jetzt weiß ich, warum Vater die ganze Zeremonie über nach unten zu schauen oder die Augen geschlossen zu halten scheint. Alles andere würde Blindheit bedeuten.

Als ich jedoch hinunter zu meinem Dorf blicke, sehe ich nicht die Reihen von Menschen, die ich erwartet hatte. Stattdessen drängt sich die Menge zusammen. Kauert sich aneinander, denn eine Armee – nein, das ist zu groß gedacht, eine Patrouille – umzingelt sie. Vielleicht drei Dutzend. Nur dass diese nicht die Umhänge und Tücher unserer Jäger tragen. Viele von ihnen haben Flickenwerk aus braunen Bärenfellen auf ihren Köpfen, und alle halten Waffen.

Kukris. Ich kann das Glitzern des schwarzen Glases von hier oben erkennen. Die Scherben sind in die Spitzen von

Holzstöcken geklemmt, das Glas wie Adlerkrallen geschnitten. Wie das Messer, das Vater immer noch hält, sind sie in der Lage, eine Person in Stücke zu reißen. Ich weiß das, weil unser Dorf nur eines hat, das einem längst vergangenen Gefangenen abgenommen wurde. Es liegt unbenutzt in jemandes Haus. Unsere Bögen und Pfeile sind zum Jagen effektiver. Niemand würde sich im Dschungel mit Kukris abmühen.

Da trifft es mich. Das sind diese Krieger. Sie sind keine Solare. Sie kommen von außerhalb, aus den Ebenen im Westen. Wir nennen sie Charre, und in ferner Vergangenheit haben sie den Dschungel hinter sich gelassen für klare Himmel und die Brutalität, die entsteht, wenn es keinen Ort zum Verstecken gibt.

Während ich das verarbeite, tritt einer der Charre, der einzige, den ich sehen kann, der die verblassten hellbraunen Felle eines Löwen um Hals und Schultern trägt, vor und kommt auf die Stufenpyramide zu. Unsere Dorfbewohner halten ihn nicht auf, sondern weichen zurück, wobei Mütter ihre Arme um ihre Söhne legen und Väter sich vor beide stellen. Es ist Zeit für das Ritual, also ist niemand bewaffnet. Andere Stämme würden nicht an einen Überfall denken – Ignos so wenig Respekt zu zeigen, wäre undenkbar.

Deshalb bin ich nicht so überrascht, als der Löwenkrieger mir zuwinkt weiterzumachen. Jetzt, da er näher ist, kann ich sehen, dass er nicht viel älter ist als ich, obwohl seine Brust einige Narben trägt und seine dunklen Arme mit Tätowierungen bedeckt zu sein scheinen. Er bemerkt meinen Blick und schenkt mir ein Lächeln, als ob ich ihre Unterbrechung als nichts behandeln sollte.

Sie sind wegen dir hier.

Ignos sagt es im selben Moment, in dem ich es zusammensetze. Unser Dorf ist nicht das größte, unser Stamm nicht der wohlhabendste. Der einzige Grund, warum diese Charre in unser kleines Dorf kommen könnten, ist, weil sie gehört haben, dass eine Frau davon spricht, wie sie mit ihrem Gott kommuniziert.

„Beginne die Zeremonie, Kaishi", sagt Vater. „Es gibt jetzt keine andere Option."

Ich atme tief durch. Ich spüre, wie die feuchte Dschungelluft meine Lungen füllt, und als Ignos mir beginnt, Zeilen vorzugeben, spreche ich sie nach. Eine nach der anderen. Ich verliere mich in der Rezitation, so sehr, dass ich nicht einmal weiß, was ich sage. Es hätte völliger Unsinn sein können, aber ich sehe, wie die Menge in den Bann der Worte gerät. Selbst die Charre wenden sich mir zu und lassen ihre Kukris locker in den Händen hängen. Am Fuße der Stufen sinkt der Löwenkrieger auf die Knie.

Ich spreche die letzte Zeile und meine Stimme verstummt. Vater tritt mit dem Messer vor, und in diesem Moment weiß ich, dass ich diesen Mann nicht töten kann. Ich bin nicht bereit dazu und weiß nicht, wie.

„Ich kann nicht", flüstere ich und nehme Vater trotzdem das Messer aus schwarzem Glas ab, um unsere Stimmen zu verbergen.

„Du musst", antwortet er, obwohl ich merke, dass es ihm leid tut, das zu sagen.

Ich stehe über dem Opfer, dessen Rücken nun von den Händen beider Ältesten auf den Altar gedrückt wird. Seine weißen Augen rollen zu mir. Seine Lippen sind zurückgezogen, und ich kann sehen, dass er schreien möchte, es aber nicht ganz über sich bringt. Er kann diesen letzten Rest seiner Würde nicht aufgeben.

Ich zögere.

Gib das Opfer den Charre. Da liegt keine Schande drin, oder?

Wenn Ignos selbst mir sagt, dass es keine Schande ist, dann kann es keine sein. Meine Erleichterung über diesen Ausweg treibt mich dazu, mit dem Messer aus schwarzem Glas die Stufen hinunter auf den Löwenkrieger zu zeigen, der überrascht zusammenzuckt.

„Wir überlassen euch Besuchern diese Ehre, damit ihr unser Dorf in Frieden verlassen mögt", sage ich und benutze dieselben Worte, die Vater schon früher benutzt hat, auch wenn es da um den Tausch von Schmuckstücken ging, nicht um ganze Personen.

Der Löwenkrieger überspielt jeglichen Schock und setzt eine ausdruckslose Miene auf. Er steht auf. „Ich kam, um eine Priesterin zu sehen, und ich glaube, das habe ich." Der Krieger wendet sich zur Menge, und ich sehe, dass auch sein Rücken tätowiert ist, mit einer schwarzen Version von Ignos, einem dunklen Heiligenschein und farbigen Strahlen, die bis zu den Schultern des Kriegers reichen. „Eure Priesterin hat euer Überleben mit dem Angebot dieses Opfers erkauft. Sie kann auch eure Freiheit erkaufen, mit ihrer eigenen."

Ignos' Schock durchfährt meinen Geist und vermischt sich mit meinem eigenen. Schnell genug ist jedoch Vater neben mir und flüstert mir ins Ohr.

„Du musst gehen, Kaishi", sagt er. „Kämpfe nicht. Leiste keinen Widerstand, sonst werden sie uns alle töten und dich trotzdem mitnehmen."

Ich hatte erwartet, dass Vater die Forderungen dieses Kriegers ablehnen würde. Dass er mein Dorf zu meiner Verteidigung aufrufen würde, aber selbst als seine Worte meinen Magen umdrehen, erkenne ich ihren Sinn.

Ich hatte Ignos um ein Schicksal gebeten, und er hat es mir gegeben.

Um meine Familie und mein Dorf zu retten, gehe ich diese Stufen hinunter. Ich gehe am Löwenkrieger vorbei und spüre, wie er hinter mir hergeht. Ich höre seinen Ruf, das Opfer mitzunehmen und sich zum Aufbruch bereit zu machen.

Er lässt mich von Mutter und Vater Abschied nehmen, und ich weiß, dass ich sie nie wiedersehen werde.

KAPITEL 8

ANGRIFF

TATSACHE IST, dass es in dieser Entfernung vom Gasriesen nicht viel Schwerkraft gibt. Gerade genug, um den Schwung der Oratus zu verstärken. Das spielt ihnen in die Hände, denn als die spitze Nase des Shuttles die Hülle des Saatschiffs durchbricht und hineinkracht, lassen Sax und die anderen die Haltestangen los und schießen nach vorne in Richtung des durchsichtigen Bugs.

Wo sie zu einem matschigen Haufen zerquetscht werden, wenn die Dinge nicht wie geplant funktionieren.

Aber das Shuttle ist ein Vincere-Schiff, und die Flaum, die es warten, tun dies unter der ständigen Androhung der Todesstrafe für jegliches Versagen. Wachsamkeit wird nicht nur erwartet, sie wird erzwungen. So platzt die Nase des Shuttles wie ein aufblühender Stern; spitze Dreiecke klappen auf und hinterlassen ein weit geöffnetes Fenster ins Saatschiff, durch das Sax und die anderen drei fliegen können.

Für den Bruchteil einer Sekunde, als er aus dem Shuttle schießt, spürt Sax das Vakuum, das ihn zurück ins All ziehen will. Dann, erneut, erfüllt das Shuttle seine

Aufgabe: Die aufgeklappten Enden legen sich gegen die Innenhülle des Saatschiffs, und aus jedem von ihnen fahren Metalllamellen aus. Sie verbinden sich miteinander und bilden eine Versiegelung gegen den Weltraum, und jetzt geht der Spaß erst richtig los.

Die vier Oratus fliegen in das, was wie der Wachstumsquadrant des Saatschiffs aussieht. Dunkelblaue Lichter scheinen von der glatten Decke auf offene Cluster von Terminals und flüssigkeitsgefüllte Tanks herab, die schnell einem Wald aus Glasröhren weichen, die meisten voll mit grünlichem Schleim und den schwebenden Körpern aller möglichen Arten. Sie sind hoch und reichen vom Boden bis zur Decke, was im Saatschiff eine gewaltige Höhe bedeutet. Zehnmal so groß wie Sax selbst. Die Oratus müssen aufpassen, sonst werden sie auch an diesen Röhren zerschellen.

Nicht, dass sie nach dem Herausschleudern aus dem Shuttle viel Kontrolle hätten. Sax, dem das Stim genügend Zeit gibt, sich umzusehen, während die vier über die dünne Verteidigung der Sevora hinwegfliegen, hat eine Sekunde, um sich zu drehen, bevor er die erste Röhre trifft.

Er spannt seine Muskeln an.

Und prallt ab.

Seine Krallen gleiten über das Glas, ziehen ihn um die Röhre herum, und dann stößt sich Sax ab und katapultiert sich weiter in Richtung des hinteren Teils des Abschnitts. Bas, Gar und Lan tun dasselbe, springen von einer Röhre zur nächsten und lassen die wachsende Lasershow zurück, während ihre Soldaten die Sevora angreifen.

Die, wie es scheint, auch Flaum benutzen. Nur sind diese nicht die gleichen wie die Vincere-Soldaten. Hauptsächlich, weil die Vincere-Rekruten tatsächlich durch und durch Flaum sind. Auf der Sevora-Seite jedoch sind es nur Körper. Flaum-Hände, die die Gewehre halten, Finger, die den Abzug betätigen, mit einem Sevora in ihren Köpfen, der jeden Schuss kontrolliert.

Deshalb gräbt Sax bei jeder Röhre, die er trifft, seine Krallen gerade tief genug ein, um das Glas zu zerkratzen. Um es in der Röhre zu zersplittern und die Flüssigkeit zum Auslaufen zu bringen. Das Leck wird das halbwüchsige Exemplar im Inneren töten. Es verhindert, dass ein weiterer Sevora den Körper bekommt, den er will. Wenn die Mission erfolgreich ist, werden sowieso alle diese Reagenzglas-Spezies sterben, aber Sax bevorzugt bestätigte Abschüsse gegenüber hypothetischen.

Die eigene hausgemachte Schwerkraft des Saatschiffs, gepaart mit der des Gasriesen, beginnt die Gruppe nach unten zu ziehen, bevor sie das Ende des Röhrenwaldes erreicht haben. Sax ruft durch die Maske seinem Team zu, jetzt zu fallen, damit sie nicht zu weit verstreut werden, und die nächste Röhre, die er trifft, dient ihm als Rutsche zum Boden.

Am Boden gibt es eine harte Metalllandung. Terminals surren und piepen, als Sax in einen verlassenen Röhren-cluster kracht. Monitore zeigen wellige Linien und grüne Zahlen. Sax ignoriert das alles und orientiert sich in Richtung des hinteren Teils des Abschnitts. Sie müssen weiter ins Innere des Saatschiffs vordringen, und sie haben nicht viel Zeit dafür.

Ein Zwitschern dringt durch Sax' Maske. Gefolgt von weiteren. Anscheinend haben einige der Sevora sie über sich fliegen sehen. Ließen sich nicht von den Angriffs-truppen täuschen, die aus dem Shuttle strömten. Sax greift nach seinem eigenen Miner und zieht ihn von seinem Gürtel. Der Miner ist für einen Oratus gemacht, mit Krei-sen, die sich genau dort schließen, wo jede Kralle sein sollte. Präzise, tödliche Kontrolle.

Nur kommen die Zwitscherlaute nicht näher. Vielleicht irrt sich Sax. Vielleicht haben sie es nicht bemerkt.

Aber jetzt hat Sax sie bemerkt.

Er schleicht um die Röhren herum und achtet darauf, seine Krallen leicht auf den Metallboden zu setzen. Die schwache Schwerkraft hier macht solche Schritte nicht schwer. Sax muss nur vorsichtig sein, damit ihn kein versehentliches Zucken zum Schweben bringt.

Was Sax sieht, als er seinen Kopf um die Seite eines Röhrenclusters in einen breiten Gang steckt, ist ein Trio von Sevora-Flaum, die einen Gouter auf einem Dreibein aufbauen. Ein großer Zylinder, der an ein Paar Behälter auf Rädern angeschlossen ist, so groß wie Sax selbst. Der Gouter wird in einem Moment damit beginnen, heißes chemisches Verderben durch die Luft in Richtung der Vincere-Truppen zu sprühen.

Die Flüssigkeit des Gouters würde eine Maske im Nu schmelzen und auch einen Rumpf zersetzen, weshalb das Zeug, wenn es abkühlt, zu einer steifen Versiegelung härtet. Die Sevora sehen Sax nicht, also nimmt er sich einen Moment Zeit, um seinen Miner zurückzustecken. Es macht keinen Sinn, Energie zu verschwenden.

Oder Spaß.

Sax stürmt um die Ecke, seine Krallen graben sich tief in den Boden, dann springt er auf den Flaum, der sich gerade im Zielstuhl des Gouters niederlässt. Die Freunde des Flaum drehen sich beim Kreischen des zerreißenden Metalls um, aber alles, was sie noch tun können, ist schreien, bevor Sax zuschlägt. Seine Krallen erledigen den Schützen, während Sax seinen Schwanz um den Hals des linken wickelt.

Er würgt gerade genug, um den Ruck zu spüren, der sagt, dass die Arbeit erledigt ist, und dann wendet er sich dem letzten zu. Manchmal wissen Sevora, dass ihr Ende naht, und sie stellen sich ihm tapfer. Stehen schweigend da, während Sax sie seiner Abschussliste hinzufügt. Dieser hier kauert sich jedoch zusammen. Weicht vor dem Oratus zurück, als Sax aus dem Stuhl des Gouters klettert. Hinter sich benutzt Sax seinen Schwanz, um die chemischen Zuleitungen zu zerstören und macht die Waffe für zukünftige Parteien unbrauchbar.

„Sag mir, Sevora", zischt Sax, während er sich über den winzigen Flaum erhebt. „Was erhoffst du dir? Dass ich dich verschone, weil du so erbärmlich aussiehst?"

Der Sevora starrt Sax durch die großen schwarzen Augen des Flaum an. An seinem Halfter hängt noch eine kleine Waffe. Wenn perfekt gezogen und abgefeuert, könnte sie die Maske durchdringen. Sax eine Narbe verpassen. Sax will, dass der Sevora danach greift, um zu sehen, ob Sax schneller ist. Er bekommt die Chance nicht.

Bas rauscht vor ihm vorbei und ohne ihr Tempo zu verlangsamen, hinterlassen ihre Krallen einen tödlichen Riss, der den Sevora zu Boden sinken lässt.

„Hör auf, mit deinem Essen zu spielen", sagt Bas durch die Maske, während sie weiter zum Rand des Abschnitts stürmt.

Sax kann ihrer Logik nicht widersprechen und setzt ihr nach. Sie sind fast am Tor, das weiter ins Innere des Saatschiffs führt. Was gut ist, denn nach Sax' Berechnung ist ihre Zeit fast abgelaufen.

KAPITEL 9

DER LÖWENKRIEGER

DIE CHARRE SIND zu einem Albtraum herangewachsen. Ich hörte zum ersten Mal vor Jahren von ihnen, durch Geschichten vorbeiziehender Händler. Wenn wir eine Vorliebe für Opfer haben, so haben die Charre eine Besessenheit. Sie ernähren sich von Eroberung. Von der Einnahme von Land und Menschen und dem Missbrauch beider. Vater verfluchte sie und im gleichen Atemzug unsere eigenen Vorfahren dafür, dass sie zuließen, dass Solare in solch zänkischen Verfall geriet.

Als jedoch die Lunare auftauchten, schien sich alles zu ändern. Zwischen zwei größeren Mächten eingeklemmt, verbrachten Vater und die Ältesten lange Nächte damit, zu debattieren, welcher Seite wir uns anschließen sollten. Unabhängig zu bleiben bedeutete den Tod, dessen waren sie sich sicher. Trotzdem hatten sie eine formelle Entscheidung hinausgezögert und warteten ab, welche der beiden sich als gefährlicher erweisen würde.

Jetzt bin ich hier, werde von Kukri-schwingenden Kriegern durch den Dschungel getrieben, ein Opfer dieser Unentschlossenheit. Meine Wut richtet sich jedoch auf das einzig mögliche Ziel: den löwentragenden Anführer, der neben mir geht, während sich seine Truppe um uns herum verteilt.

Als wir uns vom Dorf entfernen, ändert sich seine Haltung. Außerhalb der Blicke der Menge entspannt er sich und wagt es sogar, mir ein freundliches Lächeln anzubieten. Er ist nicht viel älter als ich, und seine Statur verrät, dass er ein mächtiger Jäger ist, obwohl jeder Blick dadurch untergraben wird, dass er mich töten lassen könnte, sollte ihm danach sein.

Die Form seiner Augen und seine glatte Haut – er hat weiße Narben von Speerstichen auf seiner Brust und seinen Beinen, die sich mit den Tätowierungen vermischen, aber sein Gesicht ist verschont geblieben – steigern seine Attraktivität. Er strahlt einen Charme aus, eine Leichtigkeit mit der Macht, die er besitzt, aber das ist nichts gegen meine Mauer aus Wut. Ich bin fast überrascht, wie wütend ich bin, aber der Schock, entführt worden zu sein, verwandelt sich leicht in Feuer.

„Mein Name ist Malo", sagt er, und ich spucke ihm beinahe ins Gesicht.

„Das ist mir egal", antworte ich.

Das sollte es nicht sein. Sein Lächeln wirkt aufrichtig, und er könnte der einzige Freund sein, den du jetzt hast.

Ignos hat natürlich recht, aber ich bin menschlich und kann den gegenwärtigen Zustand der Dinge nicht akzeptieren, ohne aufzubrausen. Malo sieht das und schluckt, schaut sich um, als hoffe er, einer seiner Krieger würde einen Vorwand bieten, das Gespräch zu beenden. Aber er bleibt in Bewegung und an meiner Seite.

Ein mutiger Zug.

Ich dachte, du hättest nach einem Schicksal gefragt? Ist das nicht das, was du wolltest?

Wieder muss ich ihm recht geben. Warum um eine Veränderung bitten, wenn man am Boden zerstört ist, wenn sie eintritt? Mein Gegenargument lautet wie folgt:

Verdammt sei das Schicksal, ich will meine Familie zurück.

„Es tut mir leid", versucht Malo erneut ein Gespräch. „Ich weiß, es ist schwer."

„Ich weiß nicht, wie du dir vorstellst, dass das hier laufen soll", erwidere ich und kühle meine Hitze lange genug ab, um einen vernünftigen Satz zu bilden. „Du hast mich aus meiner Heimat entführt. Du hast mich mit Mördern umgeben. Ich werde nicht deine Freundin sein."

„Ich brauche dich nicht als Freundin", antwortet Malo. „Ich brauche jedoch, dass du zuhörst."

Das kann ich tun. Zuhören lässt mich in meinem Selbstmitleid schmoren, und ich schwelge darin, während Malo über die Regeln des Reisens mit einer Charre-Armee spricht. Wann Essen serviert wird, wie das Schlafen funktioniert und der Marschplan. Alles ist aggressiv. Von Sonnenaufgang bis Sonnenuntergang und mit Dringlichkeit. Selbst die Jäger in unserem Stamm kommen nicht an die Marschstunden der Charre heran.

Malos Worte liegen leicht auf meinem Geist, während ich durch Erinnerungen an meine Eltern, meine Kindheit und Routinen rase, von denen ich jetzt erkenne, dass sie möglicherweise für immer verloren sind. Schließlich wird Malo bewusst, dass ich keine Fragen stelle oder ihn nicht einmal ansehe – meine Augen sind zu einem vagen Punkt vor uns abgeschweift – und er hört auf. Wartet darauf, dass ich ihn bitte weiterzumachen.

Ich tue es nicht, weil ich mich an das Schwein erinnere, das unter der Erde vergraben ist, und wie Vater jetzt wahrscheinlich gerade einen Bissen davon nimmt. Ein

Teil von mir hofft, dass er es nach dem Verlust seiner Tochter nicht essen kann, und ein anderer Teil schämt sich dafür.

„Kannst du mir deinen Namen sagen?", unterbricht Malos Frage.

„Kaishi", sage ich.

„Schau dich um und sag mir, was du siehst." Malo lässt seinen eigenen Blick über die Truppe schweifen.

Sie sind nicht alle in der Nacht sichtbar, da einige durch das Unterholz streifen, aber es sind mindestens ein Dutzend um uns herum. Ich erwarte die Frage nicht, und das veranlasst mich, seinem Vorschlag zu folgen und mich umzusehen.

Alle Krieger tragen Waffen und haben Tätowierungen. Die meisten tragen die riesigen, zahnbewehrten Mäuler von Bären auf die gleiche Weise, wie Malo die Löwenhaut trägt. Ich sehe noch etwas anderes: Viele der Krieger blinzeln, stolpern hier und da über Wurzeln. Diejenigen, die zusätzlich zu ihren Kukris Speere tragen, halten sie tief statt in der richtigen Marschhöhe.

„Sie sind erschöpft", sage ich, und der Bruch im unbesiegbaren Mythos der Charre ist ein Trost.

„Wir sind den ganzen Morgen und Nachmittag gerannt, um dich zu erreichen", sagt Malo. „Wir wollten keine Zeit verlieren."

„Zeit verlieren?"

„Ignos hat ein Zeichen gesandt, Kaishi. Du hast es sicher gesehen? Ein großes Feuer am Himmel?"

Ich nicke.

„Wir lagerten nördlich von hier und warteten darauf, uns mit einer anderen unserer Gruppen zu treffen, aber als wir sahen, wo das Feuer die Erde berührte, brachen wir auf, um in diese Richtung zu gehen. Wir trafen auf dem Weg einen der Boten eures Dorfes, er erzählte uns schnell, was geschehen war."

„Ich war dort. Wo das Feuer die Erde berührte." Es scheint nicht viel Sinn zu haben, es zu verheimlichen. „Dort habe ich Ignos gefunden. Er spricht zu mir, und dann sage ich seine Worte."

„Dann bist du genau das, was wir brauchen", sagt Malo. „Gerüchte schwirren durch unsere Städte, dass Horden aus den Bergen kommen, und dass sie Konstrukte haben, so gewaltig, dass nur Ignos selbst sie gebaut haben könnte. Dass sie Waffen besitzen, die Feuer speien können."

„Was hat das mit mir zu tun?"

„Du bist göttlich, Kaishi." Malos Hände zucken in meine Richtung, als er dies sagt, als wolle er meine Schultern packen. „Zumindest, wenn du die Wahrheit sagst. Was der Kaiser jetzt braucht, ist jemand, der zeigt, dass Ignos noch bei uns ist. Um zu beweisen, dass die Lunare nicht das auserwählte Volk sind."

Während Malo diese Worte spricht, verwandelt sich sein Gesicht, und seine Augen nehmen den gleichen Eifer an, den ich sah, als er sich am Fuße des Turms vor mir verbeugte. Er will mir glauben. Er will, dass ich das Wunder bin, das sein Volk braucht.

Das kannst du sein, Kaishi. Sie suchen nach Hoffnung. Du kannst mehr als das sein – du kannst echt sein. Halte diesen hier in deiner Nähe. Wir können ihn gebrauchen.

Gebrauchen? Das Wort fühlt sich irgendwie schmierig an, und ich schrecke davor zurück.

Du bist naiv. Jeder kann gebraucht werden, und um meine Mission zu erfüllen, wirst du viele gebrauchen müssen.

Ignos' Mission. Uns auf eine neue Zukunft vorzubereiten. Das ist wichtiger als jegliches Unbehagen, das ich wegen einfacher Begriffe empfinden könnte. Als ich also bemerke, dass Malo mich besorgt anstarrt, tue ich, was ich kann, um es zu zerstreuen.

„Ignos stellt mir manchmal Fragen", sage ich.

„Ein Gott stellt dir Fragen?"

Malos Einwand ist berechtigt, aber ich habe mir bereits meine eigene Antwort darauf zurechtgelegt, eine, die Ignos bestätigte, als ich sie vor Stunden vorschlug. „Er prüft meinen Glauben."

Ignos sagt, ich soll Malo in meiner Nähe behalten, also erklimme ich den Berg meiner Wut und suche auf dem Gipfel nach kühlem Verständnis. „Du hast mein Zuhause gesehen, Malo, erzähl mir von deinem?"

Dies entlockt dem Soldaten, von dem ich langsam glaube, dass er tausend Gesichter hat, einen anderen, neuen Ausdruck. Seine Mundwinkel heben sich, er blickt nach Westen, und sein Mund öffnet sich leicht, bevor er spricht, als würde er die Worte auf ihren Wert abwägen. „Hast du von Damantum gehört?"

Der Name kommt mir bekannt vor, wie eine Nebenfigur in einer oft erzählten Geschichte. Ich schüttle den Kopf.

„Dann hast du die großartigste Stadt der Welt verpasst." Malos Hände beginnen zu schweifen, während er spricht. „Damantum bedeckt eine Insel mit Gold, das im Licht von Ignos glitzert. Üppige Gärten schwimmen auf sanften Gewässern. Auf jeder Straße drängen sich Märkte, die Wunder anbieten, die du und ich uns kaum vorstellen können."

Ich bin mir sicher, Malo würde weitermachen, aber ich unterbreche ihn, weil ich nur ein gewisses Maß an Bewunderung ertragen kann: „Du klingst wie die Lunare. Sie spricht auf die gleiche Weise von ihren Bergstädten."

Nachdem ich das gesagt habe, wird mir klar, dass Malo wahrscheinlich keine Ahnung hat, von wem ich spreche, aber zu meiner Überraschung blickt Malo hinter uns. Ich folge seinem Blick, und dort, mit gefesselten Händen, aber frei gehenden Füßen, flankiert von zwei Kriegern, marschiert Viera.

„Im Gegensatz zu den Lunare ist das, wovon ich spreche, wahr", sagt Malo. „Wenn wir Damantum erreichen, wirst du es verstehen."

„Warum hast du sie mitgebracht?"

„Um zu sehen, ob wir unter ihrem Prahlen und ihren Lügen etwas über ihre Brüder erfahren können", sagt Malo. „Und wenn wir das tun, wird ihr Opfer ein glorreicher Moment sein." Er schaut mich an, der Eifer kehrt in sein Gesicht zurück. „Ich hoffe, du wirst das Messer führen."

KAPITEL 10

DAS TOR

DAS ENDE des ersten Abschnitts wird durch ein Tor markiert; ein breiter Bogen, gesäumt von weichen grünen Kugeln, die alle paar Meter angebracht sind. Jedes Saatschiff besteht aus zwölf Abschnitten, die durch diese Tore getrennt sind, und es ist unerlässlich, durch sie hindurchzukommen, bevor die Sevora die Tore verriegeln.

Bas erreicht das Tor zuerst, nachdem sie die zwanzig flachen, seichten Stufen hinaufgestiegen ist, die zur Tür führen. Als sie das tut, mit Sax dicht hinter ihr, wechseln diese weichen grünen Kugeln zu einem grellen Rot. Sie hatten zu lange gebraucht, und nun würde jede Sekunde, die sie auf dieser Seite des Tores verbrachten, den Sevora Zeit geben, eine Verteidigung auf der anderen Seite zu organisieren.

Rechts, neben einer roten Kugel auf Sax' Brusthöhe, befindet sich ein schwarzer Vorsprung. Wie eine Glühbirne, nur undurchsichtig.

„Gedankenscanner", sagt Lan, als sie und Gar sich ihnen auf dem Absatz anschließen. Sax bemerkt, dass Gars mittlere Krallen, wie seine eigenen, rot und nass sind.

„Es sei denn, einer von euch hat es geschafft, sich zu infizieren, sonst kriegen wir dieses Tor nicht auf."

„Ich hab's versucht", bietet Sax an. „Aber sie starben zu schnell."

„Gut", erwidert Gar. „Denn ich hätte dich in Stücke gerissen, wenn sie es nicht getan hätten."

„Das würde ich zu gerne sehen." Sax öffnet leicht seinen Mund und zeigt Reihe um Reihe rasiermesser-scharfer Zähne.

„Schneidegeräte", unterbricht Bas und vollendet die Unterbrechung, indem sie zwischen Gar und Sax tritt. „Wir brennen uns durch."

Mehr muss sie nicht sagen. Die vier ziehen kleine Kanister hervor, an denen kleinere Röhren im rechten Winkel angebracht sind. Sie stecken ihre Krallen in die Oberseiten dieser Röhren und drücken nach unten, um die flüchtigen Gase zu mischen, während die Kralle, die die Waffe hält, die Freigabe aktiviert.

Blitzartig blaue Strahlen schießen aus den Enden und prallen auf das Tor. Ihr Feuer konzentriert sich auf einen kleinen Bereich und zeichnet ein Quadrat, durch das sie hindurchpassen. Die Schneidegeräte sind so hell, dass Sax nicht direkt hineinsehen kann, sondern stattdessen auf die sich kräuselnden, geschwärzten Metallstücke blickt, die auf den Boden darunter fallen.

In der Ferne, hinter ihnen, ist das Geräusch von explodierender Ausrüstung zu hören. Knalle und Pops signalisieren die Zerstörung der Saatschiff-Ausrüstung. Die Vincere-Kräfte haben die erste Schlacht gewonnen, und zu schnell. Der Sieg bedeutet, dass sich die verbleibenden Sevora-Kräfte direkt auf die vier zurückziehen werden.

„Bas, tauschen wir", sagt Sax und reicht seinem Partner sein Schneidegerät, der ihm dafür seinen Bergbau-Laser gibt. Die Bewegung verursacht eine kurze Unterbrechung beim Brennen, aber die Verzögerung ist es wert.

Keiner von ihnen möchte einen Laserstrahl in den Rücken bekommen.

MALO UNTERBRICHT DEN MARSCH ERST, als das Blätterdach des Dschungels verschwindet und die Sterne sichtbar werden. Natürlich habe ich schon Sterne von unseren Lichtungen aus gesehen, aber es ist das erste Mal, dass ich so weit im Westen bin, und der Anblick des gesamten Horizonts, übersät mit Nomis' Glanz, lässt mich innehalten.

Wir befinden uns am Anfang eines Tals, das uns nach tagelanger Wanderung zum Vulkan führen soll, der die eigentliche Grenze des Charre-Gebiets markiert. Malo hat mir den Weg erklärt, und während ich mich darauf freue, einen neuen Ort zu sehen, bringt mich jeder Schritt weiter weg von allem Vertrauten.

Deshalb kann ich auch nicht einschlafen, als ich mich auf meine Baumwollmatte lege, die ich über den felsigen Sandboden ausgebreitet habe. Die Wüste hat ihre eigenen Geräusche, aber es sind nicht die, die ich kenne. Keine Affen und Eulen rufen, das Pfeifen des Windes in den Bäumen fehlt, und selbst die Insekten summen anders.

Allerdings stelle ich fest, dass sie immer noch stechen.

Die Charre ersetzen die mir vertrauten Geräusche durch klimpernde und hackende. Kochfeuer werden entzündet, obwohl ich Malo sage, dass ich keinen Hunger habe. In Wahrheit weiß ich nicht, ob ich hungrig bin oder nicht – im Moment ist alles zu viel. Also bleibe ich auf der dünnen Matte liegen, spüre, wie sich die Steine in meinen Rücken bohren, und rede mit Ignos.

Du sagst mir, dass diese Charre sehr gefürchtet sind?

So sehr, wie eine einzelne Gruppe eben gefürchtet sein kann, denke ich. Furcht ist vielleicht das falsche Wort. Es bringt uns im Dschungel nicht viel, Angst zu haben, weil es so viele Möglichkeiten gibt, wie etwas schief gehen kann. Vielmehr würde ich sagen, dass die Charre von allen Völkern diejenigen sind, die am ehesten das zerstören könnten, was wir haben. Wenn das Furcht ist, dann ja, wir fürchten sie.

Und doch scheinen sie dich zu schätzen.

Ich bin es nicht, um die es ihnen geht. Es ist er. Ignos ist es, nach dem sie suchen.

Aber sie glauben dir. Malo zumindest. Er ist dein Weg zur Macht.

Macht wofür?

Für alles. Sobald du die Ressourcen hast, wird dir dieses Armband an deinem Handgelenk alles geben, was du je brauchen könntest.

Ich betrachte den Cache, aber er ist jetzt nicht viel. Ein einfaches Ding, das an meinem Arm sitzt. Er blinkt nicht und flüstert mir keine Geheimnisse ins Ohr. Ich versuche, ihn mit meinem Willen dazu zu bringen, etwas zu tun. Befehle ihm, aufzuleuchten.

„Funktioniere", sage ich zu ihm.

„Mit wem redest du?", fragt Malo und setzt sich neben mich.

Bevor ich antworte, reicht er mir ein Bündel Mais in einer dünnen Tortilla.

„Ich habe gesagt, ich habe keinen Hunger." Ich nehme es trotzdem und Malo lächelt.

„Jeder hat Hunger nach so einer Wanderung. Ich kann nicht zulassen, dass du morgen müde bist. Es wird ein langer Marsch."

Das Essen ist fade, aber mein Magen mag es trotzdem und ich verschlinge das Ganze in drei Bissen. Malo hat sogar einen Wasserschlauch für mich, und ich lasse mir etwas davon in den Mund laufen. Es ist warm, abgestanden und köstlich.

Nachdem ich fertig bin, nimmt Malo den Schlauch zurück und bemerkt, dass ich auf seine Hände schaue. Versuche zu sehen, ob er mehr mitgebracht hat. Er lacht. Ich kann mir ein kleines Lächeln nicht verkneifen. Dann ist Malo weg und einen Augenblick später wieder da, mit einer weiteren Tortilla. Diese enthält neben dem Mais auch Fleischstückchen. Ich erkenne den Leguan, obwohl die seltsamen grünen Kreise, die überall verteilt sind, neu für mich sind.

„Iss in kleinen Bissen", sagt Malo. Ich höre nicht wirklich zu und nehme ein Drittel der Tortilla in einem einzigen Bissen.

Die Wärme kommt langsam, aber sie baut sich zu einer unglaublichen Hitze auf. Mein Mundinneres brennt, und als meine Augen sich weiten, reicht mir Malo eine kleine Schale mit einem hellokturinnen Saft. Ich leere sie vollständig, und die Süße der Mango vertreibt das Gefühl, dass ich gleich hier sterben werde.

Was tust du? Hat er dich vergiftet? Warum brennst du?

Ich schnappe nach Luft, und dann bemerke ich, dass Malo wieder lacht.

„Ein kleines Stück nach dem anderen, Priesterin."

Ich bemerke den Titel und frage mich, ob das von nun an meine Bezeichnung sein wird.

Die Priesterin.

Mich darauf zu konzentrieren, hilft mehr als der Mangosaft, um das Brennen zu lindern, und als sich mein Mund beruhigt, ertappe ich mich dabei, wie ich wieder nach der Tortilla greife. Malo hält sie weg.

„Du wirst es diesmal langsam angehen?", fragt Malo, und ich nicke.

Ich halte mein Wort und beende die Tortilla mit kleinen feurigen Bissen. Als ich fertig bin, ist Malos Ausdruck ernster, als ich erwartet hatte.

„Was ist los?", sage ich.

„Du wirst lernen müssen, die Paprika zu mögen", sagt Malo, und ich merke, dass dies kein beiläufiges Gespräch mehr ist. „In Damantum wirst du mit Priestern essen. Vielleicht sogar mit dem Kaiser. Sie werden nach Anzeichen suchen, dass Ignos nicht bei dir ist. Dass du lügst. Keine Priesterin der Charre wird unser eigenes Essen ablehnen."

„Jeder in Damantum mag diese? Ich werde wegen einer Paprika angezweifelt werden?"

„Von denen, die deine Macht fürchten, ja. Ich habe viele meiner eigenen Krieger auf dem Altar gesehen, weil die Priester irgendeinen Weg gefunden haben, wie sie Ignos missfallen haben." Malo ist verärgert, und das ist das erste Mal, dass ich wirklich sehe, warum er hier der Anführer ist. „Es gibt Leute in Damantum, die jeden auf ihrem Weg niedertrampeln würden. Wir haben noch Tage vor uns, Priesterin. Wenn du möchtest, will ich unsere Abende nutzen, um dich zu lehren, wie du in meiner Stadt überlebst."

Ich brauche Ignos' Rat nicht, um darauf mit Ja zu

antworten, und kurz darauf verschwindet Malo in der Nacht mit den Worten, wir sollten beide so viel Schlaf bekommen, wie wir können. Nur dass ich jetzt an die Schlangengrube denke, in die ich mich begebe, und das reicht aus, um meinen Geist weiter kreisen zu lassen.

Ich höre Gelächter nicht weit entfernt. Ich rolle mich auf der Matte um und sehe die Lunare, Viera, die mit zwei Charre an ihrem Feuer spricht. Sie haben ihre Arme losgebunden, was bedeutet, dass sie sie nicht für eine Bedrohung halten. Viera ist mitten in einer Geschichte, ihre Hände fuchteln herum, ihre zerlumpte Kleidung sieht lächerlich aus, und ich kann verstehen, warum die Charre denken, dass sie keinen Schaden anrichten wird.

Aber du stimmst nicht zu. Warum?

Weil die Lunare eine Geschichte haben. Weil sie handeln, ja, aber sie nehmen auch. Die Solare, die Stämme, die uns geblieben sind, wurden zwischen den Charre im Westen und den Lunare in ihren Bergen im Osten eingequetscht. Ozeane bedecken die anderen zwei Richtungen und fangen uns ein. Vater glaubt, dass Ignos diejenigen von uns retten wird, die übrig sind, und ich glaube ihm. Das tue ich. Aber uns läuft die Zeit davon.

Du hast meine Frage nicht beantwortet, Kaishi.

Warum ist Viera gefährlich? Weil ich weiß, was die Lunare zurücklassen, wenn sie einen Stamm überfallen. Die ausgebrannten Leichen mit dunklen Löchern in ihren Körpern. Häuser, die auseinandergerissen und geplündert wurden. Jeder, der nicht tot ist, wird, so denken wir, verschleppt. Zu welchem Zweck, wissen wir nicht.

Ich glaube nicht, dass Viera wie die anderen ist – ich würde sie sogar meine Freundin nennen, aber Vater hat mich oft genug gewarnt, dass sie Ärger bringen wird, sodass ich es nicht völlig abweisen kann.

Warum schließen sich eure Stämme dann nicht zusammen und schlagen zurück? Verteidigen und greifen als Einheit an?

Es ist nicht so, als hätten die Solare es nicht versucht. Es ist nicht so, als hätten mein Vater und die Ältesten sich nicht mit anderen Stämmen getroffen und über ein Bündnis gesprochen. Jedes Mal kehrt er mit schüttelndem Kopf zurück und murmelt von Macht und wie schwer es ist, ein bisschen davon aufzugeben, selbst angesichts des Risikos, alles für immer zu verlieren. Also handeln wir, was wir können, mit den Lunare und hoffen, dass sie uns in Ruhe lassen.

Warum versuchst du dann nicht etwas anderes?

Ich schaue hinüber zum Feuer und zu Viera, die immer noch plaudert. Es braucht nicht viel Überlegung, um zu erkennen, worauf Ignos hinauswill, und ich bin sowieso noch nicht müde, also setze ich mich von meiner Matte auf und gehe, nachdem ich meinen Moosumhang um mich gezogen habe, um die kühle Nachtbrise abzuhalten, zu ihrem Feuer hinüber.

Die Charre-Krieger werfen mir einen Blick zu, als ich mich nähere, und das gleichzeitige Bewegen dieser großen, braunen Bärenköpfe und ihrer glänzenden Zähne, die sich in meine Richtung schwingen, lässt mich innehalten. Sie werden mir nicht wehtun, sage ich mir, denn wenn sie mich hätten tot sehen wollen, wäre es vor dem Abendessen passiert. Es macht keinen Sinn, Essen an eine Leiche zu verschwenden.

„Hörst du meine Geschichten?", spricht Viera mich an. „Wie vergleichen sie sich? Ich nehme an, eine Priesterin hat selbst ein paar gute auf Lager."

Die Flammen verleihen ihrem Gesicht einen leuchtenden Schein, und die Schatten spielen zwischen ihren großen Augen und den Strähnen schneeweißen Haars, die ihre Stirn streifen. Unterbrochen beugt sich Viera über das Feuer, als ob sie versuche, die Flammen zu umarmen. Bevor ich fragen kann, wie sie die Hitze aushalten kann, richtet Viera sich auf, dreht sich um und lehnt ihren Rücken über das brennende Gestrüpp.

„Ist dir kalt?", frage ich und ignoriere ihre Frage.

Ich habe Geschichten. Jede Menge. Wir haben einige während unserer Dschungelläufe ausgetauscht.

„Siehst du den Schnee auf den Berggipfeln?", antwortet Viera, und ich bemerke, dass sie in der Sprache der Solare spricht. „Du denkst wahrscheinlich, es sei kalt für uns. Dass wir daran gewöhnt sein sollten?"

Die Krieger wenden sich wieder Viera zu, mit schiefen Lächeln, und mir wird klar, dass sie kein Wort von dem verstehen, was die Lunare sagt. Sie lachen, weil es lächerlich aussieht, sich über ein Feuer zu halten. Ich bin so an beide Sprachen gewöhnt, dass der Wechsel zwischen Charre und Solare für mich so natürlich wie Atmen kommt.

„Aber wir gehen tief", fährt Viera fort. „Unsere Wege höhlen so tief aus, dass wir die Wärme der Welt einfangen. Es ist wie dieses Feuer hier, aber überall und die ganze Zeit. Also ja, mir ist kalt."

Ich nehme selbst einen Platz nahe dem Feuer ein. Der Sand ist warm an meinen Beinen, weich und glatt. Geradeaus den Weg zurück, jenseits des Lagers, tanzen die Dschungelbäume in der Brise. Die Lunare leben tief in den Bergen. Ich kann mir nicht vorstellen, wie es wäre, den Himmel nicht zu sehen, und wende mich von dem Gedanken ab.

„Sie können dich nicht verstehen", sage ich, und es dauert einen Moment, bis Viera begreift, dass ich von den Kriegern spreche.

„Ihr könnt mich nicht verstehen?", sagt Viera die Worte auf Solare, und die Krieger begegnen dem Satz mit leeren Blicken. „Interessant. Ich schätze, das bedeutet, ich kann den ganzen Tag damit verbringen, sie zu beleidigen, und niemand wird es wissen."

„Ich werde es wissen", sage ich.

„Ja, du wirst es", sagt Viera die Antwort langsam und lehnt sich vom Feuer zurück, mich anblickend. „Warum bist du hergekommen, Kaishi? Einsam?"

„Weil du so laut geredet hast, dass ich nicht einschlafen konnte."

„Das ist eine Angewohnheit von mir." Viera zuckt mit den Schultern. „Ist das eine Warnung? Wird Ignos mich niederstrecken, wenn ich seine Priesterin nicht ruhen lasse?"

Die beiläufige Blasphemie verletzt meine Ohren, und ich bin kurz davor, sie dafür zu tadeln, als Ignos durch meinen Geist rauscht.

Sieh über die Fehler hinweg zu dem, was sie uns bringen kann, Kaishi. Ich werde alles vergeben, was gegen mich gesagt wird, solange du mein Ziel erreichst.

Ignos' Worte ergeben Sinn, also schenke ich Viera ein zahniges Lächeln. „Er könnte es, wenn ich ihn darum bitte."

Viera lacht darüber, und es ist ein hüpfendes, freudiges Geräusch. Wie sie in einer solchen Situation einen solchen Klang hervorbringen kann, übersteigt mein Verständnis. Als Viera wieder in meine Richtung blickt, leuchten ihre grün-gelben Augen vor Belustigung.

„Ich dachte, ich würde mit stumpfäugigen Kriegern festsitzen", sagt Viera. „Ich bin froh, dass sie dich mitgenommen haben, Kaishi."

„Froh? Wie kannst du froh sein, umgeben von Feinden?", platze ich mit der Frage heraus, denn in dem Ton der Lunare liegt nichts, was nach Sarkasmus klingt.

Viera genießt, soweit ich das beurteilen kann, die Situation wirklich.

„Weißt du, warum ich zurückgeblieben bin, als mein Volk in die Berge zurückkehrte?", fragt Viera, und ich schüttle den Kopf. „Wegen dieser." Die Lunare zeigt zum Himmel und dem sternenbesetzten Wandteppich. „Sie sind wunderschön. So viel schöner als die Felsendecken, die meine Nächte so lange begleitet haben."

„Die Sterne werden nicht für dich laufen", sage ich. „Und ich glaube nicht, dass diese Krieger etwas dagegen hätten, dich zurückzulassen."

„Dann denke ich, werden wir zusammenarbeiten müssen, Kaishi", sagt Viera. „Dies ist nicht nur ein weiterer Dschungellauf. Es ist ein Abenteuer, eines, auf das du, glaube ich, gewartet hast. Ich weiß, ich habe es."

„Ich will einfach nur nach Hause."

„Das wirst du nicht, Kaishi." Vieras Lächeln verschwindet.

„Warum?"

„Ich liebe die Sterne, Kaishi, und das tun die meisten Lunare auch. Wir mögen euren Dschungel, und wir mögen diese sandigen Ebenen." Viera nimmt einen tiefen Atemzug und genießt die Luft. „Zu Besuch zu sein ist schön. Handel zu treiben ist besser. Aber warum dabei stehenbleiben?"

„Was meinst du?"

„Wir kommen, Kaishi, und wir werden alles nehmen, was du und dein Volk haben."

KAPITEL 12

DIE GEBURTSBECKEN

SAX POSITIONIERT sich oben auf der Landeplattform und wartet auf Ziele. Hier oben gibt es keine Deckung, aber Sax hat Optionen. Kurz darauf kommen die ersten herumkrabbelnden Sevora-Flaum und Whelks in Sicht - denn sowohl die Sevora als auch die Vincere schätzen fruchtbare Züchter. Einige zögern beim Anblick von Sax, zwei sind mutig genug, nach Waffen zu greifen.

Sax springt. Er drückt seine Beine gegen die Plattform und katapultiert sich gerade nach oben. Die Schwerkraft ist leicht genug, dass er nicht einfach wieder herunterfällt, sondern schwebt. Dies gibt ihm zusammen mit dem Stim genügend Zeit zum Zielen. Um mit roten und gelben Energiestößen aus seinem Miner die beiden ersten Bedrohungen und schnell genug weitere zu rösten. Sie zerplatzen zu brennendem Konfetti, überhitzt von Sax' Minern, und bald überdenken die Sevora ihren Rückzug.

Sie zerstreuen sich zurück in den Röhrenwald, während Sax zum Boden zurückkehrt. Er glaubt nicht, dass es einen anderen Ausweg aus diesem Abschnitt gibt, also werden sie zurückkommen, aber der dumpfe Knall hinter ihm bedeutet, dass Sax nicht hier sein wird, um sie zu begrüßen.

Was sie zu den Glücklichen macht.

Sax spürt eine Berührung an seinem Schwanz. Vertraut. Bas' Art zu sagen „Lass uns gehen". Sax hält seine Augen rückwärts gerichtet, in Richtung ihres Shuttles und möglicher weiterer Sevora-Angriffe, während Bas, ihren Schwanz an seinem haltend, den Oratus durch das Loch führt, das sie in das Tor geschnitten haben. Erst als er hindurchgeschlüpft ist, dreht sich Sax um und betrachtet den Abschnitt, den sie betreten haben.

Wenn der letzte die Röhren enthielt, in denen die Spezies heranwuchsen, so beherbergt dieser ihre nächste Station. Er besteht aus breiten purpurschwarzen Becken. Jedes so groß oder größer als das Shuttle, mit dem Sax und die anderen gekommen sind. Die Becken sind auch nicht still; sie blubbern und wogen mit Bewegungen unter der Oberfläche.

Gar wartet nicht. Er hebt seinen Cutter, zielt auf das nächste Becken und feuert. Das Becken selbst erhitzt sich, beginnt zu kochen durch die Menge an Energie, die hineinströmt. Es gibt einen großen Grund, warum das eine schlechte Idee ist: Die Cutter sind ihr bester Weg durch die Tore, und es gibt mindestens zwei weitere vor dem Zentrum des Samenschiffs. Energie an unreife Sevora zu verschwenden, die sowieso sterben werden, wenn die Mission erfolgreich ist, ist dumm.

Aber Sax wartet ein paar Momente, bevor er Gar befiehlt aufzuhören. Er weiß, wie befriedigend das ist. Er möchte es selbst tun, aber Bas hat immer noch seinen Cutter.

„Wenn das Schiff fällt, kriegst du sie alle", sagt Sax, als das Licht des Cutters erlischt.

„Das hier macht mehr Spaß", erwidert Gar, und sie alle zischen in wissendem Einverständnis.

Die Becken sind von Laufstegen durchzogen. Geländerte Brücken, übersät mit Futterstationen und Konsolen, die Temperatur und Konzentrationen von Mineralien anzeigen, die Sax weder kennt noch interessieren. Sie gehen vorbei und schlagen gelegentlich mit Klaue oder Schwanz zu, um Dinge in Stücke zu schlagen.

Sinnlose, nährende Zerstörung.

KAPITEL 13

EIN VERZWEIFELTER SCHLAG

ICH WÄLZE mich den Rest der Nacht nach Vieras Warnung hin und her. Die Lunare kommen? Mit den Charre, die von der anderen Seite drängen, würde mein Stamm nicht lange überleben. Keiner der Solare würde das.

Es sei denn, du findest einen Verbündeten.

Ignos hat einen guten Punkt. Wenn wir uns in den Dienst der einen oder anderen Seite stellen würden, könnten wir überleben. Es würde bedeuten, unsere Unabhängigkeit aufzugeben, aber ich bin nicht so naiv zu glauben, dass wir die sowieso behalten.

Warum bist du hier, Kaishi?

Die Frage kommt mit einem Hauch von mehr. Ignos macht das von Zeit zu Zeit; stellt Fragen, die darauf abzielen, mich zu anderen Schlussfolgerungen zu führen. Es macht mir nicht viel aus, aber hier am frühen Morgen, müde, während mein Gott beginnt, den östlichen Himmel zu erhellen, bin ich nicht so geduldig und gehe mit der offensichtlichen Antwort:

Ich bin hier, weil die Charre kamen und mich von meiner Familie und meinem Zuhause wegstahlen.

Nein, du bist hier, weil du eine Gelegenheit hast.

Wäre Ignos meine Mutter oder ein anderer Dorfältester gewesen, hätte ich gelacht. Den Vorschlag weggeschoben. Aber man kann nur begrenzt trotzig sein angesichts seines Gottes. Also bleibe ich still und warte darauf, dass Ignos fortfährt.

Zumindest einige dieser Krieger glauben an dich. Malo, der Anführer, tut es sicherlich. Gemeinsam können wir sie umstimmen, Kaishi. Gemeinsam können wir sie alle dazu bringen, an dich zu glauben.

Und dann? Ich sage ihnen, sie sollen mein Volk in Ruhe lassen? Wie lange, bis sie entscheiden, dass ich als Priesterin nicht viel nütze und mich in Stücke reißen?

Wenn sie glauben, dass du eine Göttin bist, werden sie dich nicht anrühren.

Das ist ein neues Wort. Eines, das auf einmal Ignos' Pläne für mich klar macht und tausend Fragen aufwirft, warum, warum sich mit einem zufälligen Solare-Mädchen abgeben, wenn es bereits Menschen gibt – sagen wir, den Kaiser der Charre –, die die Machtpositionen innehaben, nach denen Ignos offensichtlich sucht.

Weil du mich gefunden hast, Kaishi.

Es gibt einfache Widerlegungen dafür, aber ich habe keine Zeit, sie vorzubringen, weil Malo und seine Krieger zum Aufbruch rufen. Ich beeile mich und ziehe meinen Moosumhang an. Ich will gerade anfangen, die Matte aufzurollen, als ein Krieger erscheint, mich sanft wegschiebt und beginnt, sich um meine Ausrüstung zu kümmern.

Ich bestehe darauf, dass ich in der Lage bin, meine eigenen Sachen zu handhaben, und der Krieger lacht nur. Er steckt die Matte in einen Packgurt, der über seine Schultern geschlungen ist, und geht weg. Ich folge ihm, weil mir niemand sagt, was ich tun soll, und ich nicht zurückgelassen werden möchte.

Die Charre bewegen sich am frühen Morgen schnell, trotz schmerzender Muskeln vom Vortag. Zumindest vermute ich, dass alle die gleichen Knoten und Krämpfe spüren wie ich. Malo sagt, wir müssen so viel Boden wie möglich gutmachen, bevor Ignos hoch steht und die Hitze das Reisen schwierig macht. Ich sage, dass es jetzt schon schwierig genug ist, und der Häuptling schenkt mir ein Lächeln.

Aus irgendeinem Grund bringt mich Malos Blick zum Erröten. Ich nehme mir vor, das nicht mehr zuzulassen.

Ignos dient als Ablenkung. Er bedrängt mich mit Fragen und Ideen. Gedanken darüber, wie man die Charre um den Finger wickeln kann. Überlegungen, was wir tun können, wenn wir ihre Loyalität haben. Die Dinge, die wir ihnen befehlen können zu bauen. Da wird Ignos wirklich seltsam, denn die Strukturen, die er beschreibt, existieren nicht.

Zumindest nicht, dass ich sie gesehen hätte.

Wir wandern durch ein weites Tal, dessen Sandsteinklippen zu beiden Seiten aufragen. In weiter Ferne ist der vage Umriss des Vulkans zu sehen. Darum herum, laut unseren Dorfhändlern, beginnen die weiten Felder und Wiesen, die den Großteil des Charre-Territoriums ausmachen. Geschichten flüstern davon, wie es einst Wald war, aber die Charre nahmen die Bäume für ihre eigenen Zwecke.

Mehrere Stunden später, als Ignos sich fast direkt über unseren Köpfen befindet, kommt ein Ruf vom Ende unserer Kolonne. Malo lässt mich zurück und drängt sich durch seine eigenen Krieger, um einen besseren Blick zu bekommen.

Während ich nicht über ihre Köpfe sehen kann, macht eine sich ausbreitende Staubwolke aus der Richtung, aus der wir kamen, deutlich, dass etwas auf uns zukommt.

„Sie rennen schnell", sagt Viera, die neben mir auftaucht. „Glaubst du, es ist dein Stamm, der dich sucht?"

Die Frage verwirrt mich für einen Moment. Mein Dorf hat Jäger. Sie könnten sich schnell durch den Dschungel bewegen. Ich möchte glauben, dass Vater einen Großangriff befohlen hat, um mich zurückzuholen.

„Das würde er nicht tun", sage ich und dämpfe den Schock der Hoffnung mit kühler Logik. „Vater würde das Dorf nicht für mich riskieren."

Ich glaube es erst, als ich die Worte ausspreche, aber es stimmt. Vater und Mutter machten kein Geheimnis aus den Opfern der Macht. Wie sie Entscheidungen gegen ihre eigenen Interessen treffen mussten, wenn das Dorf es erforderte.

Welche Wahl wäre offensichtlicher, als den ganzen Stamm überleben zu lassen, indem man ein einzelnes Mädchen verliert?

Der Rest von Malos Truppe macht sich bereit. Sie bilden eine gestaffelte Linie, alle zwanzig von ihnen, und beginnen, ihre Bögen und Pfeile herauszuholen. Ihre Kukris. Viera und ich bewegen uns zur Seite, um einen klaren Blick auf das zu bekommen, was auf uns zukommt.

Wer auch immer sie sind, sie bewegen sich in vollem Sprint. Ich sehe ihre Körper, verhüllt vom Staub, wie sie mit erhobenen Armen und hochgehaltenen Keulen vorwärts stürmen. Ihre Haut macht deutlich, dass sie nicht zu Vieras Verwandten gehören, die Farben ihrer Tätowierungen zeigen, dass sie nicht zu meinen gehören. Dies ist eine Gruppe von Solare, die auf ihren eigenen Untergang aus ist.

„Bleibt hier hinten", Malo schlüpft zu uns mit einem

weiteren Krieger an seiner Seite. „Wir riskieren euch nicht in einem sinnlosen Kampf."

„Sinnlos?", sagt der Charre-Krieger. „Für dich, Malo, mag es das sein. Der Rest von uns muss sich noch unsere Löwen verdienen."

„Nicht auf Kosten der Priesterin", feuert Malo zurück, und dann ist er weg; er kehrt mit gezücktem und bereitem Kukri zur Linie zurück.

„Wer sind sie?", frage ich, denn ich kann nicht glauben, dass ein Solare-Stamm für einen solchen Kampf den Dschungel verlassen würde.

„Sie wollen Rache", sagt der Krieger, und ich kann das leichte Lächeln auf seinem steinernen Gesicht sehen. „Wir haben uns vor Tagen aus ihrem Dorf genommen, was wir brauchten. Damals war es leicht verteidigt. Jetzt wissen wir, warum."

Ich kann es mir vorstellen. Jäger brauchen oft Tage, um wertvolle Beute zu verfolgen. Ein einzelnes großes Wildschwein, ein Bär oder ein Elefant könnte ein Dorf lange Zeit ernähren, aber wenn man weg war, als Feinde kamen, konnte man alles verlieren.

„Spannen!", hallt Malos Befehl scharf in der klaren Luft. Wie ein Mann heben zehn der Charre-Krieger ihre Bögen und spannen ihre Sehnen. „Zielen!"

Ihre Winkel. Warum?

Ignos bemerkt, dass die Charre ihre Pfeile tief richten. Für mich ist es offensichtlich: aus ihrer Richtung ist es weniger wahrscheinlich, das Ziel zu töten.

Für die Opfer. Ich verstehe.

Wieder erscheinen mir die Lücken in Ignos' Wissen seltsam, aber im Chaos des bevorstehenden Kampfes kann ich mich nicht darauf konzentrieren. Stattdessen sehe ich, wie die Charre ihre Pfeile abschießen. Sie fliegen auf die grimmigen und rauen Körper von Stammesangehörigen zu, die ich nicht erkenne, aber dennoch als Solare-Brüder kenne.

Es gibt keinen Laut, wenn die Pfeile treffen, außer Schreien. Diejenigen, die den Treffern ausweichen, sei es durch Glück oder indem sie zur Seite springen, stoßen eigene Schreie aus. Schmerz und Wut vermischen sich. Es reicht, um mir den Atem zu rauben.

Ich stelle fest, dass ich will, dass die Solare gewinnen.

Ich weiß, dass sie es nicht werden.

Die Charre bestätigen schnell meinen Gedanken. Sie waten in einer Linie vorwärts, tauschen Bögen gegen Kukris – eines in jeder Hand – und beginnen, als die Solare mit ihren Keulen und Messern näherkommen, einen brutalen Tanz. Ich habe noch nie einen Kampf gesehen, und ich bin entsetzt davon.

Die Charre haken ihre Feinde mit den Kukris ein und werfen sie zu Boden oder drehen die Solare so, dass jede Vergeltung weit ihr Ziel verfehlt. Jedes Mal, wenn ein Solare den Boden berührt, ist ein Charre schnell dabei, ihre Waffe wegzutreten oder, wenn der Solare sich weigert aufzugeben, wenn sie versuchen, sich wieder aufzurichten, setzt der Charre das stumpfe Ende des Kukris ein.

Malo sticht hervor. Er ist mit seinem Löwenfell leicht zu verfolgen, und der Häuptling stellt sich in das Zentrum des Gefechts. Wo die anderen Charre ihre Kukris als Waffen benutzen, führt Malo seine wie Gliedmaßen. Er wirbelt und duckt sich, stößt zu und kontert, verwandelt eine auf seinen Kopf zuschwingende Keule in einen wilden Fehlschlag, der ihren Besitzer für einen harten Tritt gegen die Knie öffnet.

So kurz der Kampf auch ist, die Solare haben Zeit zu erkennen, dass sie gegen Malo keine Chance haben, und am

Ende steht er allein inmitten eines Haufens sich ergebender Körper.

Pass auf dich auf.

Ignos reißt mich von dem Spektakel weg und ich sehe einen Solare, einen der wenigen noch Stehenden, der auf uns zuschneidet. Er hält ein schwarzes Glasmesser, ein Opferinstrument, das zu einer verzweifelten Waffe umfunktioniert wurde, und ich kann Tränen sehen, die sein Gesicht hinunterlaufen, während er sich bewegt. Der Charre-Krieger, der uns bewacht, verschiebt sich, um sich dem Solare in den Weg zu stellen, und ich warte auf das unvermeidliche Ende.

Der Knall erschüttert mich bis ins Mark, und ich spüre, wie mein Herz springt. Im nächsten Moment bin ich am Boden, die Hände über meinen klingenden Ohren. Der Charre-Krieger gesellt sich zu mir, obwohl er zurück in die Richtung schaut, aus der das Geräusch kam. Er sieht nicht, was ich sehe. Er sieht den Solare nicht, der jetzt auf plötzlich rotem Boden liegt.

Interessant. Es gibt mehr in deiner Welt, als ich dachte.

Ich weiß nicht, was Ignos damit meint. Anstatt darüber nachzudenken, folge ich den Augen des Charre-Kriegers und schaue hinter mich. Dorthin, wo Viera steht und ihre graue Röhre, ihre Pistole, hält. Viera bemerkt, dass ich sie ansehe, aber diesmal gibt es kein angebotenes Nicken. Kein Anflug eines Lächelns. Sie ist todernst, und das sind auch die Charre-Krieger – Malo eingeschlossen –, die aufhören, ihre neuen Gefangenen zu fesseln, um die Bedrohung zu betrachten.

„Übersetze für mich, Kaishi", sagt Viera.

Sie hält immer noch die Pistole. Ich habe nicht gesehen, was sie getan hat, aber ich habe die Ergebnisse gesehen, also nicke ich.

„Was ihr gerade gesehen habt, kann wieder passieren. Wird wieder passieren, wenn ich es will. Ihr werdet eure Hände von mir lassen, und ihr werdet eure Hände von ihr lassen, und wir werden alle lebend in eure Stadt kommen. Verstanden?"

Sie hat erkannt, dass du ihre einzige Hoffnung auf Überleben bist. Clever.

Ich sage die Worte, und die Charre schauen zu Malo für Anweisung. Der Löwenkrieger steigt über die Körper und geht direkt auf Viera zu. Er hat einen Blick, der Unheil verheißt, und Viera sieht es.

Hebt die Pistole.

Malo hält inne.

„Nicht", sage ich, obwohl ich nicht sicher bin, zu wem ich das sage. Ich weiß nur, dass ich genug Gewalt gesehen habe.

„Priesterin", spricht Malo mich auf Charre an. „Diese Lunare ist ein Risiko. Eine Gefahr. Ich kann sie nicht bleiben lassen."

Aber du kannst sie auch nicht gehen lassen. Viera hat sich jetzt an dich gebunden. Und sie fürchten sie. Sie wird nützlich sein.

„Viera", sage ich. „Versprich mir, dass du niemanden verletzen wirst, es sei denn, sie greifen dich zuerst an."

„Das war sowieso das einzige Mal, dass ich sie benutzen wollte." Viera schaut mich nicht an, als sie das sagt, sondern erwidert Malos Blick, der sich zu mir wendet.

„Dann ist jeder, den sie tötet, deine Verantwortung, Priesterin", sagt Malo.

In meinem Geist spüre ich Ignos' warme Zustimmung.

KAPITEL 14

TRENNUNG

AM HINTEREN ENDE DES ABSCHNITTS, nach einem kürzeren Weg als zuvor, aber immer noch minutenlang, starren die vier auf ein weiteres Tor.

Wieder weiche rote Kugeln.

„Cutter", verkündet Bas, und sie greifen nach ihren Waffen.

„Wartet." Sax betrachtet den Hirnscanner an der rechten Seite des Tores. „Ich hab 'ne bessere Idee."

Bevor einer der anderen etwas sagen kann, dreht sich Sax um und springt in den nächstgelegenen Pool. Das Licht verschwindet sofort unter der Oberfläche, aber die Maske passt sich an. Der Anzug bedeckt Sax' Augen und beginnt, eine andere Art von visueller Information zu liefern. Rotgelbes Leuchten überall dort, wo Wärme erkannt wird. Sevora, die in ihrem natürlichen Lebensraum schwimmen.

Ohne Wirt sind Sevora klein. Eine würde in Sax' Handfläche passen. Sie sind dünne Ovale mit zahlreichen Tentakeln, die aus ihrem größeren Ende herausragen. Jeder dieser Tentakel ist mit Widerhaken besetzte Flagellen überzogen.

Nützlich zum Klettern und um sich in etwas hinein-
zureißen.

Wenn ein Sevora in Sax' Kopf gelangen könnte, wäre er
sein Sklave. Sein gedankenloser Wirt. Die Sevora wissen
das auch und schwärmen ihn aus. Durch die Maske scheint
es, als wäre Sax' ganze Welt in Rot und Gelb getaucht. Aber
die Maske leistet hier doppelte Arbeit. Die Widerhaken
können sie nicht durchdringen, sodass die Tintenfischkrea-
turen für einen Moment nutzlos an Sax herumfuchteln,
bevor sie erkennen, dass sie den Oratus zwar nicht nehmen
können, er aber sehr wohl *sie* nehmen kann.

Sax schlägt mit seinen Krallen zu und packt ein Paar
Sevora. Er macht sich auf den Weg aus dem Pool.

Hirnscanner sind einfache Dinge. Sie suchen nur nach
Anzeichen eines Sevora, mehr nicht. Sie sind nicht schlau
genug, um zu wissen, dass sich das Sevora in Sax' Klaue
nicht dort befindet, wo es sein sollte. Also gibt der Scanner
einen Piepton von sich, und das Tor blinkt grün. Es gleitet
in die Wand hinauf.

Sax dreht sich um und schleudert die beiden Sevora
hinter sich, lässt sie in einem Bogen über die Pools fliegen.
Er wartet nicht ab, ob sie mit einem Platschen oder härter
landen, denn plötzlich ruckt das Saatschiff. Ein zitternder
Ruck, und Sax gräbt seine Krallen in den Boden, um nicht
umzufallen. Laute Knalle folgen der Verschiebung; sie
hallen entlang der Wände des Abschnitts und kommen auf
sie zu.

„Los!", brüllt Sax, als den Knallen Explosionen folgen,
die die Wand des Abschnitts um das Tor herum
aufbrechen.

Das Vincere-Training lehrt sie, Befehlen ohne zu
zögern zu folgen, genau für Situationen wie diese, in denen
Augenblicke den Unterschied zwischen Leben und einem

kalten, langen Tod ausmachen. Sax springt voraus, Bas an seiner Seite – Gar und Lan sind bereits durch, aber Paare warten auf ihren Partner –, und sie kommen durch das Tor, bevor es wieder zuschlägt. Diesmal nicht nur mit der Standardtür, sondern mit einer zweiten, dickeren.

Auf der anderen Seite hallen weiterhin Dröhnen und Knallen durch den Abschnitt, in dem sie gerade noch waren. Reißen ihn auseinander. Dann gibt es einen Gravitationsschub, als das Saatschiff seine Rotation anpasst, um den Masseverlust auszugleichen. Um der Tatsache Rechnung zu tragen, dass die beiden kompletten Abschnitte, durch die Sax und die anderen gegangen sind, sich abgetrennt haben und den Rest der Vincere-Truppen und wer weiß wie viele Sevora mit sich nehmen.

Und die vier Oratus allein zurücklassen. Ein Team gegen ein Saatschiff voller Tausender, die sie tot sehen wollen.

Gute Chancen.

KAPITEL 15

DIE TOTEN BEGRABEN

ALS PREIS DAFÜR, dass Viera ihre Waffe behalten darf, präsentieren Malo und die anderen Charre ihr die Konsequenzen: die Leiche des Solare-Kämpfers. Viera starrt sie an und blickt dann zu mir.

„Wenn in Lunare jemand stirbt", sagt Viera, „werfen wir sie von den Klippen. Die Natur kümmert sich dann um die Körper."

„Hier gibt es keine Klippen", erwidere ich. „Ignos verlangt, dass wir unsere Körper verbrennen, um seine Gefallenen zu ihm zurückzubringen."

Ich hoffe, Viera wird das verstehen, denn ich habe Schwierigkeiten, die grau werdende Leiche anzusehen. Zwar endeten Konflikte zwischen Solare-Stämmen oft mit Toten, aber diese waren von Flecken und Einstichen von Speeren und Pfeilen gezeichnet. Dieser hier scheint durch Magie gestorben zu sein. Ich will ihn nicht umdrehen, um zu sehen, was Vieras Waffe angerichtet hat.

„Dann werden wir ihn verbrennen."

Viera hat kein Feuer zum Stehlen, aber es ist nicht schwer, genug Gestrüpp von den kümmerlichen Büschen zu sammeln, die in der Gegend verstreut sind. Ich helfe ihr, teilweise zur Ablenkung, um meine eigenen Hände zu beschäftigen.

Hinter uns werden die Charre mit ihren Gefangenen fertig. Malo gibt bekannt, dass wir in Kürze wieder aufbrechen. Er scheint durchaus bereit, uns zurückzulassen.

„Ich glaube, dein Charre-Freund ist nicht gerade glücklich mit dir", sagt Viera, während wir das Gestrüpp aufhäufen.

„Es ist mir egal, ob er es ist", antworte ich.

Das stimmt aber nicht. Ich möchte schon, dass Malo mich mag, und nicht nur, weil Ignos mir sagt, dass seine Unterstützung wichtig sein wird. Wofür, weiß ich immer noch nicht. Wenn mein Gott es aber von mir verlangt, wer bin ich dann, seine Wünsche abzulehnen?

„Wirklich nicht?", lacht Viera. „Die Art, wie du ihn ansiehst, sagt etwas anderes."

Sie nimmt das Obsidianmesser, das der Solare bei sich trug, und beginnt, damit gegen einen kleinen Stein zu schlagen. Jeder Schlag bringt Funken hervor, die in unser Gestrüpp blitzen. Noch kein Feuer allerdings.

„Wie sehe ich ihn denn an?"

„In Lunare haben wir einen Ausdruck dafür. Wir nennen es 'strahlen', wenn jemand einen anderen entdeckt, den er begehrt." Viera schlägt weiter mit der Obsidianklinge.

„Du denkst, ich 'strahle' Malo an?" Ich taste mich um das Wort herum und mag es auf Anhieb nicht. Es ist nichts, was die Solare sagen würden.

„Vielleicht weißt du es noch nicht", erwidert Viera, und in diesem Moment fängt endlich einer der Funken. Das Gestrüpp geht in Orange auf, und plötzlich spüre ich die Hitze in meinem Gesicht, die zu Ignos' brennendem Licht auf meinem Rücken passt. „Aber du tust es. Nichts, wofür man sich schämen müsste. Er trägt einen Löwen. Genug, um jeden zweimal hinsehen zu lassen."

Ich suche nach einem langen Stock, um das Feuer zum Körper zu bringen, und stelle fest, dass es hier in der Wüste keine gibt. Nur Büsche. Kleine Zweige. Mein Versuch, Vieras Fragen zu entkommen, endet in einem Misserfolg, und ich schaue weg, als sie aufsteht. Versuche, irgendwohin zu gehen.

„Wir müssen ihn rüberziehen", geht Viera über unser Gespräch hinweg, obwohl das, was sie sagt, mich abstößt.

Ich habe noch nie eine Leiche berührt, aber Viera braucht jemanden, der an der anderen Hand zieht, und die Charre werden nicht helfen. Die Finger des Solare fühlen sich kühl an – ich stelle mir vor, sie wären kälter, wenn nicht Ignos' Werk wäre –, aber sie sind leicht zu greifen. Ich stelle mich fest hin, und es ist wie Getreide schleppen oder einen Karren ziehen.

Nur dass dieser einmal lebendig war.

Wir bringen den Solare zum Feuer, aber ich bin nicht traurig, dass wir die Ergebnisse unserer Arbeit nicht sehen. Malo drängt uns zum Aufbruch, und ich bin begierig darauf, einen Ort außerhalb der Hitze zu finden. Viera sagt kein weiteres Wort, als wir uns dem Marsch wieder anschließen, und ich frage mich, ob sie nachdenkt und sich beim Anblick all der überlebenden Solare-Gefangenen fragt, ob es richtig war, einen zu töten.

Sie hat ihre Macht demonstriert. Siehst du, wie die anderen Viera jetzt vorsichtig beobachten? Du solltest etwas Ähnliches finden, damit sie dich als Bedrohung wahrnehmen.

Ich bin eine Solare-Tochter ohne ihren Stamm, an

einem Ort, den ich nicht kenne. Ich bin das Gegenteil einer Bedrohung.

Erinnere dich an den Cache. Er kann dir helfen.

Ich hatte das Armband fast vergessen. Es ist immer noch an meinem Handgelenk, im selben Grünbraun wie immer. Ich frage Ignos, ob es etwas wie Vieras graues Rohr erscheinen lassen kann.

Es kann viel mehr. Wir können es benutzen, um den Charre zu zeigen, wenn die Zeit reif ist, dass sie dich nicht nur fürchten, sondern dir auch gehorchen sollten. Dann kannst du sie auf das Kommen ihrer Götter vorbereiten. Und deines auch.

IHRE FLUCHT ZEIGT sich auf mehr als eine Weise: Der Abschnitt, den sie jetzt betreten haben, ist im Gegensatz zu den ersten beiden in cremigem Weiß beleuchtet, und es ist klar, dass die Sevora darin keinerlei Verteidigung betreiben. Sax ist verblüfft, keine auf sie gerichteten Waffen zu sehen.

Keine Rufe oder Schüsse, die in ihre Masken zischen. Tatsächlich ist die Landeplattform bis auf ihre Gruppe leer.

Der Rest des Abschnitts ist es jedoch nicht, obwohl es keine leuchtenden Röhren und nur ein kleines violett-schwarzes Becken gibt, das Sax erkennen kann. Die flachen Stufen, die von der Landeplattform hinunterführen, treffen auf etwas, das wie weicher blauer Gummi aussieht, mit gleichmäßigen Linien, die ihn in Bahnen unterteilen. Der Gummi selbst sieht zerfurcht aus, mit tiefen Narben, die sich über seine Oberfläche ziehen.

Die Bahn umgibt den gesamten Abschnitt und alle Unterteilungen darin. Es gibt Arenen mit Stapeln von Ausrüstung - Gewichte und Stangen. Zielübungsbereiche, wo Sax selbst jetzt ein Trio von Flaum sehen kann, die heiße Laser auf dünne Trefferscheiben abfeuern.

In der Mitte des Abschnitts steht ein Viererblock von Gebäuden, die drei Stockwerke hoch sind und flache Dächer haben. Quadratische, offene Fenster sind in präzisen Abständen über sie verteilt.

„Ich vergesse manchmal, dass die Sevora auch hier leben", sagt Lan, und Sax stimmt zu.

Eine Vincere-Station wäre wirklich nicht viel anders.

„Warum suchen sie nicht den Kampf?", fragt Gar.

„Die Abtrennung ist das letzte Mittel", antwortet Bas. „Sie würden nicht einen ganzen Abschnitt abtrennen, wenn es keine andere Option gäbe. Vielleicht denken sie, wir wurden darin eingeschlossen?"

„Wir müssen Deckung suchen", unterbricht Sax.

Sie haben irgendwie den Vorteil der Überraschung zurückgewonnen, und er will ihn nicht verlieren, indem sie offen dastehen.

Als sie sich zur Laufbahn hinunterbewegen und dann über den ersten Weg gehen, den sie finden, wird Sax klar, dass es keine Deckung gibt. Dünne Zäune trennen die Arenen, mehr, wie Sax vermutet, aus Sicherheitsgründen als zur Abschirmung. Die Barrieren verbergen ihre massigen Oratus-Körper nicht, und mindestens einer der Sevora muss sie inzwischen gesehen haben.

Warum greifen sie also nicht an?

„Ich übernehme die Führung", sagt Gar.

Niemand widerspricht dem und Sax stellt sich ans Ende, immer noch grübelnd.

„Geht schnell, direkt zum Tor", sagt Lan, als sie sich in einer Reihe aufstellen. „Ich bin mir nicht sicher, was hier los ist, aber lasst uns den Vorteil nutzen."

„Nein." Sax glaubt, die Idee zu haben. „Bleibt ruhig. Bewegt euch langsam. Feuert eure Waffen nicht ab. Lasst uns sehen, wie sie reagieren."

Gar hört ausnahmsweise zu. Sie gehen, die Klauen locker hängend, die Waffen in den Holstern. Die Erfahrung lässt Sax jucken; er ist nicht für Heimlichkeit gemacht. Ein Oratus ist für Zerstörung geschaffen, nicht fürs Schleichen. Informationsbeschaffung fiel eindeutig in das Gebiet der Flaum. Als eine Gruppe der pelzigen Kreaturen - alle, nach ihren präzisen Bewegungen und dem Fehlen von Gezwitscher zu urteilen, von Sevora infiziert - an ihnen vorbeigeht, kann Sax sich kaum zurückhalten, sie nicht zu packen und in Stücke zu reißen.

Aber es ist genau dieses beiläufige Vorbeigehen, das Sax den Beweis liefert, den er braucht, um seine Theorie zu bestätigen: Die Vorstellung von Feinden so tief im Samenschiff ist so seltsam, dass die Sevora glauben, die vier seien Wirte. Dass die Oratus übernommen wurden und sich einfach wie der Rest der Infizierten im Schiff bewegen.

Was Sax noch mehr beunruhigt, ist, dass die Sevora, wenn sie das denken, dafür Beweise haben müssen. Es ist die größte Schande, das Schlimmste, was einem Oratus passieren kann, sich von einem Sevora einnehmen zu lassen. Wenn man in die Enge getrieben wird, ist Selbstmord der letzte Ausweg. Die bevorzugte Methode ist, im Sterben so viele Feinde wie möglich mit in den Tod zu reißen. Gefangennahme... der Gedanke lässt Sax den Mund öffnen, um zu fauchen, bevor er sich erinnert, was sie vorhaben, und ihn wieder schließt.

Niemals. Sax würde tausend Tode sterben, bevor die Sevora ihn bekommen.

KAPITEL 17

AUSSICHTSPUNKT

TUTIO HEISST DER VULKAN, erzählt mir Malo. Für die Charre ist er ein Symbol ihres eigenen Überlebens. Wir beobachten die Rauchschwaden, die von Tutios schneebedecktem Gipfel aufsteigen, während wir unser letztes Frühstück vor dem endgültigen Marsch nach Damantum verschlingen. Die Stadt liegt dort unten, den Hang zu meiner Linken hinab, wo der Wüstensand braunen, welligen Feldern weicht.

„Überleben?", frage ich, denn die Geschichten der Solare besagen, man solle sich so weit wie möglich von Tutio fernhalten. Der Vulkan hat die Angewohnheit, wütend zu werden, und diejenigen, die diesen Zorn nicht respektieren, erliegen ihm meist.

„Ja." Malo spricht wieder in diesem ehrfürchtigen Ton, den er immer anschlägt, wenn er über den Gott der Charre, Damantum, oder eigentlich über alles aus dem Leben der Charre redet. „Viele Male hat Tutio Damantum dem Erdboden gleichgemacht. Unsere Felder mit seiner Wut versengt. Du würdest denken, das wäre eine schlechte Sache, oder?"

„Im Allgemeinen schon."

„Zuerst ist es das natürlich auch. Menschen sterben in den Feuern, und die, die es überleben, könnten verhungern. Aber irgendwann kehren die Charre zurück. Wir bauen stärkere Mauern und tiefere Gräben, um Tutios flüssige Flammen aufzufangen. Die Felder, die nachwachsen, sind größer und fruchtbarer als zuvor. Wir wachsen, Kaishi."

Das ist eine lächerliche Sichtweise. Keine Zivilisation wird stärker, indem sie sich regelmäßig selbst zerstören lässt. Noch etwas, das wir ändern werden, Kaishi.

Ich stimme Ignos zu, obwohl ich mir bei seiner Bemerkung über Veränderung nicht so sicher bin. Selbst wenn ich eine Machtposition erreiche, in der ich den Charre Forderungen stellen kann, bezweifle ich, dass ich sie dazu bringen kann, ihre Stadt zu verlegen.

Nein, wir werden den Vulkan selbst stoppen.

Malo bemerkt, wie mein Mund offen stehenbleibt, und legt den Kopf schief. „Geht es dir gut, Kaishi? Hat dich meine Geschichte verstört?"

Ich fasse mich wieder. „Nein. Ignos flüstert nur einige seltsame Dinge."

„Was sagt er? Kannst du es mir erzählen?"

Ich stehe auf und schüttle den Kopf. Ich werde nicht anfangen, Malo Ignos' Aussagen zu verraten, zumindest noch nicht. Nicht, bis ich sie selbst verstehe. Der einzige Grund, warum ich noch am Leben bin, ist, dass Malo denkt, ich rede mit einem wohlwollenden Gott. Wenn er denkt, dass Ignos seine Zivilisation beherrschen will, könnte sich dieser Ton schnell ändern.

Ich frage mich dann, warum mir das wichtig ist. Zu Beginn des Marsches, weit zurück im Dschungel, war ich missmutig. Niedergeschlagen. Wenn die Charre am Ende dieses ersten Tages entschieden hätten, dass es zu beschwerlich wäre, mich mitzunehmen, bin ich mir nicht sicher, ob ich mich gewehrt hätte.

Jetzt sehe ich Malo, wie er mich mit einer Mischung aus Fragen und Besorgnis beobachtet, und ich bin... nicht glücklich, aber lebendig und froh, es zu sein. Auch wenn Ignos Malos Hauptsorge ist, ist es schön zu wissen, dass er sich um mich kümmert. Zumindest ein bisschen.

Viera auch. In dem Tag, seit wir den Körper verbrannt haben, hat die Lunare meine Seite nur aus natürlichen Gründen und wenn ich sie darum gebeten habe, verlassen.

Ansonsten läuft sie neben mir und teilt Geschichten aus ihrer Heimat unter den Felsen. Ihre endlosen Legenden umfassen alles von riesigen Monstern, die ihre eigenen neuen Höhlen erschaffen, bis hin zu einer einwöchigen Feier, wenn der Schnee schmilzt und ganz Lunare mehr Wasser hat, als sie trinken können.

Kurz gesagt, ich habe Freunde. Etwas, das ich zu Hause nicht hatte, wo die Leute mich als die Tochter des Priesters sahen. Jemand, der respektiert werden musste, ja, aber nicht befreundet, aus Angst, jede Beleidigung könnte den Zorn von Ignos auf sie herabrufen.

Damantum erstreckt sich in der Ferne vor mir. Anders als mein Dorf, das sich willkürlich durch Dschungellichtungen ausbreitete, ist diese Stadt geordnet. Breite Alleen teilen rechteckige Bezirke, und der Fluss, der Damantum umgibt, wird an mehreren Stellen von geschwungenen Steinbögen überbrückt. Im Nordosten gehen die Ebenen in den blauen Ozean über.

Ich konzentriere mich auf ein geneigtes Gebäude im Zentrum von Damantum. Es ist schwer, es nicht anzusehen, denn das Bauwerk scheint aus Gold zu sein. Ignos strahlt von seiner Oberfläche, sodass ich meine Augen abschirmen muss, um einen besseren Blick zu erhaschen.

„Das Vaos", sagt Malo und gesellt sich zu meiner Beobachtung. „Es ist das Zentrum von Damantum und das Großartigste, was die Charre je erschaffen haben. Nicht einmal Tutio wagt es, es zu zerstören."

„Wofür ist es da?", frage ich, und Malo sieht mich mit einem weiteren dieser netten Lächeln an.

„Für dich, Kaishi. Es ist für dich."

KAPITEL 18

HINTERHALT

SIE HABEN DIE GEBÄUDE ERREICHT, und jetzt sieht Sax, dass dies Räume einer anderen Art sind. Große, geschlossene Räume mit pechschwarzen Böden, Wänden und Decken. Er sieht diese durch das Gebäude zu seiner Linken, während das rechte seine Fenster mit Schiebetüren verdeckt zu haben scheint. Virtuelles Training.

Komplette Verdunkelung in den Räumen, und dann geben Projektoren den Schülern, was auch immer sie studieren möchten. Schlachten, klar, aber Sax erinnert sich sogar an normale Lektionen, die durch holografische Reisen zum Thema unterstützt wurden, sei es ein Ort oder das Innere eines Körpers. So viele Lektionen, bevor er seine erste Maske verdiente.

Sie gehen an den Gebäuden vorbei und weit über einen zweiten Satz eingezäunter Bereiche hinaus. Einer zieht besonders Sax' Aufmerksamkeit auf sich: ein großer, gefleckter Turm mit verschiedenfarbigen Kugeln, die in unterschiedlichen Höhen hängen. Stangenähnliche Kreaturen sammeln sich darum und darauf. Während Sax zuschaut, scheinen die Stangen durch kleine Löcher vielfingrige Hände hervorzubringen, die sie herumschieben oder den Turm hinauf- und hinunterkrabbeln lassen. Tevens.

Angeblich kommt die harte Stangenhülle von Absonderungen, die die Kreaturen produzieren, und die Markierungen jedes Einzelnen verraten das Geheimnis der Abstammung dieses Teven. Was Sax wirklich interessiert, ist jedoch, wie etwas schmeckt, und Tevens sind fade, und die Stangensplitter kratzen in Sax' Hals, wenn sie nicht ordentlich gekaut werden. Es gibt besseres Essen.

Am Ende des Abschnitts überqueren sie wieder die Bahn, steigen die Stufen hinauf, und da ist ein weiteres Tor. Rot umrandet wie die anderen. Sax hat keine Sevora zur Hand, und ihre Schneider herauszuholen würde jeden Hauch von Täuschung zunichtemachen, den sie noch haben.

„Ich sage, wir machen es trotzdem", verkündet Gar, als klar wird, was sie alle denken. „Schau sie dir da unten an. Das ist keine militärische Streitmacht. Bis wir durchgeschnitten haben, werden sie es kaum bemerkt haben."

„Außer, dass sie jetzt nicht wissen, dass wir hier sind", sagt Bas. „Wenn wir durchkommen können, ohne dass sie es merken, könnten wir unentdeckt zum Kern gelangen."

„Was keinen Spaß macht", erwidert Gar.

„Manchmal gibt es Wichtigeres als deine Blutgier", sagt Lan, und nach einer Sekunde zuckt Gars Schwanz zustimmend zu Boden.

„Also brauchen wir jemanden, der uns durchlässt", sagt Sax. „Eine Geisel."

„Ich habe noch nie eine genommen", antwortet Lan. „Es ist immer einfacher, einen Gefangenen zu fressen."

Wahr.

Während sie durch den Abschnitt gelaufen sind, gab es

über den Rufen und dem hohen Quietschen des Laserfeuers einen ständigen Unterton von Getrappel. Sanfte Aufschläge auf dem Boden. Von der Landung aus identifiziert Sax die Quelle: eine Gruppe kreisförmiger Kreaturen, die um die Bahn flitzen.

Rotams. Ein Bündel doppelknieiger Beine um einen zentralen runden Körper. Die Narben auf der Bahn haben nun eine Erklärung: jedes Rotam-Bein endet in einem harten Huf, der eine einziehbare Klaue hat. Sax hat schon früher Rotam-Angriffe gesehen - sie rollen auf und über jede Oberfläche, dann über dich hinweg und zerschneiden dich dabei in Stücke.

Sie sind augenlos und nehmen Bewegung und Geräusche durch weiche Fasern wahr, die ihren Körper bedecken.

Was bedeutet, dass Sax unten an der Bahn warten kann, bis die Rotam vorbeiziehen. Solange die Oratus still bleiben, sollten sie in der Lage sein, das letzte in der Gruppe zu schnappen, ohne dass die anderen es mitbekommen.

Die anderen drei stimmen Sax' Plan zu und als die Rotam die gegenüberliegende Seite des Abschnitts umkreisen, nehmen sie ihre Positionen ein. Sax bekommt die erste Gelegenheit, da es seine Idee war. Das Stim wirkt noch stark - der Effekt hält stundenlang an - und so hat Sax keine Mühe, als die Rotam vorbeikommen, nach einem zu greifen, das ein paar Meter hinter den anderen ist.

Seine Krallen graben sich in den Körper der Kreatur und er hebt sie von der Bahn. Es kämpft, aber von der Seite haben die Rotam nicht viel Verteidigung. Er sieht, wie Bas ihm ein gratulierendes Schwanzzucken gibt, und dann wenden sie sich zum Tor.

Das sich öffnet. Bevor es sollte.

„Die Oratus werden ihrem Ruf weiterhin gerecht", die

Stimme, zischend und tief, kommt von dem, was Sax hofft, nie zu sehen. Ein Oratus, hochaufgerichtet und in schwarze, glänzende Rüstung gekleidet. Die Platten und der Helm lassen ihn lächerlich aussehen und müssen einschränkender sein als eine Maske, aber der Oratus scheint sich nicht darum zu kümmern. „Jetzt ist es Zeit für die Sevora, unserem gerecht zu werden."

Um ihn herum strömen Flaum heraus, die alle Waffen auf die Gruppe richten.

Es gibt auch Geräusche von der Bahn - die Rotam, die gerade vorbeigezogen sind, haben sich umgedreht.

Sax weiß, dass sie eingekesselt sind. In der Falle.

Tot.

KAPITEL 19

DIE GROSSE STADT

DIE TORE von Damantum ragen hoch im Abendlicht von Ignos auf. Vergoldet und mit Obsidian gespickt, was laut Malo Absicht ist. Eine Hommage an Tutio. Charre-Zeichen schmücken die behauenen Säulen. Einige erkenne ich, andere nicht. Es erinnert mich daran, dass ich noch viel zu lernen habe, wenn ich zu diesen Menschen predigen will.

Als wir uns der Stadt nähern, lösen sich die Krieger auf. Malo entlässt sie, und sie verschwinden. Sie gehen zu ihren Familien, Liebsten und Freunden.

Malo bleibt in meiner Nähe, zusammen mit Viera, die versucht, überall gleichzeitig hinzuschauen.

„Eine Stadt voller Feinde", sagt Viera, als ich sie frage, warum sie so angespannt ist. „Jeder Charre würde mir gerne ein Messer in den Rücken rammen."

Dem kann ich nicht widersprechen. Die meisten Solare würden dasselbe tun wollen.

Wir bahnen uns unseren Weg zu den Toren, drängen uns durch die Menschenmassen von Händlern und Kaufleuten, die in die Charre-Hauptstadt ein- und ausströmen, als zwei Wachen auf uns zukommen. Anders als Malo und seine Krieger tragen diese keine Tierfelle, sondern sind mit nacktem Oberkörper, Lederröcken und Sandalen bekleidet. Jeder von ihnen hält einen Speer und trägt einen roten Federmantel. Sie betrachten mich einen Moment lang, entscheiden offenbar, dass ich keine Bedrohung darstelle, und wenden ihre Aufmerksamkeit Viera zu.

Wenn die Solare keine Aufmerksamkeit wert sind, bekommen die Lunare die doppelte.

„Was hast du uns heute mitgebracht, Malo?", fragt der Anführer der Wachen.

„Eine Priesterin", antwortet Malo und zeigt auf mich. „Sie wird zu Jakkan gehen, und ihr werdet sie bald sehen. Sie hört Ignos und sagt, er wolle uns Wunder schenken."

Die Krieger glauben Malos Empfehlung nicht. Sie grinsen und verbergen ihr Lachen. Ich will gerade etwas sagen, als Malo fortfährt: „Diese andere hier ist Viera. Eine Lunare. Seid vorsichtig mit der Waffe, die sie trägt, denn sie besitzt tödliche Macht."

„Tödliche Macht?" Jetzt sind die Wachen interessiert. „Dann können wir ihr das nicht lassen. Nicht, wenn du sie in die Stadt bringen willst."

„Du kennst die Bedingungen", sagt Viera das in der Lunare-Sprache zu Malo, und ich übersetze, als die Wachen starren und Malo mich ansieht.

„Sie sagt, sie wird sie nicht hergeben." Ich versuche mit den Schultern zu zucken, als ob es einfach nicht passieren wird, aber ich glaube nicht, dass sie es kaufen.

„Es sei denn, du kannst sie dazu bringen?", fragt Malo.

„Das kann ich nicht."

Ich will es nicht einmal versuchen. Es gibt bestimmte Dinge, die ich für meine Freunde zu riskieren bereit bin, aber einen von ihnen an einem so offensichtlich feindseligen Ort zu entwaffnen? Das scheint keine gute Idee zu sein.

Malo nickt und respektiert anscheinend meine Situation. Dann wendet er sich Viera zu, die Malos Blick mit einem trotzigen Starren erwidert. Ich bekomme es nicht mit, aber Malo stürzt sich blitzschnell nach vorne und packt Vieras rechten Arm. Hält ihn von der Pistole fern.

Die Wachen sind fast genauso schnell, und sie haben Viera in wenigen Augenblicken festgehalten. Einer der Wachen wickelt ein Seil von einer Schlaufe an seinem Rock ab und bindet Vieras Handgelenke zusammen.

Malo zieht vorsichtig die Pistole aus Vieras Holster. Der Charre-Häuptling hält sie mit beiden Händen und betrachtet sie, als würde allein der Anblick ihm ihre Geheimnisse offenbaren.

„Gib das zurück." Viera kämpft, aber sie kommt nicht voran.

„Sag ihr, es tut mir leid, aber Viera kann nicht bewaffnet durch die Stadt streifen", sagt Malo zu mir.

„Hör auf zu kämpfen", sage ich zu Viera. „Du machst es nur noch schlimmer. Sie könnten sich entscheiden, dich zu töten. Wie soll das helfen?"

Viera sieht für einen Moment aus wie ein tollwütiges Tier, eingesperrt und knurrend, aber als sich die Seile festziehen, verblasst diese Haltung. Ihr Mund glättet sich zu einer geraden Linie. Ihre Augen sind Glut, und sie richtet deren Hitze auf Malo, der sie ignoriert.

„Wenn du sie in die Stadt bringst, dann ist sie deine Verantwortung", sagt der Anführer der Wachen. Er hält Malo das Ende des Seils hin, der es nimmt.

„Ich akzeptiere. Sie wird versorgt und bewacht werden", antwortet Malo.

Dann wendet er sich mir zu und bedeutet mir, durch diese gewölbten, gelben Steintore in die Stadt vorzugehen.

Ich will widersprechen. Sagen, dass Viera, jetzt da sie unbewaffnet ist, freigelassen werden kann. Ignos hält mich davon ab. Sagt mir, dass es jetzt wichtiger ist, das Vertrauen der Stadt zu gewinnen. Das dieser Menschen. Eine Lunare ist es nicht wert, unseren Traum zu riskieren.

Unseren Traum. Ich bin mir nicht sicher, ob ich das je wollte, aber jetzt stecke ich zu tief drin, um einen Rückzieher zu machen, und ich kann nicht leugnen, dass ein wachsender Teil von mir das Abenteuer liebt.

Also gehe ich vorwärts. In die geschäftigste Stadt, die ich je gesehen habe. Ihre Straßen sind vollgepackt mit Menschen, die hin und her eilen. Viele tragen Körbe und Taschen, beladen mit Früchten und Fleisch, Stoffen und Tonkrügen. An jeder Ecke und jedem freien Platz sind Stände aufgebaut, direkt verbunden mit den kleinen Häusern dahinter, wo die Besitzer aufwachen und verkaufen können, bis sie am Ende der Nacht umfallen.

Die Geräusche von Verhandlungen und Münzwechsel erfüllen meine Ohren, zusammen mit den Düften von tausend Kochgerüchen und Gewürzen.

Es gibt einen Unterton unter allem, den ich auch wahrnehme. Von Abfall und Müll. Trotzdem fühlt sich Damantum lebendig an. Als ob die Stadt wach wäre und einen weitaus kraftvolleren Geist hätte, als mein Dorf je hatte.

„Das ist mein Zuhause", sagt Malo, während er mich durch die Straßen führt. „Es bedeutet mir alles, so wie es den Charre alles bedeutet. Was hältst du davon?"

Beleidige es nicht.

Als ob ich die Erinnerung bräuchte.

„Es ist überwältigend", sage ich. „Ich habe noch nie so viel an einem Ort gesehen."

In Wahrheit bemerke ich, dass eine Sache fehlt: Bäume. Es gibt so wenige. Damantum ist ganz braun und sandig. Lichtgebleicht und heiß. Was an Schatten vorhanden ist, kommt von den scharfen Ecken der Gebäude und nicht von den belaubten Schatten des Dschungels, den ich liebe. Also selbst während ich es in mich aufnehme, wird mir klar, dass Damantum nicht, und vielleicht nie, mein Zuhause sein wird.

„Du wirst dich mit der Zeit daran gewöhnen", sagt Malo. „Das tun alle. Die Schätze, die es hier gibt, die Erfahrungen, die Menschen. Es ist alles viel, ich weiß. Irgendwann wirst du anfangen zu verstehen, warum das wundervoll ist. Du wirst dich verlieben, so wie ich es getan habe."

Viera bleibt während unseres Spaziergangs stumm. Jedes Mal, wenn ich daran denke, ihr eine Frage zu stellen oder sie auch nur anzusehen, schreit Ignos mich an, damit aufzuhören. Zuerst argumentiere ich dagegen, aber dann beginne ich zu denken, dass Ignos' Rat richtig ist; Viera ist nicht die einzige Gefangene, die ich auf den Straßen sehe. Viele werden in Gruppen geführt, mit Seilen, die sie alle in einer Reihe verbinden. Niemand schaut sie an. Niemand beachtet ihre gesenkten Köpfe und schlurfenden nackten Füße.

Würde eine Priesterin das tun?

Nein, sagt Ignos, und ich stimme zu. Ich werde Viera nicht helfen können, wenn ich mich ihr in den Seilen anschließe.

Wir erreichen den Vaos. Er ist gigantisch. Groß und monströs und schön und schrecklich zugleich. Wie ich vom Vulkan aus gesehen habe, ist der ganze Tempel mit Gold überzogen. Er glänzt und schimmert in der Dämmerung, eine flackernde Vielfalt. Auf halber Höhe der riesigen Steinplatten, die die Stufen des Vaos bilden, befindet sich eine breite quadratische Tür. Eine, die von vier brennenden Kohlenbecken umrahmt wird.

„Dort gehörst du hin", sagt Malo zu mir. „Geh dort hinein, und du wirst unseren Hohepriester Jakkan treffen. Er wird dir helfen. Er wird dir beibringen, was du wissen musst, damit du uns das geben kannst, was Ignos uns hören lassen muss."

„Kommst du mit mir?", frage ich.

„Ich bin kein Priester, daher darf ich die Stufen des Vaos nicht ohne Erlaubnis betreten."

Ich bemerke, dass Malo Recht hat; trotz der wimmelnden Menschenmassen, die sich durch den Hof um den großen Tempel bewegen, von denen viele anhalten, um zu seinen Altären hinauf zu beten, sind keine Körper auf den Stufen.

Niemand, der vorsichtig nach oben geht. Aber auf Malos Drängen tue ich es.

Ich muss meine Knie hoch heben, um hinaufzukommen, denn die Stufen sind nicht klein. Es sind zwanzig, bis man zum Eingang gelangt.

Sieh, wo du bist. Schon kletterst du über das Durcheinander hinaus. Geh weiter, Kaishi, und wir werden es schaffen.

Als ich den Eingang erreiche, drehe ich mich um, um zu sehen, ob Malo und Viera zusehen, aber sie sind verschwunden. Nur Menschenmengen strömen vorbei, einige werfen neugierige Blicke zu mir hinauf.

Ich bin allein.

Es gibt jedoch nur einen Weg zu gehen, also schaue ich hinein. Es ist ein dunkler Tunnel. Kein langer. Alle paar

Meter sind in die Steinwände kleine Becken mit flackernden Kerzen eingelassen.

Ich mache zögerliche Schritte.

Der Lärm der Stadt verstummt, als ich hineingehe, und eine kühle Brise trägt brennenden Weihrauch heran. Der Vaos öffnet sich zu einer zentralen Kammer, und ich kann mindestens vier Türen auf jeder Seite sehen. In der Mitte steht ein Mann, sein Rücken angespannt und zerbrechlich. Ein Muster, das mit verschiedenen Farben auf seinen Rücken tätowiert ist, sodass eine wunderschöne Regenbogen-Collage entsteht, zeigt Ignos bei Sonnenaufgang, die goldene Kugel und die mehrfarbigen Bänder seiner Segnungen, die ausstrahlen. Während ich zusehe, dreht sich der Mann um, entfaltet seine Hände, die zum Gebet gefaltet waren, und grinst mich an. Sein rechtes Auge ist milchig weiß, und in seinem Gebiss sind Lücken, die meisten seiner Zähne sind aus Gold.

„Willkommen", sagt der Mann, und seine Stimme ist stark und fest. Eisern. „Ich habe auf dich gewartet, Kaishi, angebliche Sprecherin unseres Gottes."

KAPITEL 20

DER DEAL

WENN DIE WIRKUNG von Stim nachlässt, ist es, als käme man aus einem Sprung zurück - alles beschleunigt sich und scheint zunächst zu real. Handlungen geschehen zu schnell. Es bleibt keine Zeit zum Nachdenken. Sax' Körper zuckt in dem Raum, einem der schwarzen, sodass es wirkt, als läge er inmitten des leeren Raums. Die Fenster sind geschlossen, sodass es wirklich nichts gibt außer Sax, dem von den Sevora gestohlenen Oratus und einem Quartett beobachtender Flaum.

„Ja, das muss schmerzhaft für dich sein", sagt der Oratus, während er Sax beim schweren, angestrengten Atmen zusieht. „Stim, nehme ich an?"

Drei Flaum stehen in den Ecken des Raums, jeder richtet einen zweihändigen Miner auf Sax. Er ist sich ziemlich sicher, dass er, wenn er das Stim und einen Moment der Überraschung hätte, schnell genug sein könnte, um mindestens zwei auszuschalten, bevor der dritte ihn verdampfen würde. Das würde allerdings immer noch den Oratus übrig lassen, und der ist das wichtigste Ziel.

„Kannst du überhaupt sprechen, oder ist die Vorstellung meiner Existenz so schrecklich für dich, dass du nicht einmal Worte formen kannst?", fährt der Oratus fort.

In einer Situation, in der Opferbereitschaft nicht möglich und ein Angriff nicht ratsam ist, sammle Informationen. Sax kennt sein Training, also hebt er den Kopf, ignoriert die pulsierenden Kopfschmerzen, die vom Stim übrig geblieben sind, und spricht: „Du bist eine Abscheulichkeit."

Es ist ein starker Anfang, und Sax fühlt sich besser, es gesagt zu haben. Zumindest bis der Oratus lacht.

„Bin ich das?", erwidert der Oratus und denkt einen Moment nach. „Weißt du was? Ich könnte dir sogar zustimmen. Schau mich an, in dieser Rüstung? Und schau dich an, in dieser Maske, ganz rein."

Sax ist sich nicht sicher, was er darauf sagen soll, also bleibt er still. Lässt seine Augen zu den Flaum wandern und überprüft ihre Aufmerksamkeit. Im Moment sind sie noch wie gebannt. Das ist allerdings die Sevora-Kontrolle, nicht die Flaum selbst. Durch die Maske lauscht Sax nach den Geräuschen der anderen, aber es gibt keinen Empfang. Diese Gebäude sind dick, wahrscheinlich vollgestopft mit Elektronik. Ihr Signal könnte nicht durchkommen.

„Du fragst dich sicher, warum wir dich noch nicht erschossen haben." Der Oratus geht jetzt auf und ab, umkreist Sax wie ein Raubtier, seine Klauen klicken auf dem schwarzen Boden. „Es ist eine kniffflige Sache, eine funktionierende Maske zu bekommen. Wir haben keine einzige. Die gesamten Sevora. Nicht eine. Kannst du das glauben?"

Sax kann es. Die Maske ist wie eine zweite Haut. Sie wird nur abgehen, wenn Sax es erzwingt. Jede andere Methode würde sie zerstören, und wenn die Maske zerstört wird, kümmert sie sich um ihre eigene Beseitigung. Jetzt weiß Sax, was der Oratus will, und wenn man weiß, was die Beute begehrt, kann man eine Falle stellen.

„Bietest du einen Deal an?"

„Ja", der Oratus hält inne, starrt Sax eindringlich an. „Nimm die Maske ab, und ich lasse dich leben."

„Du wirst mich einfach einem Sevora übergeben. Ich werde wie du sein."

„Wie ich?", der Oratus setzt sein Kreisen fort. „Du wirst nie wie ich sein. Du lebst einmal, während ich tausendmal lebe, in vielen Körpern. Aber du, dieses eine Leben von dir, wird länger dauern."

„Ich muss dich nur ein einziges Mal in Stücke reißen." Sax öffnet seinen Mund weit und zeigt all seine Zähne. Sie glänzen im schwachen Licht, rasiermesserscharfe Waffen, die auf ihre Chance zu zuschlagen warten.

KAPITEL 21

DIE AUFGABE

JEDES KIND HAT ALPTRÄUME. Sie sehen Geister. Hirngespinste aus Geschichten, die sich in der Totenstille der Nacht oder manchmal mitten am Tag, wenn sie allein im Dschungel sind, vor ihren Augen drehen. Der Mann vor mir entstammt solchen Alpträumen.

Seine Augen, von Falten umrahmt und mit dunkler Tinte umrandet, starren mich an. Sein Gesicht, von tiefen Linien durchzogen, scheint ein Jahrhundert gesehen zu haben und birgt all die damit einhergehende Weisheit. Sein Kopf ist kahl. Rasiert. Sein Körper vor mir ist dünn und in ein feines Tuch gehüllt, das er beiläufig über seine linke Schulter zieht.

Hier sehe ich endlich einen Beweis für Jakkans Position: Sein Gewand hat viele Farben, und Farbstoffe sind sowohl in Solare als auch in Charre selten. Rot und Grün, durchsetzt mit blauen Tupfern. Es erinnert mich an einen Lauf zwischen bunten Bäumen. Doch der Gedanke erscheint mir falsch. Das Bild stimmt nicht ganz, die Streifen sind nicht da, wo sie sein sollten. Nicht natürlich.

Ich bekomme den Eindruck, dass Jakkan die Stadt

selten verlässt. Der Dschungel, wenn er ihn je gesehen hat, ist eine Erinnerung und nicht der Kern seines Herzens wie bei mir.

„Sie sehen mich", sagt Jakkan. „Sagen Sie mir, wie ich aussehe."

Sei vorsichtig. Dieser hier legt Fallen mit seinen Worten.

Ich höre Ignos, aber etwas in Jakkans Art zu sprechen zwingt mich zu antworten. Es könnte die Tatsache sein, dass er mich als Mittelpunkt seiner Aufmerksamkeit zu betrachten scheint. Als wäre ich das Wichtigste in seinem Universum.

„Sie sehen ganz anders aus als die Krieger, die mich hierher gebracht haben", sage ich.

Ohne es zu merken, übernehme ich die Sprache, die Vater benutzt, um mit den Ältesten zu sprechen. Respektvoll, ehrlich. „Dennoch denke ich, dass Ihre Stärke nicht von Ihren Armen und Beinen kommt, sondern von Ihrem Verstand."

Ich will gerade fortfahren, als Jakkan eine Hand hebt. Die Handfläche zu mir gerichtet. „Meine Stärke kommt von Ignos", sagt Jakkan, und ich höre einen Hauch von Tadel in seiner Stimme. „Alle Stärke kommt von ihm. Was er uns zu gewähren wählt, ist das, was wir haben. Sie als Priesterin sollten das wissen."

Ich bin mir nicht sicher, ob das eine Frage ist oder nicht, aber Jakkan lässt mich ohnehin nicht antworten. Er wendet sich von mir ab und geht mit kurzen, leichten Schritten zu einem gefleckten schwarzen Topf, in dem offenbar Tee über heißen Kohlen kocht. Die kleine Nische trägt die schwarzen Aschespuren vieler Feuer. All das lässt mich glauben, dass Vaos nicht nur Jakkans Tempel, sondern auch sein Zuhause ist.

„Erzählen Sie mir Ihre Geschichte", sagt Jakkan, während er sich eine Tasse einschenkt.

Meine Geschichte ist ziemlich einfach. Ein junges Mädchen stößt auf einen Gott, der vom Himmel gefallen ist. Das kann ich Jakkan nicht erzählen. Dies ist der Hohepriester der Charre. Ich muss mir etwas Besseres einfallen lassen.

Ignos ist für mich bereit. Seine Worte strömen durch meinen Geist, und ich finde mich dabei wieder, wie ich eine Geschichte spinne, die ich selbst nicht geglaubt hätte, wenn ich sie gehört hätte.

„Ich begann genauso wie Sie", sage ich und äußere die Worte, wie Ignos sie mir präsentiert. „Auserwählt, nicht von irgendeinem Menschen, sondern von jenen, die größer sind. Inmitten einer schnellen und überfüllten Welt, wo Krankheit, wilde Tiere oder der Geist deines Feindes ein schnelles Ende bereiten konnten, überlebte ich. Ich wuchs. Ich begann zu lernen, was es bedeutet, Ignos zu dienen. Für die Solare bedeutet das, den Stamm vor sich selbst zu stellen. Dein Volk vor dein eigenes Leben. Es ist einfach, aber wichtig, und es ist das, was unser Dorf stark hält.

„Allerdings ließ mein Stamm mich nicht jagen, weil ich keine Frau bin. Unüberwindbare Mauern hielten mich fern. Also tat ich, was ich konnte, und wünschte mir mehr. Ich half bei den Riten, ich lernte, die Kleidung zu fertigen, die wir tragen, ich übte mich darin, das Essen zuzubereiten, das meine Familie ernähren würde. Mit der Zeit erkannte Ignos meine Hingabe und meinen Wunsch, was mich zu Ihnen führte."

Nachdem ich geendet habe, reicht mir Jakkan etwas Tee, und ich nehme einen Schluck. Warm mit einem fruchtigen Nachgeschmack. Angenehm nach einem Tag des Wanderns in der Hitze.

„Kaishi, wenn ich Sie vor unser glorioses Volk treten und predigen lassen soll, muss ich sichergehen, dass Sie tatsächlich die Worte von Ignos hören." Jakkan, der zwischen den Worten an seinem Tee nippt, dreht sich um und verschwindet in einem der Nebenräume.

Ich höre ein klirrendes Geklapper von Dingen, die bewegt werden. Ich bleibe still. Trinke meinen Tee aus.

„Sie werden diese Medaille nehmen", sagt Jakkan, als er mit einem fleckigen Bronzekreis an einem dicken Band in der Hand zurück in den Raum kommt. „Sie werden sie tragen, dann werden Sie zu den Gruben auf der Westseite der Stadt gehen. Dort wird man Sie finden und Ihnen einen Juar zeigen, den Sie im Namen von Ignos zähmen werden. Sollten Sie Erfolg haben, werden sie Ihnen eine andere Medaille geben, die Sie zu mir zurückbringen werden."

„Einen Juar zähmen?", die Bitte ist so seltsam, dass ich sie zunächst nicht verstehe.

Jakkan nickt wieder.

Ignos spürt meine plötzliche Angst, aber ich habe jetzt keine Zeit für seine Fragen. Jakkan spricht immer noch, und wenn ich hier rauskommen will, muss ich auf jedes Wort hören.

„Sie denken vielleicht, Sie seien die Erste, die zu mir kommt", fährt Jakkan fort. „Die Erste unseres Volkes oder irgendeines Volkes, die kommt und verlangt, auf diesem großen Tempel zu stehen und zu sagen, sie höre von Ignos. Also habe ich eine Prüfung ersonnen. Wenn Sie wirklich begünstigt sind, wird Ignos eingreifen. Die Aufgabe wird sich für Sie als nichts erweisen, und Sie werden bald hier zurück sein, bereit, uns allen zu zeigen, wie falsch wir liegen."

KAPITEL 22

EIN VERSUCH

FALLS DER ORATUS VON SAX' Darbietung eingeschüchtert ist, lässt er es sich nicht anmerken.

„Dieser hier sagte das Gleiche." Der Oratus tippt auf die Metallplatte an seiner Brust. „Er drohte. Versuchte, sich selbst zu verletzen, um mich zu verletzen." Er beugt sich näher zu Sax, der jetzt nach ihm schlagen könnte, aber das würde den Tod nicht garantieren. Also spürt Sax den heißen Atem auf sich und tut nichts. „Wissen Sie, was passiert, wenn wir Ihren Verstand übernehmen?

Sie beobachten jeden Moment. Sehen durch Ihre eigenen Augen, wie Sie Ihre Freunde abschlachten. Wie Sie alles verraten, was Sie sind. Dieser hier ist immer noch da. Er fleht Sie an, auf mich zu springen und meine Kehle zu zerreißen."

Sax wird es leid zuzuhören. Wird es leid, auf Fallen zu warten. Der Tod kommt für alle Oratus irgendwann, und jetzt ist er an der Reihe. Also spannt er seine Beine an und springt. Sax weiß, dass er nur einen Schlag haben wird, also schwingt er in der Luft und schlägt genau dorthin, wo der

Oratus ihn darum gebeten hat: in den verletzlichen Spalt zwischen der Rüstung am Hals.

Die Flaum feuern nicht. Der Oratus zuckt nicht zurück. Sax bemerkt seinen Fehler erst, als er Kontakt macht, seine Mittelkrallen sich in der Rüstung verfangen, damit seine Vorderkrallen die blutige Arbeit verrichten können. Es fühlt sich an, als würden all seine Nerven mit heißem Feuer entflammen. Der Oratus hebt Sax weg, und Sax tut nichts; alles, woran Sax denken kann, alles, was er tun kann, ist brennen.

Der Oratus wirft Sax zu Boden, und die Maske dämpft zumindest diese Kraft. Sie mildert auch den Tritt des Oratus einen Moment später ab, der Sax auf den Rücken schleudert. Bei einem normalen Schock würde Sax jetzt nicht zittern. Sich winden und drehen. Die Rüstung des Oratus scheint Sax' Nerven weggeschmolzen zu haben. Hat seinen Körper taub und reaktionsunfähig zurückgelassen.

Er beobachtet, wie der Oratus über ihn steigt. Sieht, wie sich die Krallen ausbreiten. Es gibt eine präzise Art, eine Maske zu entfernen, die nur von demjenigen durchgeführt werden soll, der sie trägt. Dieser Oratus weiß, wie es geht, zweifellos hat er es aus dem Geist seines Gefangenen gerissen, und Sax ist hilflos, als die Kreatur sich hinunterbeugt und die Krallen seiner vier Hände in Sax' Handflächen sticht. Genau an den Stellen, wo Sax, wenn er seine eigenen Krallen in seine eigenen Hände bohren würde, zuschlagen würde.

Die Maske schält sich wie ein fallender Umhang ab; ein Streifen kühlen Stoffs entlang seiner Haut, und sie faltet sich zu einem silbrigen Haufen zu seinen Füßen.

„Ich dachte nicht, dass das tatsächlich funktionieren würde", sagt der Oratus, während er sich bückt, um die Maske aufzuheben. „Eine Theorie, aus dem Geist dieses einen gestohlen, und sieh dir das an. Wir haben endlich eine."

Der Oratus wirft einen Blick auf die Flaum im Raum. „Tragt ihn jetzt hinaus. Lasst uns ihn mitnehmen, bevor er seine Funktionen wiedererlangt."

Die drei Flaum haben Mühe, Sax anzuheben, und greifen darauf zurück, ihn über den Metallboden und dann ins Freie zu schleifen, einen der Wege hinunter. Sax verfolgt die Lichter an der Decke. Er weiß genau, wohin sie ihn bringen, und wenn er sich selbst das Genick brechen könnte, würde er es tun.

Manche Dinge sind weitaus schlimmer als der Tod.

KAPITEL 23

EINKAUFEN FÜRS ÜBERLEBEN

TAUSEND FACKELN FLACKERN in den Straßen von Damantum. Tanzende Schatten huschen über goldglänzende Statuen und Häuser, während die Stadt in Festlichkeiten versinkt. Ich gehe die Vorderseite des Vaos entlang und spiele dabei mit dem Medaillon.

Also das sind diese riesigen, mörderischen Kreaturen? Kaishi, ich sage, wir verlassen die Stadt. Lass uns ein kleines Dorf finden und dort unseren Ruhm aufbauen. Wenn wir dann eine Armee von Gläubigen haben, ausgestattet mit meinen Wundern, werden sie alle zu deinen Füßen kriechen.

Ich erreiche den Innenhof und schaue nach Westen. Die Straßen, die in diese Richtung führen, werden dunkler, obwohl die Geräusche aus diesem Viertel lauter sind als die aus dem Rest der Stadt. Das Zähmen eines Juars. Eine Dschungelkatze, obwohl nicht mehr viele in Solare-Gebieten übrig sind; gejagt und vertrieben. Ich streiche mit den Fingern über meinen Mooswikkekl, kühl und trocken um meine Schultern. Gegen so eine Kreatur würde er mir nicht viel nützen.

Genau mein Punkt.

Also gehe ich, anstatt nach Westen in Richtung der Gruben, geradeaus. Ich gehe an Händlern vorbei, die ihre Karren in die entgegengesetzte Richtung ziehen; sie kehren heim. Mehr als nur ein paar Leute werfen mir Blicke zu, während ich vorbeigehe, angezogen vom Moos oder meinen umherschweifenden Blicken, mit denen ich versuche, so viel wie möglich von der Stadt aufzunehmen.

Ich spüre ihre Blicke auf meinem Gesicht und seinen Solare-Zügen. Wenn sie jedoch das Medaillon bemerken, schauen alle weg und drehen sich nie wieder um.

Jakkans Aufgabe ist offenbar in der ganzen Stadt bekannt.

Ja, geh in Richtung der Tore. Obwohl ich vorschlagen würde, dieses Medaillon zu verstecken oder es in irgendeiner dunklen Gasse wegzuwerfen. Es ist auffällig.

Ich erreiche die Hauptstraße, die tagsüber von Ständen überfüllt war, die alles verkauften, was ich mir vorstellen konnte. Jetzt sind es weniger, aber die Anzahl versetzt mich trotzdem für einen Moment in Panik. So viele Menschen, so viele Möglichkeiten. Meine Hände finden das Medaillon, das um meinen Hals hängt, und umklammern es fest. Das harte Metall beruhigt meine Nerven. Ein Fuß nach dem anderen. Ich schiebe mich durch die Menschenmenge und konzentriere mich eher darauf, weswegen ich hier bin, als auf die Fülle von Dingen um mich herum.

Wofür du hier bist? Geh zu den Toren. Dein Leben ist zu wertvoll, um es zu verschwenden!

Ich ignoriere Ignos. Dränge die Stimme des Gottes in den Hintergrund meines Bewusstseins, sodass Ignos' Worte nur noch wie ein Summen, wie ein weit entferntes Gespräch klingen. Kein Solare-Gott würde dazu raten, vor solch einer Herausforderung zu fliehen, also muss dies eine weitere von Ignos' Prüfungen sein. Mein Mut und meine Überzeugung werden in Frage gestellt, und zum ersten Mal in meinem Leben kann ich meine eigenen Handlungen kontrollieren.

Ich werde nicht weglaufen.

Ignos hat keine Antwort darauf.

Ich finde einen Stand, der mit wachsenden Pflanzen bedeckt ist. Ranken umschlingen das gesamte Vordach, mit Holztischen, die mit Urnen übersät sind, aus denen verschiedene blättrige Dinge quellen. Ich gehe darauf zu und habe kaum begonnen, sie zu betrachten, als ein kleiner Mann erscheint, seine langen schwarzen Haare auf dem Kopf zusammengebunden.

„Ich bin Zolin, und willkommen bei ...", der Verkäufer verstummt, als er das Medaillon bemerkt. Er will sich schon abwenden, aber ich lege eine Hand auf seine Schulter.

„Bitte, warum verhalten sich alle so seltsam, wenn sie dieses Medaillon sehen?"

„Weil es ein Zeichen von Jakkans Missfallen ist", antwortet Zolin. „Du bist vom Hohepriester gebrandmarkt. Niemand würde das mit dir teilen wollen."

„Gebrandmarkt? Jakkan hat mir dieses Medaillon selbst gegeben. Als Zeichen, dass ich auf einer Mission von ihm bin."

„Dann wirst du es schwer haben." Zolin beobachtet immer noch das Medaillon, als wäre es eine Schlange, die ihn beißen könnte. „Du wirst in Damantum keine Hilfe finden, wenn du das trägst."

„Gut", ich greife danach, um es abzunehmen, aber bevor ich überhaupt anfangen kann, packt Zolin das Medaillon und zieht es wieder nach unten. Lässt es um meinen Hals.

„Nein, du kannst es nicht abnehmen! Nicht, wenn es nicht der Hohepriester selbst tut. Wenn dich irgendein

Wächter dabei erwischt, wie du versuchst, es zu entfernen, werden sie dich töten." Als ob er denkt, er könnte in die Idee verwickelt werden, schießt Zolin schnelle Blicke durch die Menge.

Niemand beachtet uns.

„Also kann ich es nicht abnehmen, ohne zu sterben, aber ihr wollt mir nicht helfen, wenn ich es trage?"

Zolin reibt sich mit den Händen übers Gesicht. Sieht mich hart an. „Du bist jung, um diesen Preis zu bekommen. Was hast du getan, um ihn zu verdienen?"

Ich erzähle die Kurzversion meiner Geschichte. Dass ich nach einer religiösen Erfahrung nach Damantum gekommen bin und dass ich Priesterin werden möchte. Jakkan gab mir das Medaillon und schickte mich auf eine Quest zu den Gruben, um einen Juar zu zähmen. Als ich fertig bin, lacht Zolin.

„Einen Juar zähmen? Das ist ein schneller Weg ins Grab", sagt Zolin.

„Deshalb bin ich hier." Ich zeige auf die Pflanzen. „Ich brauche etwas Curare. Hast du welches?"

„Wofür brauchst du das? Du bist kein Arzt." Zolins linke Hand fliegt zu seinen zusammengebundenen Haaren, wo sie beginnt, an einer losen Strähne zu ziehen und sie um seine Finger zu wickeln. „Es sei denn, du meinst ..."

„Ja, genau", sage ich. „Und Bambus. Einen kleinen Stock."

Zolin nickt. „Die habe ich, aber wenn du das planst, was ich denke, brauchst du noch etwas, um die Dosierung vorzunehmen. Das habe ich nicht."

Ich sehe, wie Zolins Blick an mir vorbei über die Straße gleitet. „Aber du kennst jemanden, der das hat?"

„Auf diesem Markt? Du findest hier alles." Zolin führt mich um den Stand herum, schneidet einige Blätter von einer bestimmten Pflanze ab und zerreibt sie mit einem Mörser und Stößel zu einer dünnen Flüssigkeit. „Wie hast du es geschafft, von dieser Schönheit zu erfahren?"

„Ich bin nicht von hier", antworte ich. „Wir haben es zu Hause von Zeit zu Zeit benutzt."

Zolin gießt die Flüssigkeit aus dem Mörser in ein kleines Glas, verschließt es locker mit einem Holzstück. Dann schneidet er von einem dichten Bambusgebüsch am hinteren Ende des Standes, wo die Halme fast so groß sind wie ich, ein Stück ab. Mit demselben Messer reinigt Zolin das Innere des Stücks und reicht mir dann beides.

Dann wartet er.

„Ich, äh, habe nichts, was ich dir geben könnte", sage ich, als mir klar wird, worauf er wartet.

„Oh doch, das hast du", sagt Zolin. „Hier ist, worum ich dich bitte. Wenn du das hier überstehst, und ich habe das Gefühl, dass du das wirst, behältst du mich in deinen Gebeten. Und du kommst mich besuchen, wann immer Jakkan mehr Weihrauch braucht, in Ordnung?"

Ich lache.

„Die Nadel?", frage ich. „Wo kann ich die herbekommen?"

Zolin zeigt auf einen Stand auf der anderen Straßenseite, der anscheinend robustere Waffen anbietet. Gezackte, gebogene Schwerter und andere große Klingen. Als ich zögere, grunzt Zolin, kommt hinter seinem Stand hervor und führt mich über die Straße. Ohne mich auch nur ein Wort einwerfen zu lassen, spricht Zolin mit dem mürrischen Schmied, der den Laden betreibt, und kommt in kürzester Zeit mit einem Paar scharfer Nadeln zurück, jede ein paar Zentimeter lang.

„Jetzt hast du das Material, aber hast du auch die Fähigkeiten?", fragt Zolin.

„Das wirst du erfahren, wenn du je wieder von mir hörst."

„Ich hoffe, das werde ich, Kaishi", sagt Zolin. „Es gibt düstere Gerüchte über die Lunare, und ich denke, diese Stadt könnte eine neue Art von Priesterin gebrauchen. Eine, die genauso klug ist, wie unsere Krieger tödlich sind."

KAPITEL 24

JÄGER UND BEUTE

OHNE DIE MASKE fühlt sich die Luft des Saatschiffs kühl an. Es weht eine leichte Brise – die Luftaufbereiter halten alles frisch – und Sax nimmt den beißenden Geruch von Desinfektionsmittel wahr. Ein typisches Merkmal auf Raumschiffen; die Chemikalien tun ihre Arbeit, um Krankheiten, die in engen Räumen tödlich sein können, auf ein Minimum zu beschränken.

Es ist dieser vertraute Geruch, mehr als alles andere, der Sax aus einer rasenden Panik herausholt, als die Flaum ihn in den Abschnitt tragen. Der sterile Stich ist eine Verbindung zu Dingen, die nicht ganz so schrecklich sind wie dieser Moment, und der Geruch reißt seinen Geist zu dem, was wirklich wichtig ist.

Nämlich, kein Spielzeug für die Sevora zu werden.

Die Flaum kämpfen damit, das Gewicht des Oratus zu halten, und Sax schwankt durch die Luft, während die kleinen Kreaturen hin und her wackeln. Dadurch bekommt Sax, dessen taube Muskeln seinen Hals und Kopf schlaff hängen lassen, einen klaren Blick auf den gefangenen Oratus, der ihm folgt. Sax' Maske ist in dessen Klauen, und der Oratus bellt Befehle an scheinbar niemanden, was bedeuten muss, dass seine Rüstung einen Kommunikator eingebaut hat.

Ideen zur Flucht kommen und gehen, aber sie haben alle ein gemeinsames Thema: Sax muss seine Muskeln wieder in Gang bringen, oder er ist erledigt.

Es ist eine Frage des Versuchens. Wie wenn er in einer unbequemen Position aufgewacht ist und seine Beine zum Bewegen drängt. Die Muskeln in seinen Armen anspannen und lockern. Zunächst passiert nichts, aber allmählich kehrt das Gefühl zurück. Zuckende Nerven platzen wie elektrische Schocks.

Jetzt bleibt der Oratus stehen und beobachtet, wie die Flaum Sax durch ein Tor mit harten Geländern manövrieren. Der Boden hier ist glatt und silbern, makellos. Nicht zerkratzt vom Gebrauch wie der Rest des Abschnitts. Als sie Sax herumtragen, sieht er Bas, Gar und Lan in einer Reihe aufgestellt. Um sie herum ist eine Gruppe von Flaum, die Gewehre auf die Rücken der Oratus richten. Alles Gefangene.

Ein neues Geräusch spielt im Hintergrund. Ein blubberndes, schiebendes Geräusch. Flüssige Strömung. Sax weiß jetzt, was sie vorhaben, und es wird bestätigt, als die Flaum ihn zur Seite eines kleinen Beckens schwingen, das mit violett-schwarzer Tinte gefüllt ist. Kein Geburtsbecken, sondern ein Wirtsbecken.

Wo die Sevora ihre Opfer in Besitz nehmen.

Dann, ohne Fanfare, ohne Hohn, werfen die Flaum Sax hinein. Ein flüchtiger Moment im freien Raum – die geringere Schwerkraft zögert, bevor sie Sax nach unten zieht – und dann trifft er auf die Tinte. Das Zeug zieht an ihm, saugt ihn hinein und unter die Oberfläche.

Vorher, im Geburtsabschnitt, waren die Sevora zahlreich. Sie gaben Erschütterungen ab, als sie auf ihn zuschwammen. Hier gibt es kaum Anzeichen. Sax errät den Grund, als er die ersten Kitzler am Rand seines Kopfes spürt. Nur einer hier drin. Ein Sevora, der sich seinen begehrten Wirt verdient hat.

Der gefangene Oratus hatte gesagt, die Rüstung und ihr elektrischer Schock seien ein Test gewesen. Einer, der eine Weile funktioniert hatte. Einer, der mit der Maske, die einen Teil davon ablenkte, nicht in der Lage war, Sax lange genug zu betäuben.

Die Zeit und der unerbittliche Schub von Sax' verzweifelter Wut befreien ihn aus den Fesseln.

Der Sevora kitzelt wieder. Versucht, einen Weg in Sax' Geist zu finden. Ahnungslos, dass er nicht länger Jäger, sondern Beute ist.

KAPITEL 25

DIE GRUBEN

WENN DER MARKT vor Handel pulsierte, summten die Gruben vor Tod. Ich gehe wieder an den Vaos vorbei, um zur Westseite von Damantum zu gelangen, und lasse den Duft von Weihrauch hinter mir, nur um vom beißenden Geruch verbrannten Fleisches, blutgetränkter Luft und dem salzigen Gestank von Schweiß empfangen zu werden.

Schreie hallen durch die Gassen, unterbrochen vom Gebrüll wilder Kreaturen. Die Menschenmenge verändert sich von jenen in traditioneller Kleidung – die Umhänge und Lendenschurze oder Röcke – zu dunkleren Gewändern. Die Haare, sowohl bei Männern als auch bei Frauen, beginnen um die Schultern zu fallen, statt hochgebunden zu sein. Narben machen sich bemerkbar. Schmutz ist überall.

Auf dem Markt hatten die Leute meinen Blick erwidert und dann weggeschaut, hier bemerken sie meine Existenz gar nicht. Plötzlich verschwinden die Gebäude und ich dränge mich durch eine Menge in einen weiten Innenhof, wo rissige Steine den harten Erdboden unter meinen Füßen ersetzen. Grobe Holzbarrieren teilen den Hof in vier Bereiche. Pfähle, die mit Metallstücken an anderen festgenagelt sind, dienen als Zäune. Nicht genug, um allein eine Kreatur zurückzuhalten, die fliehen will, aber dafür sind die Menschenmengen da; Menschen umringen jede der Arenen, erheben die Fäuste und reichen Münzen weiter. Andere teilen sich Schläuche voll mit wer weiß was.

Ich protestiere ein letztes Mal. Das ist töricht. Unnötig. Du riskierst meine Wunder für eine dumme Chance.

Das tue ich, und tue ich nicht. Ich weiß, ich könnte umkehren und aus der Stadt gehen. Vielleicht sogar genug Hilfe zusammenkratzen oder finden, um lebend in mein Dorf zurückzukehren. Aber was dann? Den kommenden Angriff abwarten, entweder von den Charre oder den Lunare? Was für ein Ende wäre das?

Du könntest deine Kräfte sammeln, einen besseren Weg finden. Einen, der weniger Klauen beinhaltet.

Dafür ist keine Zeit. Ich bin hier, jetzt. Ich kann das schaffen. Ich kann, zum ersten Mal, das nutzen, was der Dschungel mich gelehrt hat, was mein Volk mir gegeben hat. In meiner rechten Hand, verborgen unter meinem Umhang, halte ich das Bambusrohr mit der Nadel darin, getränkt mit Zolins Mixtur.

Ich bin bereit.

Doch niemand hier scheint das Medaillon zu bemerken. Keine Seele ruft mich an oder versucht, mich durch das Gedränge der Leute zu führen, die die Kämpfe beobachten. In einer Arena kämpfen zwei scheinbare Sklaven gegeneinander mit Keulen, schlagen aufeinander ein, obwohl keiner von beiden danach aussieht, als wolle er das.

Die nächste Grube daneben beherbergt ein seltsames Ereignis: Mehrere Charre-Krieger, die ihre Bärenfelle tragen, stehen einem einzelnen Gefangenen gegenüber. Die Krieger scheinen sich abzuwechseln – sie stürmen vor und tauschen Schläge mit einem verzweifelten, blutigen Gefangenen aus.

„Dieser hier ist der Letzte seines Stammes", sagt einer der Zuschauer, als ich vorbeigehe. „Er hat selbst zwei Bären erledigt. Die ganze Truppe ist verrückt, dass sie mit dem Mann da reingehen, denke ich. Warum den Tod riskieren und ein großes Opfer verschwenden?"

Auf der anderen Seite des Hofes steht ein Stapel Bambuskäfige, die Stangen mit Seilen zusammengebunden. Füchse, kleine Bären und größere Echsen schreiten umher, knurren und schlafen darin. Andere Kreaturen, die ich nicht erkenne. Eine ist riesig, mit acht dicken Beinen und bedeckt mit kurzem weißem Haar, und ihr großer, augenloser Kopf neigt sich zu mir, als sie etwas übel riechenden Fraß aus einer flachen Schüssel am Boden schlürft.

Der Juar wartet am Ende. Faulenzt auf einer Matte, mit einem Bein irgendeines Tieres vor sich. Abendessen. Was ein gutes Zeichen ist. Der Raubtier könnte nicht hungrig sein, wenn ich mit ihm in den Ring steige.

Ich gehe näher an den Käfig heran. Betrachte das Tier genauer. Sein gegerbtes Fell sieht gesund aus, und als der Juar gähnt, sehe ich seine zackigen Zähne, die in allen Winkeln aus seinem Maul ragen, lang und scharf. Wir betrachten Juare als Schredder, als gefühllose Raubtiere, die alles zerfetzen und schnappen, was sich bewegt. Oder sogar Dinge, die sich nicht bewegen – ich habe eine Kokosnuss gesehen, die die Narben der Wut eines Juars trug.

Nicht jedes Tier erhält hier eine fürsorgliche Behandlung, aber der Juar scheint ein glücklicher zu sein. Ich komme nah heran, mein Gesicht nahe an den Gitterstäben, und die große Kreatur, die größer ist als ich, starrt mit bernsteinfarbenen Augen zurück. Langsam hebe ich meine rechte Hand.

„Was machst du da? Schaust dir die Konkurrenz an?", ertönt eine forsche Stimme direkt hinter meinem Ohr und ein dicker Arm klatscht auf meine linke Schulter. „Keine Sorge, du wirst schon bald deine Chance bekommen."

Ich schaue und sehe einen großen, runden Mann, dessen verfallende Zähne und zerkratztes Gesicht mich angrinsen. „Es ist eine Weile her, seit Jakkan jemanden in die Gruben geschickt hat. Ich dachte schon, alle Emporkömmlinge hätten begriffen, dass es ein schneller Weg in den Tod ist, den Oberpriester herauszufordern."

„Er gab mir das hier." Ich halte mit meiner linken Hand das Medaillon hoch.

Der große Mann macht sich nicht die Mühe, es anzusehen.

„Ich weiß, wer du bist. Das Wort hat sich die ganze Nacht verbreitet. Du bist diejenige, die behauptet, sie könne mit Ignos sprechen, richtig?"

„Das kann ich."

„Dann fang besser an zu plaudern, denn du wirst Hilfe brauchen, sobald diese Krieger mit der armen Seele da drüben fertig sind. Sobald er am Boden liegt, bist du dran." Dann dreht sich der runde Mann um, brüllt etwas über den Lärm der Menge hinweg und geht weg.

Ich drehe mich schnell wieder zum Juar-Käfig. Bringe das Bambusrohr mit meiner rechten Hand an den Mund, während ich die linke vor mein Gesicht halte, als wolle ich einen Husten dämpfen. Ich hole tief Luft und blase hart in das Rohr. Ich sehe die Nadel nicht fliegen, aber das muss ich auch nicht. Der Juar jault auf, faucht und schlägt sich gegen die Brust.

Nicht da, wo ich den Schuss haben wollte. Der Hals wäre viel besser gewesen. Die Brust braucht Zeit, um zu zirkulieren. Zu viel Zeit, wenn man die Größe dieser Pfoten bedenkt.

Hinter mir bricht die Menge in einen Tumult aus Rufen und Schreien aus. Ich verstehe genug Worte, um den Grund zu erkennen. Die Bärenkrieger haben ihre Sache erledigt. Der Gefangene ist tot.

Ich bin an der Reihe.

DAS KITZELN WIRD zu vollem Kontakt, als die Sevora ihr Ziel findet: Sax' Gehörgänge. Leichte Stiche von Schmerz, als die Sevora ihre stachligen Tentakel in Sax bohrt, und jetzt ist der Moment gekommen. Wenn Sax überleben will, muss er handeln.

Aber langsam.

Es darf kein Hinweis für die über der Oberfläche geben, dass etwas schief läuft. Seine linke Vorderklaue bewegt sich, gleitet durch die dicke Tinte nach oben zu seinem eigenen Kopf. Die Sevora schlüpft hinein - Sax kann spüren, wie sich ihr Körper verformt und gegen sein Inneres drückt. Die stachligen Tentakel beginnen sich zurückzuziehen.

Zu spät.

Sax taucht eine Klaue in seinen eigenen Kopf, und als sie die Sevora berührt, erstarrt der Parasit. Sax nicht. Er drückt härter, spürt, wie die Klaue die Haut der Sevora durchbricht, und zieht zurück. In Sax' Kopf explodiert es, als die Sevora begreift, was passiert, und versucht zu kämpfen. Versucht, sich in Sax' Gehirn zu winden. Ihre winzigen Tentakel sind jedoch kein Gegner für einen Oratus-Arm, und Sax' Klaue ist hakig genug, um die sich windende Sevora festzuhalten, bis der Parasit draußen ist.

Ohne zu zögern zieht Sax seine Klaue nach unten, dreht den Kopf und schiebt die Sevora in seinen Mund. Tinte strömt ebenfalls hinein, aber sie ist dazu gedacht, die Parasiten am Leben zu erhalten und schmeckt wie Nährsuppe. Gut, um Sevora-Tintenfisch hinunterzuspülen.

Sax muss hier nicht einmal atmen - die Tinte trägt den Sauerstoff, den er zum Überleben braucht, mit sich, also wartet Sax einige Momente. Er geht davon aus, dass es eine Weile dauern würde, bis eine Sevora die Kontrolle über ihren neuen Wirt erlangt und lernt, wie die Muskeln funktionieren. Sax zählt lautlos bis hundert.

Dann krümmt er seine Beine unter sich und drückt sich vom Boden des Beckens ab. Er taucht langsam auf. Mit extremer Kontrolle. Hoffentlich so, wie eine Sevora es tun würde.

Die Tinte tropft von Sax ab, und er kann die Blicke aller sehen, sogar die der Flaum, die eigentlich auf die drei tödlichen Oratus neben ihnen achten sollten.

Sie warten darauf zu sehen, was aus dem Becken gekommen ist. Sax lässt seinen Blick umherschweifen, hält für einen Moment Blickkontakt mit Bas, damit sie Bescheid weiß, und watet dann an Land. Er geht zu dem gefangenen Oratus, der seinen Kopf in einem Nicken zu Sax neigt.

„Gib dir Zeit", sagt der gefangene Oratus. „Diese Körper haben viele Gliedmaßen. Kein Grund zur Eile." Er wendet sich an die anderen drei Oratus. „Seht ihr, was aus eurem Anführer geworden ist? Dasselbe wird mit euch geschehen. Gebt uns eure Masken, erspart euch Schmerzen und schließt euch uns an."

„Wie ist dein Name, Freund?", zischt Sax. In einem Moment werden seine Klauen diese Rüstung zerfetzen.

Den Kopf darin abreißen. Sax will wissen, wen er gleich töten wird.

„Avan", antwortet der Oratus, und Sax kann die Frage in seiner Stimme hören. „Solltest du das nicht eigentlich schon wissen?"

Sax antwortet mit etwas anderem als Worten: Seine mittleren Klauen stoßen nach vorne und graben sich in Avans harte Rüstung, während seine Vorderklauen nach Avans Kopf schlagen. Ein normaler, trainierter Oratus hätte den Angriff kommen sehen. Hätte rechtzeitig reagiert.

Avan ist kein trainierter Oratus. Avans Reaktion ist es, zurückzuzucken. Oder es zu versuchen.

Sax reißt an dem Helm, zerreißt die Riemen in Stücke und reißt ihn von Avans Kopf. Er weiß, dass Avan möglicherweise wieder den elektrischen Schock auslösen könnte, der Sax in einen betäubten Zustand versetzen würde, also muss er sich beeilen.

Dann hält er Avan nicht mehr fest. Nur noch eine Rüstungsplatte. Avan weicht zurück, ein Spinnennetz von Verschlüssen baumelt von seiner Brust. Da versteht Sax, warum Avan ihn nicht wieder geschockt hat: die Maske. Avan hält sie noch immer in seinen Klauen.

Die schockende Rüstung hat die Maske nicht zerstört, als Sax sie aktiviert hatte, aber eine ruhende Maske ist wie Stoff - leicht zu zerreißen. Als Sax die Rüstung beiseite wirft - sie ist hier im Weltraum leicht - nimmt er Anzeichen des Kampfes um ihn herum wahr. Panisches Getrappel der Flaum, die versuchen, irgendeine Art von Verteidigung zu organisieren. Zischende Wut der anderen drei Oratus, als sie diese Verteidigung in Stücke reißen.

Überraschung ist der große Gleichmacher, und Sax hat sie hier auf seiner Seite.

Dieser Vorteil schwindet jedoch mit jeder Sekunde.

Avan greift bereits nach seinen Bergarbeitern, und Sax kann ihm keine Zeit mehr geben. Ohne Maske ist Sax verwundbar, also erhebt er sich in die Luft. Springt vorwärts, alle vier Klauen ausgestreckt und scharf.

Avan duckt sich nach rechts weg und bricht durch einen Zaun zu einem spärlichen Schießstand. Hinter ihm ragen die vier Kerngebäude des Abschnitts auf. Sax landet auf dem Boden, gräbt seine Klauen ein und stürmt Avan hinterher.

Ein Teil von Sax fragt sich, wo die anderen Sevora sind. Vier bewaffnete Oratus und alles, was dieses riesige Samenschiff schickt, sind ein paar Flaum? Er hatte Bataillone erwartet. Artillerie. Echten Widerstand.

Er kommt einen Moment später. Sax springt gerade Avan hinterher, seine Klauen ausgestreckt, glänzend, als die Lichter des Abschnitts erlöschen und alles in Dunkelheit tauchen.

KAPITEL 27

MIT ZÄHNEN GEFANGEN

DER AUFSEHER, der Mann, der mich am Juar-Käfig gepackt hatte, fasst mich an den Schultern und führt mich durch die sich teilende Menge zur Kampfarena. Innerhalb der Holzumzäunung sind die grauen Steine mit Blut, Spucke und verdorbenem Essen bespritzt, das von außen hineingeworfen wurde. Der Aufseher führt mich in die Arena und sieht mich an.

„Sag mir, Priesterin, hast du schon mal gegen einen Juar gekämpft?", fragt der Aufseher, wobei seine Stimme verrät, dass er die Antwort bereits kennt.

Ich starre ihn an, in der Hoffnung, jeden Hinweis zu nutzen, den er mir gnädigerweise geben könnte, und schüttele den Kopf.

„Es ist nicht so schwer, wie es aussieht. Niemand erwartet von dir, dass du das Ding tötest, nicht einmal Jakkan. Es geht darum, lange genug zu überleben. Wenn du das schaffst, beweist du, dass du der Aufmerksamkeit des Hohepriesters würdig bist."

„Wie lange?"

„Ah, siehst du, das ist der Kniff", der Aufseher zeigt

über meine Arena hinweg zur nächsten. Die, in der sich ein Paar Sklaven befunden hatte. Auch sie scheint leer. „In einer Minute wird jemand diese Arena betreten. Genauso wie du es gerade getan hast. Sie werden einem anderen Juar gegenüberstehen. Alles, was du tun musst, ist, länger durchzuhalten als sie. Verstehst du?"

„Länger durchhalten als sie?"

„Juare müssen fressen, Priesterin. Sie mögen ihr Futter frisch. Du willst, dass deiner hungrig bleibt." Der Mann lacht, als er die Arena verlässt.

Das ist ein grausames Spiel. Such nach einem Fluchtweg, Kaishi. Es bringt uns nichts, hier zu bleiben.

Nur gibt es nirgendwo einen Ausweg. Menschen drängen sich an den Zäunen, ihre Gesichter wild und lüstern, betrunken und Münzen hin und her werfend. Spott und Hohn vermischen sich mit gelegentlichen Ermutigungsrufen.

Ich versuche, mich von dem Wahnsinn abzuschotten. In mich zu gehen. Ich muss klar denken können, wenn ich hier lebend rauskommen will.

Die Pfosten an der Nordseite scheinen am schwächsten zu sein, und die Menge ist dort am Hauptdurchgang am dünnsten. Wenn du läufst, würde ich in diese Richtung gehen.

Jubel erhebt sich, gepaart mit dem harten Knurren eines Tieres. Nein, eines Paares. Jetzt bewegt sich die Menge schnell, wenn auch nur, um aus dem Weg zu gehen. Ich sehe den Juar, den ich im Käfig angeschossen hatte, am Ende eines Seilhalsbandes zischend, während der Aufseher ihn vorwärts zieht. Der Rest der Leine führt vom Halsband weg zu der dicken Schlaufe um den Arm des Mannes. Der Aufseher hat einen dicken Ledermantel angezogen, der seine Brust, Arme und seinen Hals bedeckt. Handschuhe, die mit grauem Metall durchwoben sind, umhüllen seine Hände.

Schutz, den ich nicht habe.

Hinter mir ertönt ein Schrei. Meine Konkurrenz. In der anderen Arena steht Viera, nur in eine zerlumpte Robe gekleidet und sonst nichts, ins Freie gestoßen. Sie wirbelt herum und schreit die Menge an, ihr Hals und Gesicht rot vom Schreien. Nicht dass sie die Charre verstehen könnte, oder sie sie.

Als Viera ihre Umschau beendet, erblickt sie mich und hält inne.

„Was machst du hier?", ruft Viera über die Arenen hinweg.

„Eine Prüfung. Genau wie du", antworte ich.

Hinter mir führt der Aufseher den Juar an die Seite der Arena. Die Kreatur springt mit träger Vertrautheit über die niedrige Barriere in die Arena, obwohl sein Halsband das Biest eng am Aufseher hält. Ich ziehe mich ans andere Ende der Arena zurück, während der Aufseher das Halsband des Juars über einen dicken Pfosten streift und den Juar auf Distanz fesselt.

„Das ist keine Prüfung", schreit Viera zurück. „Das ist eine Hinrichtung."

„Nur für einen von uns." Ich beobachte den Juar, während er mich beobachtet. Ich sehe glücklicherweise, dass mein Pfeil bereits Wirkung zeigt. Während die Kreatur hin und her streift, sehen ihre Augen schwer aus und ihr Atem geht keuchend.

Der Schlaf wird bald kommen.

„Was meinst du damit?", Viera klingt frustriert. „Ich verstehe kein verdammtes Wort von dem, was sie sagen."

„Wenn du stirbst, lebe ich", rufe ich zurück. „Oder andersherum."

Ein zweites Knurren ertönt von der anderen Seite der Arenen, als der Aufseher einen zweiten, räudigeren Juar zu Vieras Arena führt. Dessen Fell ist grauer, und er ist abgemagert. Vom Alter gezeichnet. Aber die Kreatur lässt nichts von ihren Jahren in ihren Augen erkennen, in ihren scharfen Klauen, die nach jedem armen Feiernden schlagen, der zu nahe kommt.

„Das ist Wahnsinn", schreit Viera. „Wie können sie das tun?"

Ich habe keine Antwort. Keine Forderung von Ignos verlangt, Unbewaffnete gegen wilde Kreaturen antreten zu lassen. Dies ist einfach Blutsport. Vergnügen am Schmerz.

Der Aufseher führt Vieras Juar in die Ecke seiner Arena, die meiner am nächsten ist, und nimmt dann die Leine des zweiten Juars. Mit einer Leine in jeder Hand hebt der Mann die Schlingen hoch und beginnt eine Art Gesang. Die Menge stimmt ein, und obwohl ich nicht alle Worte verstehen kann, klingt es wie ein Gebet. Ein Segen für den Kampf.

Während sie singen, starre ich auf den Juar, in seine großen grünen Augen. Mein Tod liegt in diesen Pupillen.

Der Gesang endet, aber bevor die letzte Note verklingt, lässt der Aufseher die Seile fallen und gibt den Juaren allen Spielraum, den sie brauchen, um sich in den Arenen zu bewegen.

„Wie kämpfe ich gegen so ein Ding?", höre ich Viera rufen.

„Bleib in Bewegung!", antworte ich.

Ich mache einen Seitenschritt in die gegenüberliegende Ecke der Arena und behalte dabei den Juar mir gegenüber im Auge, der meine Bewegungen ohne Kommentar beobachtet.

Technisch gesehen hält den Juar nichts in der Arena. Er

könnte über die Barriere springen und die schreiende Menge zerfleischen, aber er tut es nicht. Vielleicht aus Angst vor dem Seil, das ihn an den Aufseher bindet. Vor dem, was der Aufseher ihm antun könnte.

Pass auf!

Ich reiße meine Augen zurück und sehe den Juar auf mich zuspringen. Das mächtige Biest macht einen Satz und stürzt sich dann mit einem Sprung auf meine Kehle. Ich tue das, was ich im Dschungel bei Spielen mit anderen Kindern getan hatte: Ich rolle mich. Falle auf die Steine und drehe mich. Ich höre, wie der Juar auf den Felsen hinter mir aufschlägt. Krallen zerren an meinem Moosumhang; die getrockneten Ranken reißen auseinander. Ich achte nicht darauf, sondern nur darauf, mich vom Boden abzustoßen und wegzurennen.

Zurück entlang des Seils des Juars, in Richtung der Ecke und des grinsenden Pflegers jenseits dieser Holzpfähle.

Hinter mir versucht der Juar ein Gebrüll, das stark beginnt und in einem Gähnen endet. Die Menge lacht, und ein Mann ruft dem Pfleger zu und fragt, ob die Juare ihre Ruhe gehabt hätten.

„Mehr als genug!", antwortet der Pfleger. „Sie schlafen sowieso den ganzen Tag. Dieser hier muss nur aufwachen!"

Der Pfleger lässt sein Seil knallen, und ich sehe, wie der Knall zu meinem Juar wandert und sein Halsband ruckartig stoppt, was sein Gähnen unterbricht. Der Juar knurrt den Pfleger an, dann wandern seine Augen zu mir. Langsam allerdings. Nicht mehr lange und das Geschöpf würde zusammenbrechen. Hinter mir beginnt die Menge um Vieras Grube zu klatschen und zu rufen. Ich möchte hinschauen, möchte sehen, ob der Lunare gefallen ist, aber ich wage es nicht, den Blick von meinem eigenen Monster abzuwenden.

Der Juar stürzt auf mich zu, bereit, erneut anzugreifen, und ich spanne mich an. Ignos schreit in meinem Kopf, ich solle rennen, und ich versuche, die Panik des Gottes zu ignorieren. Dafür ist jetzt keine Zeit. Der Juar reißt sein Maul weit auf, lange Fangzähne scharf und weiß. Neigt seinen Kopf leicht, fixiert mein Gesicht. Bereit, auf meinen Hals zu springen.

Bereit für den Todesstoß.

Ich spüre die steifen Holzbretter der Grubenbegrenzung an meinem Rücken.

Kein Platz mehr zum Zurückweichen. Der Pfleger, direkt hinter mir, lacht. Die Menge verstummt. Sie wissen, dass der Moment gekommen ist, genau wie ich.

Diese Krallen werden ihr Ziel finden.

KAPITEL 28

LICHT AUS

DAS ERSTE, was Sax tut, als sein Sichtfeld schwarz wird, ist sich auf den Boden zu werfen. Sein Profil verkleinern. Was für ihn dunkel ist, wird es für andere nicht sein; Bas, Gar und Lan haben noch ihre Masken auf, und diese werden auf das Infrarotspektrum umschalten: Grün- und Rottöne, die sich von Wärmesignaturen abheben. Die Sevora haben möglicherweise etwas Ähnliches.

Sax hat das nicht. Sein einziger unmittelbarer Trost ist, dass Avan, ohne eigenen Helm oder Maske, die Welt wahrscheinlich genauso als endlose Schwärze sieht wie Sax.

„Hierher!", ertönt Bas' raue Stimme aus dem Nichts, und Sax verfolgt den Klang hinter sich.

Krallen, die über Metallböden kratzen, vermischen sich mit anderen Geräuschen – dem Stöhnen verletzter Flaum, dem Geklapper größerer Dinge, die durch den Abschnitt rennen. Die Sevora hätten diesen Zug nicht gemacht, wenn sie keinen Plan hätten.

Die Oratus müssen schnell ihren eigenen entwickeln.

Bas taucht wie aus dem Nichts vor Sax auf. Sie tippt ihn mit ihrem Schwanz an die Schultern, den Sax dann ergreift. Sie führt ihn den Weg entlang, und Sax erinnert sich gut genug an den Abschnitt, um zu wissen, wohin sie gehen.

Wenn sie nicht wissen können, wo ihr Gegner sein könnte, müssen sie Wege finden, die Möglichkeiten einzuschränken.

„Die Tür ist verschlossen", diesmal Lans Stimme. Ein höheres Zischen als Bas. „Das Bedienfeld reagiert nicht."

Es gibt einen Knall, gefolgt von einem zweiten und einer leichten Erschütterung, als etwas auf den Boden fällt.

„Das funktioniert auch", seufzt Lan.

Ein tiefes Lachen, das Sax Gar zuschreibt, und dann bewegt sich Bas wieder. Sax folgt ihr und liest die Bewegungen in ihren Muskeln, um sich unter dem Türrahmen zu ducken. Er erkennt das Gefühl des Ortes, die plötzliche Abwesenheit bewegter Luft und das Verstummen der Geräusche von außen.

Sie sind zurück in einem der Gebäude. Bereit, sich zu verschanzen.

„Er hat meine Maske genommen", stellt Sax das Offensichtliche fest und erinnert die anderen drei daran, dass er blind und unbewaffnet ist.

„Wie?", fragt Bas, und Sax gibt die Details weiter.

„Dann werden sie den Rest von uns wollen", sagt Lan, nachdem er fertig ist. „Das Protokoll besagt, dass wir sie zerstören. Und uns selbst."

„So weit sind wir noch nicht", erwidert Sax.

Der Ausgang ist nicht sicher. Ja, sie sind wahrscheinlich in einem Abschnitt mit einer Samenschiff-Ladung von Sevora gefangen, die sich auf einen Angriff vorbereiten, aber Oratus geben sich nicht der Verzweiflung hin.

„Ich werde kein Spielzeug für irgendeinen Parasiten sein", sagt Gar.

„Dann sei es nicht", zischt Bas. „Die Sevora kennen unsere Protokolle genauso gut wie wir. Sie werden erwarten, dass wir uns verschanzen, um zu garantieren, dass keiner von uns gefangen genommen wird. Also machen wir etwas anderes."

„Wir greifen an." Sax stimmt seinem Paar zu. „Teilen wir uns auf. Sie werden etwas Strom wiederherstellen müssen, um das Tor zu öffnen, und wenn es soweit ist, stürmen wir es. Bewegt euch schnell und konzentriert euch darauf, durchzukommen, nicht sie zu töten."

„Worauf warten wir dann noch?", fragt Gar, und alle stimmen zu.

Es macht keinen Sinn, darauf zu warten, dass die Sevora sie angreifen. Die Oratus sind Raubtiere. Alles auf diesem Schiff ist Beute.

KAPITEL 29

BLUTIGE NACHT

DER JUAR ZÖGERT. Ich warte, aber er springt nicht. Stattdessen öffnet der Juar sein Maul weit und lässt seine Zunge zur Seite hängen. Erleichterung durchströmt mich wie Eis – das Gift zeigt Wirkung.

Die Menge lacht, und der Pfleger schreit den Juar an, während er erneut mit dem Seil knallt. Ich werfe einen verstohlenen Blick in Vieras Richtung, aber Menschen haben den Raum zwischen uns gefüllt. Ich kann sie nicht sehen.

Pass auf!

Ich schaue schnell zurück und sehe, dass der Pfleger es geschafft hat, den Juar in Bewegung zu setzen. Anstatt mich anzusehen, knurrt die Kreatur jedoch in Richtung seines Meisters. Er geht in die Hocke, diese großen Beine spannen sich an, und er springt auf mich zu.

Über mich hinweg.

Er verdunkelt die Lichter, als seine Masse aus Fell und Krallen über meinen Kopf hinwegfliegt.

Der Juar überwindet die Holzpfähle und stürzt sich auf den Pfleger. Das Biest wirft ihn zu Boden, kratzt an den

Öffnungen in der Rüstung des Mannes. Beißt in sein Gesicht, versucht durchzukommen. Der Pfleger wehrt sich, ringt darum, den Juar abzuwerfen, aber das Biest ist zu groß, zu wendig, zu wütend.

Du kannst entweder zusehen, wie der Mann gefressen wird, oder du kannst weglaufen, Kaishi. Du weißt, was ich wählen würde.

Ignos hat einen guten Punkt. Ich klettere über die Barriere, unbehelligt, da die Menge zu abgelenkt ist, um mich zu bemerken, und bekomme endlich einen Blick auf Vieras Arena. Die Lunare trägt einige tiefe Kratzer. Sie blutet, steht aber noch. Ihr Juar beobachtet Viera nicht einmal mehr, sondern starrt mit offenem Maul auf den Kampf des Pflegers.

Die Menge beginnt inzwischen zurückzuweichen. Vielleicht wird ihnen klar, dass der Juar den Kampf gewinnen und als Nächstes sie angreifen könnte. Einige rennen einfach los; stürmen aus dem Hof in die Straßen der Stadt. Einige rufen nach Wachen.

Mit einem Knurren folgt der zweite Juar seinem Seil und schließt sich seinem Bruder an. Seine Zähne und Krallen versenken sich in das Leder des Pflegers und reißen es in Stücke.

„Komm schon, Priesterin", ruft Viera, als sie über die Barriere zu mir klettert. „Ich sage, wir verschwinden, bevor jemand merkt, dass wir noch am Leben sind."

Der Hof verfällt in völliges Chaos. Wachen mit gewichteten Netzen laufen an uns vorbei in Richtung der Juare. Pfleger anderer Arenen schließen sich ihnen an. Der Rest der Menge wechselt zwischen Flucht und dem Ausrufen neuer Wetten, jetzt, da sich die Einsätze geändert haben. Ich werde mit dem Getränk von jemandem bespritzt, als ich mich durch die Charre dränge, und ich sehe mehr Spaß als Angst in diesen Gesichtern.

Von einer Show zur nächsten.

Als Vieras Hand mich also durch den letzten Teil des Durcheinanders zieht, bin ich erleichtert. Wir sind aus dem Hof und zurück in den dunklen Straßen. Bei der ersten verlassenen Gasse stolpert Viera jedoch zur Seite. Sie lehnt sich gegen eine Hauswand, weg vom Trubel. Fackellicht schleicht von der Straße herein, aber das meiste, was ich sehe, sind Schatten. Formen im Stein enthüllen bei genauerem Hinsehen Umrisse von Charre-Tiergöttern.

„Du brauchst etwas für diese Wunden", sage ich und betrachte Vieras Körper. Mehrere tiefe Schnitte an ihrer Brust und ihren Armen bluten frei; lange Schnitte mit weißen Wülsten an den Rändern.

„Danke, dass du mich darauf aufmerksam machst", erwidert Viera, aber ihre Stimme ist angespannt. „Du kennst nicht zufällig einen Arzt in dieser Stadt? Irgendjemanden, der mich nicht auf der Stelle ausliefern würde?"

Ich schüttle den Kopf. „Ich habe hier keine Freunde. Dies sind nicht meine Leute."

Viera rutscht an der Wand hinunter, bis sie im Dreck sitzt. „Ist das nicht einfach fantastisch? Deine Leute. Ich dachte, der ganze Sinn deines Kommens war es, diese zu deinen Leuten zu machen?"

„Ich soll ihnen von Ignos erzählen", sage ich. „Dann, wenn sie glauben, was ich sage, könnten sie mir helfen."

„Besteht die Chance, dass dieser Glaube bald kommt und Medizin mitbringt?"

Was würde Jakkan sagen, wenn ich mit Viera zum Tempel zurückkäme?

Was würde der Hohepriester tun?

Viera stöhnt. Reißt meine Gedanken zu ihr zurück. Jemand, der mich beschützt hat. Mir geholfen hat.

Ich kann sie nicht hier zurücklassen, um zu sterben.

„Komm schon. Ich kenne keinen Arzt, aber ich kenne jemanden, der vielleicht helfen kann." Ich biete ihr meine Hand an, und diesmal bin ich es, die Viera auf die Füße zieht.

Ich lege ihren Arm um meine Schultern. Gemeinsam gehen wir durch die Straßen. Neugierige Blicke von den wenigen Charre, die um diese späte Zeit noch unterwegs sind, die herrischen Blicke der Wachen auf dem Weg zu den Arenen. Die meisten bemühen sich nicht um einen zweiten Blick, und diejenigen, die es tun, sehen mein Medaillon und wenden sich schnell ab. Zum ersten Mal mag ich es, die Ausgestoßene zu sein.

Unerwünscht und gefährlich.

Der Vaos ragt über die umliegenden Häuser hinaus und erstrahlt mit Fackeln, die auf jeder Stufe angebracht sind. Ein schimmernder, feuriger Weg zum Heim des Oberpriesters der Charre. Ein passendes Bild, nehme ich an, für Jakkan.

Wir beide steigen langsam zu Jakkans Gemächern hinauf. Ich weiß nicht, was ich erwarte, aber Jakkan mit einem Paar anderer Männer in priesterlichen Gewändern zu sehen, überrascht mich nicht. Der kleine Junge in der Mitte des Raumes schon.

Jakkan rezitiert eine Art Gesang, während die beiden anderen Priester mit farbiger Paste komplizierte Muster auf das Kind malen. Als wir, mit Viera, die eine blutige Spur hinterlässt, den Raum betreten, sehen uns alle an, aber keiner von ihnen hört auf.

Jakkan unterbricht seine Rezitation nicht, fängt meinen Blick auf und nickt in Richtung seines Wasserbeckens. Dort liegt ein Tuch. Ich führe Viera um die Zeremonie herum, so leise wie möglich, und beginne, die Lunare zu waschen. Viera ihrerseits setzt sich auf den Boden und schließt die Augen. Ihr Atem rasselt ein und aus. Mit flackernden Fackeln und einem feierlichen Gebet im Hintergrund konzentriere ich mich darauf, das Tuch hin und her zu wischen, vorsichtig das Blut von ihren Wunden zu reinigen und den Schmutz abzuwaschen.

Das sind böse Schnitte. Wären wir bei meinen Freunden, könnten sie in Sekunden geheilt werden. So wie es ist, wirst du auf Nähte zurückgreifen müssen. Oder auf gröbere Methoden.

Ich schaue mich um, aber es scheint keine Nadel und keinen Faden zu geben. Keine Möglichkeit, die Wunden zu nähen. Vieras Schnitte bluten weiter. Wenn es keine Möglichkeit zum Nähen gibt, um die Wunden zu schließen, was dann?

Feuer, Kaishi. Es wird ihr wehtun, aber sie wird überleben. Zumindest vorerst.

Es gibt viele Metallinstrumente im Raum. Zeremonielle Brandeisen, Eisen. Ich nehme eines, hebe es sanft an, während die Priester den Jungen weiterhin mit wirbelnder Kunst bedecken. Muster, die ich als das Siegel des Charre-Kaisers erkenne. Ein Helm und eine gerollte Schriftrolle, die sich mit der glühenden Kugel von Ignos verbinden. Das Wappen des Kaisers.

Wer ist dieses Kind? Was ist sein Zweck?

Diese Fragen werde ich später stellen.

Ich halte das Brandeisen in die Fackel, lasse es dort, bis das Metall beginnt, warm orange zu glühen. Dann hebe ich es vorsichtig heraus und richte es auf Viera.

„Es tut mir leid. Das wird wehtun", flüstere ich, obwohl Viera bewusstlos aussieht.

Ich drücke das Brandeisen nahe heran. Fast berührt es die wütend rote Wunde.

Eine leichte Berührung. Kurz und dann zur nächsten Stelle. Wir versuchen, das Blut zu versiegeln, nicht sie zu kochen.

Ich mache mich an die Arbeit. Drücke das Brandeisen auf das offene Fleisch. Es zischt, raucht, brennt und wird vor meinen Augen weiß-rosa. Vernarbt und versiegelt. Vieras Augen schießen auf, und sie hätte vielleicht geschrien, wenn ich ihr nicht den zusammengeballten, blutigen Lappen zwischen die Zähne geschoben hätte. Ich halte ihn dort, während ich das Brandeisen entlang Vieras Schnitten führe. Vernarbe sie weiß. Stoppe die Blutung.

Halte die Lunare am Leben.

KAPITEL 30

EIN MOMENT DER ATEMPAUSE

OHNE ES AUSZUSPRECHEN, teilen sich die vier in ihre Paare auf. Gar und Lan gehen zuerst los und wenden sich nach links. Bas und Sax werden nach rechts gehen, und dann werden beide Paare sich zum Tor wenden und es aus entgegengesetzten Richtungen ansteuern. Die unausgesprochene Seite davon ist, dass das Paar, welches die Sevora auf sich zieht, sich opfern wird, damit die anderen beiden die Mission vollenden können.

Es ist grimmig. Es ist notwendig.

Sax fühlt keine Traurigkeit, als sie das Gebäude verlassen, nur Dringlichkeit. Entschlossenheit. Den Wunsch, Avan zu finden und den gefangenen Oratus zu zerstören.

Sax hält sich mit seinen Vorderklauen an Bas' Schwanz fest, obwohl sie ihm einen Flaum-Bergarbeiter gibt. Ihre eigenen Waffen fehlen - nach ihrer Gefangennahme weggenommen und am Geburtsbecken nicht vorhanden. Flaum-Bergarbeiter sind zu klein für Oratus-Klauen, also hält Sax ihn mit beiden Mittelklauen. Ungeschickt.

Wieder draußen vor dem Gebäude sind die Stöhner der Verwundeten verstummt. Es ist ruhig, abgesehen vom Klappern der Oratus-Klauen auf der Oberfläche. Die schiere Stille macht Sax nervös. Es liegt nicht in der Natur eines Oratus, leise zu sein. Sie sind zerstörerisch, nicht für Heimlichkeit gemacht.

„Erinnerst du dich an unsere Erleuchtung?", flüstert Sax zu Bas, ein Geräusch, das sich anhört wie aus einem Druckrohr entweichende Luft - hochfrequent und statisch.

„Wie könnte ich einen sterbenden Stern vergessen?"

Die Sonneneruptionen waren wunderschön gewesen, ein Geschenk nach den Prüfungen ihrer Paarung. Sie beide hatten vom strahlungsgeschützten Deck der Station namens Nova aus zugesehen, die ausschließlich für die Beobachtung interstellarer Phänomene konzipiert und genutzt wurde. Nova würde bei diesem bestimmten Stern bleiben, bis ein Sonnensturm sie zerstörte. Dann würde eine neue Nova dort gebaut werden, wo es am schönsten erschien.

Wo es neue Oratus davon überzeugen würde, dass die Galaxie ein Ort war, den es zu retten lohnte.

Oratus hatten drei Momente in ihrem Leben, in denen frivole Dinge erlaubt waren: der Tod eines Paares, die Erleuchtung und die Wiederherstellung - wenn ein Oratus ein Alter erreichte oder eine Verletzung erlitt, die schwere medizinische Versorgung erforderte. Sax hat nur einen davon erlebt, und die kurze Zeit mit Bas und einem explodierenden Stern dominiert seine Erinnerungen, wenn er nicht gerade um sein Leben kämpft.

Sax ist damit aber einverstanden. Er möchte nicht, dass seine Sinne abstumpfen. Dass seine Klauen ihre Schärfe verlieren oder seine Zähne den Geschmack des Fleisches seiner Feinde vergessen.

Aber was ihn jetzt zur Erleuchtung zurückbringt, ist die Dunkelheit. „Erinnerst du dich", sagt Sax, „wie sie für eine Minute den Schild schlossen? Wie der ganze Raum dunkel wurde und das Einzige, was man hören konnte, der eigene Atem war?"

„Deine Lüftungsschlitze waren am lautesten von allen."

„Ich war aufgeregt." Sax greift fester zu, als Bas über einen weiteren Zaun springt.

„Ich habe es gespürt. Dich. Deine Herzschläge durch deine Klauen. Es war das erste Mal, dass ich verstanden habe, was es bedeutet, ein Paar zu sein."

„Ein Gefühl, das mich nie verlassen hat." Sax würde mehr sagen, doch vor ihnen, die Stufen hinauf, die Sax nicht sehen kann, erwacht ein Bogen aus grünen Lichtern zum Leben. Das Tor. Und davor, von einem Heiligenschein umgeben, Avan.

ALS ICH MIT dem Ausbrennen von Vieras Wunden fertig bin, ist die Zeremonie hinter mir vorbei. Jakkan verstummt, und die beiden Priester geleiten den bemalten Jungen aus der Kammer. Viera, nachdem sie sich durch den Großteil des Stoffes in ihrem Mund gebissen hat, verliert einfach das Bewusstsein und lässt mich das Kauterisieren beenden.

Als ich das Brandeisen von der letzten Schnittwunde abhebe, von dem grauen, schrumpeligen Fleisch, das zumindest kein Blut mehr auf den Boden sickern lässt, fühle ich mich, als würde ich auch zusammenbrechen.

Gut gemacht. Ich würde dich sogar mich kauterisieren lassen. Wenn ich einen Körper hätte.

Feuer zur Heilung zu verwenden. Ich habe es schon früher gesehen, obwohl ich selbst nie daran beteiligt war. Eine verzweifelte Maßnahme für nur die schwersten Wunden. Wenn es einen Umschlag gegeben hätte. Wenn es Nadeln gegeben hätte, dann hätte ich sie vielleicht zunähen können. Die Wunden verbinden und Viera ohne diese Verbrennung lassen können. Aber ich kenne diese Stadt nicht, und Jakkan bot keine Hilfe an.

„Ich sehe, du hast versagt", sagt Jakkan, als ich das Brandeisen ablege. „Ich sehe, du kehrst mit demselben Medaillon zu mir zurück, das du trugst, als du gingst."

„Ich habe nicht versagt", erwidere ich, ohne meinen Blick von Viera abzuwenden. „Ich habe die Gruben überlebt. Wie du es verlangt hast."

„Ich habe dich nicht gebeten zu überleben. Ich habe dich gebeten, mit einem anderen Medaillon zurückzukehren. Das hast du nicht getan, und deshalb hast du versagt."

Jakkans Worte sind zu viel. Nachdem ich den Juar überlebt habe. Nachdem ich Viera blutend durch die Straßen einer Stadt geschleppt habe, die ich nicht kenne, wo die Leute mich anstarren, als wäre ich der Feind. Als wäre ich nicht zu berühren. Zu hören, dass ich versagt habe, fällt auf mich wie ein glühendes Gewicht, und ich wehre mich.

Ich greife mit meiner rechten Hand nach dem Brandeisen und wirbele zu Jakkan herum, stoße es in Richtung seines Gesichts.

„Du kannst sagen, was du willst. Ich habe überlebt. Ich habe deine Falle überlebt." Ich mache einen Schritt nach vorn, und Jakkan bleibt, wo er ist. Das Brandeisen kommt dem Gesicht des Priesters nahe, aber er weicht nicht zurück.

„Sag mir", spricht Jakkan. „Hast du erreicht, worum ich dich gebeten habe?"

Das Brandeisen fühlt sich gut in meiner Hand an. Stark. Wärme strahlt noch immer von der Vorderseite aus. Mit einem kurzen Stoß könnte ich es direkt in Jakkans Auge rammen. Oder vielleicht gegen seinen Hals schwingen. Der Priester sieht unbewaffnet aus. Verletzlich.

Was dann?

Ignos entfesselt eine Kaskade von Gedanken: Was

würde nach so einem Schlag kommen? Die Menschen der Stadt würden mich nicht dafür lieben, den Hohepriester getötet zu haben. Wie könnte ich sagen, dass Ignos will, dass dies geschieht? Will, dass Jakkan in seinem eigenen heiligen Tempel ermordet wird?

„Nein, habe ich nicht", sage ich die Worte, halte aber das Brandeisen hoch. Meine Augen stark. Nicht meine Schuld, dass ich bei einer unmöglichen Aufgabe versagt habe.

„Dann hast du etwas gelernt. Lass dich nicht von deinen Gefühlen, lass dich nicht vom Moment von den Tatsachen abbringen. Eine Priesterin muss immer, wenn sie das Volk führen soll, in der Lage sein zu wissen, was richtig ist, ungeachtet ihrer Umgebung." Jakkan blickt an mir vorbei zu Viera am Boden. „Wer ist diese Frau?"

„Sie kämpfte mit mir in den Gruben. Wir haben überlebt", ich beginne eine kurze Version der Geschichte, die Jakkan ohne Gefühlsregung anhört.

Ohne Reaktion.

„Du hast sie hierher geführt. Ihr Blut auf meinen Boden tropfen lassen. Ihre Wunden mit einem heiligen Instrument ausgebrannt", Jakkan greift nach dem Brandeisen, das ich halte, seine Hand berührt meine am kühlen Ende des Metalls. „Verstehst du den Frevel, den du begangen hast? Um eine Ungläubige zu retten?"

„Ich habe geschworen, sie zu beschützen, und sie hat dasselbe für mich getan", sage ich. „Ignos würde das verstehen."

Jakkan reißt mir das Brandeisen aus der Hand. Wirft es quer durch den Raum, wo es gegen die Wand prallt und zu Boden fällt. Wirft Viera einen abschätzigen Blick zu. „Sie wird vorerst in Ordnung sein. Komm mit mir."

Wir fegen aus den Kammern, in Richtung der Stufen.

Ich werfe einen letzten Blick auf Viera, die immer noch bewusstlos ist. Dann folge ich Jakkan ganz nach oben zum Vaos. Er hält an und legt eine Hand auf den östlichen Altar. Wartet darauf, dass ich alles in mich aufnehme.

Die Aussicht ist unglaublich. Anders als alles, was ich je zuvor gesehen habe. Das Lodern von hunderttausend Fackeln erleuchtet die Straßen wie ein glitzernder Ozean in der Dunkelheit. Über mir verblassen die Sterne gegen das orange Feuerlicht, als existiere Damantum in einer eigenen Welt und verbanne das Äußere mit dem Glanz seiner Bewohner.

„Ich finde Damantum bei Nacht immer schöner", sagt Jakkan. „Wenn man den Beweis für all das Leben hier hat. Ein Charre hat jedes dieser Feuer entzündet. Ein Charre, der daran interessiert ist, unsere Stadt zu erhalten. Unseren Lebensunterhalt, unsere Zivilisation. Solange diese Fackeln brennen, wird Damantum fortbestehen. Ignos wird angebetet werden."

„Warum hast du mich hierher gebracht?", sage ich.

„Ich habe mich nach dir erkundigt", antwortet Jakkan. „Bei Malo, bei den Kriegern, die mit dir gereist sind. Sie alle glauben, was du behauptest. Bis zum letzten Mann. Sie sagen, du hörst von Ignos selbst. Sie sagen, dass du meinen Platz einnehmen wirst."

Bei diesem letzten Satz sieht Jakkan mich direkt an. Ich erwarte eine Anschuldigung, dass sich Hass oder Eifersucht zeigt. Jakkan behält jedoch dasselbe ausdruckslose Gesicht. Er gibt mir keine Hinweise darauf, was er will, was er von mir hören möchte.

Mein ganzes Leben lang hatte man mir wenig Hoffnung auf Macht gegeben. Wenig Chance auf eine Position. Mein Schicksal war durch mein Geschlecht bestimmt worden. Auf der Spitze des Vaos stehend, kann ich zum ersten Mal nicht sagen, wo meine eigene Zukunft liegt. Möglichkeiten gibt es zuhauf. So viele Wege zu folgen. Und sie alle könnten hinweggefegt werden, wenn Jakkan sich entscheidet, mich zu verstoßen.

„Ich will deinen Platz nicht", sage ich. „Ignos hat sich entschieden, mich hierher zu bringen. Ich folge nur seinem Willen."

„Und sein Wille muss respektiert werden." Jakkan nickt auf das Medaillon um meinen Hals. „Diese erste Aufgabe beweist, dass Malo Recht hatte. Ignos begünstigt dich. Wie viele entkommen den Gruben, wenn sie dem Juar gegenüberstehen?"

Ich weiß es nicht. Jakkan wartet nicht auf meine Antwort.

„Keine", sagt Jakkan. „Keine."

„Sie sagten, derjenige, der länger lebt, darf gehen?"

„Ein Trick, um etwas Kampfgeist aus dir herauszuholen." Jakkan sieht fast traurig aus, aber dann gleitet sein Gesicht in die gerade Maske zurück. „Wäre deine Freundin gefallen, hätte die Menge Momente später deinen eigenen Tod bejubelt."

„Wie hätte ich dann überleben sollen?"

„Du hast einen Weg gefunden", sagt Jakkan, als ob das die Frage beantworten würde, und winkt dann meinen offenen Mund weg. „Sie verstehen meine Verantwortung. Der Kaiser wendet sich an mich für Ignos' Führung. Daher muss ich sicher sein, dass jeder, der behauptet, für ihn zu sprechen, wirklich seine Worte hört."

„Ich bin aus den Gruben entkommen, wie Sie sagten. Ist das nicht genug?"

„Du magst sein Glück haben, aber bist du wirklich sein Gefäß? Morgen wird es ein Opfer geben. Für den Jungen, den du gesehen hast, zu Ehren seiner bevorstehenden

Männlichkeit. Zu Ehren des Lebens seiner Eltern. Du wirst es durchführen. Du wirst das Ritual leiten, und du wirst uns eine Botschaft von Ignos überbringen. Mache es gut, und ich werde dir deine Audienz beim Kaiser gewähren. Mehr noch, ich werde dir die Chance geben, dich mir anzuschließen. Um die Stadt in das Licht zu führen, das sie verdient."

Als wir beide einige Stunden später, nach Gesprächen über die Heimat und das Leben in der Stadt, hinabsteigen, geht Jakkan voraus. Ich folge ihm und stoße fast mit dem Hohepriester zusammen, als er am Eingang der Kammern anhält. Jakkan dreht sich zu mir um, ein kleines Lächeln im Gesicht. „Es scheint, als hätte diejenige, die du gerettet hast, keinen Wunsch, dir zu danken."

Ich schaue an Jakkan vorbei und sehe nur getrocknete Blutflecken auf dem Tempelboden. Viera ist verschwunden.

KAPITEL 32

OHNE ZÖGERN

SAX HAT NUR einen Moment zum Nachdenken, bevor sich das Portal öffnet. In diesem Moment vermischen sich Hoffnung und Hunger mit dem plötzlichen Licht und treiben ihn vorwärts. Er springt an Bas vorbei, spannt seine Beine an und stürzt sich auf Avans Schatten zu.

Die geringe

Schwerkraft verleiht Sax ordentlich Auftrieb, und er lässt den Bergarbeiter fallen, während er durch die Luft gleitet. Er hat sowieso keine Chance, damit irgendetwas zu treffen, und die Befriedigung eines Lasers ist nichts im Vergleich zum animalischen Schneiden seiner Krallen.

Das Portal wartet nicht auf Sax. Es öffnet sich ruckartig, gleitet in die Wand des Seedschiffs hoch und offenbart eine wartende Sevora-Truppe. Mehr Flaum, weil die Standardtruppen immer da sind, aber was Sax' Aufmerksamkeit im Flug fesselt, sind die Slivers; wurmartige Wesen mit hauchdünnen Flügeln, die violett leuchten, während sie über Avans Kopf hinwegfliegen.

Jeder der vier Slivers hat, auf ihre vielen Beine

gepfropft, Hitzestachel: kleine Laser, die einzeln nicht mehr als lästig sind. Zusammen können die gleichzeitigen Schüsse das Nervensystem eines Ziels überfordern. Es zuckend zu Boden schicken. Das bedeutet, dass die Sevora noch nicht aufgegeben haben, den Oratus zu fangen.

Die Slivers haben allerdings nicht erwartet, Sax mit ausgestreckten Krallen durch die Luft auf sie zufliegen zu sehen, bereit zu zerreißen. Er trifft einen Sliver, bevor er die Chance hat, sich zu bewegen, und Sax muss nicht einmal beißen - sein Gewicht allein zerquetscht das zerbrechliche Wesen und sie beide stürzen auf den Boden des Portals zu.

Avan und seine neuen Flaum-Freunde bemerken es. Und als Sax mitten unter sie kracht, stieben sie auseinander. Sax schafft es nicht einmal, nach Avan zu schlagen, bevor der gefangene Oratus verschwunden ist. Er drängt sich durch die Flaum und durch das Portal.

Feigling.

Sax würde folgen, aber er ist anderweitig beschäftigt. Die Flaum überwinden ihre eigene Überraschung und richten ihre Bergarbeiter auf Sax. Stillzustehen bedeutet eine schnelle Röstung durch ihre Laser, also bewegt sich Sax.

Einen Oratus in nächster Nähe zu umzingeln, ist wie in einem Rasierklingen-Tornado zu sein: Sax stürzt sich auf einen Flaum nahe dem Portal, während sein Schwanz auf den Flaum links davon zupeitscht. Er gräbt seine Krallen in Fell, springt dann zu einem anderen. Rote Blitze zucken dort auf, wo er gerade war, und verbinden sich mit dem grünen Licht des Tors und der durchscheinenden blauen Aura des neuen Abschnitts dahinter zu einem ausgewaschenen Stroboskop-Effekt.

Sax nimmt die Gesichter kaum wahr. Die Ziele. Ohne

das Stim kann er mit seinem eigenen Instinkt nicht Schritt halten und reagiert einfach auf Berührung. Auf das Reißen von Krallen durch Stoff. Auf das Klatschen seines Schwanzes, der einen weiteren Flaum zu Boden schleudert. Es ist ein Massaker, ein chaotisches Toben.

Bis plötzliches Brennen Sax zu Boden treibt.

KAPITEL 33

HALTE DAS MESSER

STAUBPARTIKEL TANZEN im Licht der Morgendämmerung, als ich meine Augen öffne und durch den Torbogen aus meinem Zimmer blicke. Es ist eines von vieren, die von Jakkans Hauptkammer im Vaos abgehen. Der Hohepriester hatte mir erlaubt, mich in dem Ersatzraum einzurichten. Die Matte auf dem Steinboden genügt, obwohl ich den weichen Dschungelboden vorziehe, wo ich nicht mit Rückenschmerzen aufwache.

Nicht, dass es sowieso eine erholsame Nacht gewesen wäre: Jakkan hatte sich keine Zeit genommen, sich um Viera zu sorgen, sondern mir stattdessen die Schriftrollen mit Darstellungen der Charre-Riten gezeigt, mir aufgetragen, sie zu lesen, und war dann in seine eigenen Gemächer verschwunden.

Ich hatte die Schriftrollen genommen und mich neben das Feuer gesetzt. Eine nach der anderen gelesen. Mich mit Geschichten und Oden, Liedern und Gebeten vertraut gemacht, von denen mir einige bekannt waren und andere sehr fremd. Die Charre-Riten sind wie Verwandte – ihre Formen und Pflichten erkennbar, ihre Namen verändert. So ähnlich, dass ich anfing, Solare-Wörter einzufügen, wo sie nicht hingehörten. Ich ertappte mich dabei, wie ich in die Geschichten versank, die um die Lagerfeuer meines Dorfes erzählt wurden, anstatt in die Ritualgeschichten vor mir.

Ich schlage vor, du findest einen Weg in dein Bett, Kaishi. Du blätterst die Schriftrolle verdammt langsam um, und so sehr ich es auch mag, dieselben Worte endlos wiederzulesen, es ist ein bisschen langweilig geworden.

Aber ich musste lernen. Ich schüttelte den Kopf. Versuchte, meine Augen ganz zu öffnen.

Nicht alles, und nicht jetzt. Ich habe alles gelesen, was du gelesen hast, und ich werde es dir während der Zeremonie einspeisen. Allerdings kann ich deine Arme nicht heben. Kann nicht aus deinem Mund sprechen. Wenn du also nicht die Energie hast, das zu bewältigen, dann gehen wir beide den grausamen Weg.

Ich nahm an, wenn ich jemandem vertrauen sollte, eine Zeremonie richtig durchzuführen, dann wohl einem Gott. Also akzeptierte ich Ignos' Angebot und stolperte in meine Kammer, fiel auf die Matte und versank in einen viel zu kurzen Schlummer, bis Jakkan mich, wie es schien, Momente später mit dem Anbruch der Morgendämmerung weckte.

Der Hohepriester hält einen neuen, wunderschönen Umhang für mich bereit. Weber haben den Stoff mit Orange und Blau gesprenkelt. Teure Farben. Farben, die nur von Adligen getragen werden oder von denen, die ihr Leben Ignos gewidmet haben.

Jakkan selbst sagt das, und er trägt ähnliche Pracht. Goldene Reifen hängen an seinen Ohren und ein weiterer Ring an seiner Nase. Sein Haar ist mit silbernen Bändern zu einem Knoten auf seinem Kopf gebunden. Seine Hände halten noch mehr Schmuck, den er mir reicht.

„Heute gehören diese dir", sagt Jakkan. „Wenn das so läuft, wie du es dir wünschst, dann wirst du morgen deine eigenen haben."

Die Ohrringe, mit Rubinen und Saphiren gespickt, scheinen kleine Abbildungen von Ignos zu sein. Ich stecke sie an, dann kommt das Stück für meine Nase. Ein geschwungenes goldenes Band, das wie Lichtwellen am frühen Morgen aussieht. So geschmückt warte ich auf Jakkan, der sich in seine Gemächer zurückgezogen hatte. Dieses Mal kommt er mit ein paar Töpfen zurück. Jeder ist mit Farbe gefüllt. Er stellt sie in die Mitte des Raumes und geht dann, mir zunickend, zum fernen Fenster.

Diese Seite des Vaos blickt nach Westen, gegenüber der Seite, wo Ignos aufgeht. Auf den Bergen, die die Stadt überblicken, kann ich Ignos' Morgendämmerungsschauspiel sehen: Lila, Braun, Orange und Gelb, während das Licht von den Gipfeln und den Hängen darunter abprallt und die Felder in Ignos' Farben taucht.

„Es ist der göttlichste Teil des Tages", sagt Jakkan. „Ein Beweis dafür, dass Ignos' Wille wirklich schön ist. Wir müssen die Menschen daran erinnern. Heute hast du die Chance dazu. Ich werde anwesend sein, aber du allein wirst die Gebete sprechen. Ich vertraue darauf, dass du gelernt hast, was du sagen möchtest?"

Ich nicke, obwohl ich in Wahrheit nur Bruchstücke habe. Früher, beim abgestürzten Schiff und in meinem Dorf, hatte ich aus meinem Herzen gesprochen. Auf Ignos' Anweisung. Ich habe noch nie ein formelles Ritual durchgeführt, geschweige denn ein Opfer.

Eine Show, und kaum mehr. Ich werde dir die Worte schicken, und solange du genug Schwung in die richtigen Handlungen legst, werden sie dich dafür lieben.

„Hast du schon einmal eine Zeremonie durchgeführt?", fragt Jakkan.

„Nein. Ich habe mein Dorf verlassen, bevor Ignos mir die Chance dazu gab."

Jakkan sieht tatsächlich erfreut darüber aus. „Das erste Mal, wenn du das Messer hältst, ist ein Moment, an den du dich für immer erinnern wirst. Du wirst eins mit den Lehren. Du wirst die Macht von Ignos spüren, wenn du deinem Opfer die größte Ehre erweist. Aber ich muss dich warnen: Lass die Klinge nicht aus deinen Händen fallen, egal wie schwer sie sich anfühlt. Schlage mit Kraft zu und mache einen sauberen Schnitt. Ignos wird zusehen."

Ein Paar anderer Priester betritt den Tempel, und ich stehe still, während sie Farben auf mein Gesicht auftragen. Auf meine Schultern und den Rest meines Körpers. Sie färben mich wie die blauen und violetten Klippen. Machen mich zum Ebenbild der Morgendämmerung.

Als sie fertig sind, steht Ignos hoch und draußen versammelt sich bereits eine Menge. Ihr Gemurmel und ihre Rufe von angebotenen und angenommenen Geschäften summen durch die Vorderseite des Vaos herein. Ich bin mir nicht sicher, was ich als Nächstes tun soll, also warte ich auf Jakkan, der mit geschlossenen Augen anscheinend Gebete vor sich hin murmelt.

Als seine Lippen still werden, nickt er für einen Moment und fragt mich dann: „Bist du bereit?"

Es gibt nur eine Antwort auf diese Frage. „Ich bin es."

Der Hohepriester führt mich aus dem Tempel hinaus auf den Vorplatz, wo die Menge, so viele Tausende, zu jubeln beginnt. Jakkan hält seine Arme hoch und weit, als würde er die Gesänge umarmen. Ich folge seinem Beispiel, strecke meine Arme aus und sauge die Blicke in mich auf. Die seltsamen Blicke. Das leise Raunen, das über das

Getümmel kommt, als die Menschen bemerken, dass ihr Hohepriester mit einer anderen Person dasteht.

Eine Frau teilt seinen Platz. Eine, dem Aussehen nach, die nicht aus ihrer Stadt oder ihrem Volk stammt.

„Ja", verkündet Jakkan. „Ihr habt bemerkt, dass ich diese Bühne nicht allein betrete. Neben mir steht eine Priesterin. Eine Stimme von Ignos. Sie kommt von weit her, und Ignos hat es für angemessen befunden, seine Weisheit durch sie an uns weiterzugeben. Heute wird sie das Opfer zu seinen Ehren leiten. Heute heißen wir diese neue Priesterin in unserer Stadt willkommen. Wir begrüßen ihre Weisheit, da sie von Ignos selbst kommt."

Die Menge bleibt einen Moment lang still. Sie bewerten Jakkans Worte. Sie durchschauen sie, suchen nach dem Witz. Suchen nach einem Grund, nicht zu glauben.

Jetzt ist die erste Chance. Sag ihnen, wer du bist. Entfache den Funken, der zum Feuer ihres Glaubens werden wird.

„Mein Name ist Kaishi, und ich bringe das Herz des Dschungels in diese heilige Stadt. Die Götter haben mich beauftragt, euch ihre Botschaft zu überbringen. Ignos bewegt meine Lippen, und es sind seine Worte, die von mir zu euch gelangen. Es sind die Worte unserer Hoffnung und Erlösung. Es sind die Worte, die Damantum in ein neues und helleres Zeitalter führen werden."

Noch immer blickt die Menge misstrauisch und murmelt untereinander. Bis Jakkan meine Hand in seine nimmt, sie hochhebt und verkündet: „Wir ehren Ignos, gemeinsam."

Das durchbricht endlich den Bann der Menge. Sie jubeln. Laut genug, um die Grundmauern des Tempels zu erschüttern, so scheint es. Meine Nerven werden taub, meine Beine verkrampfen sich. Mein Herz schlägt so schnell, dass ich befürchte, es würde zerspringen. Das, das muss mein Vater bei jeder Zeremonie gefühlt haben. Das ist es, wovon er gesprochen hatte, wenn er den Puls von Ignos erwähnte. Seine Energie, die durch Vater floss. Jetzt fließt sie durch mich.

Jakkan verliert keine Zeit und führt mich die Stufen hinauf zur Spitze des Vaos. Dort stehen die Zwillingsaltäre, glänzend und feucht von einer Waschung am frühen Morgen. Ein Paar Wachen, in Bärenfelle gekleidet und ihre Speere in einer Hand haltend, stehen bereit. Ein anderer Priester, mit nicht ganz so prächtigen Roben wie unsere, hält auf einem roten Tuch eine Klinge aus schwarzem Glas. Halb so lang wie mein Arm, ist das gefleckte und gezackte Messer wie ein Schatten. Schwer, scharf. Es wird durch Knochen so leicht schneiden wie durch eine Melone.

Ein anderes Gebrüll kommt von unten. Das Opfer ist erschienen, mit einer Eskorte. Malo führt fünf Wachen an, er trägt sein Löwenfell. Sie führen ihren Gefangenen die Stufen hinauf, und als er die erste Plattform erreicht, erkenne ich, wer es ist. Einer der Solare-Stammesangehörigen, einer meiner eigenen Leute, der bei der Schlacht auf dem Weg hierher gefangen genommen wurde.

Du kannst später um ihn trauern. Lass sein Opfer nicht umsonst sein.

Jetzt erscheint am Fuße des Vaos der Junge. Ein Mann und eine Frau, die seine Eltern sein müssen, bilden seine Eskorte. Das Trio marschiert die Stufen hinauf, dem gesenkten Kopf des Solare-Gefangenen folgend. Ich schaue zu, denn was sonst kann ich tun?

Als Malo mich erreicht, tritt er an meine Seite und beugt sich nah zu mir: „Dies ist deine Zeremonie, Kaishi.

Nimm die Ehre, die Ignos dir gegeben hat, und zeige sie ihnen. Wir alle glauben. Wir alle glauben an dich."

Die beiden Bärenwachen nehmen den Gefangenen von seiner Eskorte und drücken seinen Rücken gegen den Altar, sodass sein Kopf über die Kante hängt. Der Sohn und seine Eltern halten auf der ersten Plattform. Unterhalb des Teils in der Mitte, wo sich die Tür zu den inneren Kammern öffnet. Ich bin mir nicht sicher warum, bis ich eine Rille bemerke, die in der Mitte der Stufen hinunterläuft.

Eine Rinne für das Blut, die direkt zur Schwelle der Tür führt.

Das Blut des Gefangenen wird die Treppe hinunterlaufen, über die Kante der Tür und auf den Sohn. Ein Segen.

Tu es. Nimm, was rechtmäßig uns gehört, Kaishi.

Dann spricht Ignos zu mir; ein rituelles Gebet vor dem Schnitt. Zuerst kommen meine Worte leise, aber dann findet meine Stimme ihren Rhythmus, als ich den Ritus rezitiere. Ignos gibt mir die Zeilen ein, und ich lasse sie über meine Lippen purzeln. Ich rufe nach Ehre, nach Segen, nach Erleuchtung. Die Größe der Stadt und ihres Volkes und des Kaisers. Am Ende nehme ich das Messer, das der Priester mir anbietet, und halte es hoch, sodass Ignos seine schwarze Glasklinge einfängt.

Dann blicke ich auf den Altar, auf den Mann, der dagegen gedrückt wird. Malo hält jetzt eine Hand auf der Brust des Gefangenen. Das Herz des Opfers klar und bereit. Jemand hat eine Linie roter Farbe an der genauen Stelle aufgetupft. Der Gefangene kämpft nicht. Er weiß, wie ich und jeder andere in diesem Hof und auf diesem Tempel, dass er in einem Moment seinem Gott von Angesicht zu Angesicht gegenüberstehen wird. Durch Opferung zu sterben, erkauft ihm Ehre, erkauft ihm eine Chance auf ein besseres Leben jenseits dieses.

Die Klinge selbst ist schwer in meiner rechten Hand. Als ich beginne, meine linke Hand hinüberzubewegen, um das Messer mit beiden zu greifen, sehe ich Jakkan den Kopf schütteln. Ein Priester oder eine Priesterin darf nicht zwei Hände benutzen. Nur eine, und nur präzise Schnitte.

Ich setze die Klinge an die Haut des Gefangenen. Mein Mund spricht die Worte, ohne dass mein Verstand folgt. Ein letztes Gelöbnis an Ignos. Ein letzter Ruf nach seinem Segen.

Ich beginne.

KAPITEL 34

TEAMARBEIT

ES IST NICHT die Hitze oder der Schmerz, die Sax aufhalten, sondern vielmehr der Moment, als seine Vorderkrallen nicht mehr reagieren. Als seine Beine taub werden. Sax schafft es, aufzublicken, und sieht, dass die anderen drei Slivers sich umgedreht haben. Sie peilen ihn an, und die Flaum nutzen ihren Vorteil.

Ihre von Sevora kontrollierten Gehirne richten die Bergleute auf Sax aus. Krallen drücken auf die Abzüge.

In ihrem Triumph vergessen die Sevora zu zählen. Sie schauen nicht in die Dunkelheit jenseits des Tores. Sie sehen nicht, was auf sie zustürmt, mit offenen Mäulern und glitzernden Zähnen.

Bas ist als Erste da. Sax sieht, wie sie einfach durch einen Flaum hindurchbricht, mit ihren linken und rechten Krallensätzen zwei weitere packt und sie vor sich zusammenschlägt. Das stechende Feuer in Sax' Nerven beginnt nachzulassen, und er bemerkt Lan, die ein Paar Flaum-Bergleute festhält und mühelos auf die Slivers schießt, die ihre eigene Beweglichkeit geopfert haben, um über Sax zu schweben.

Gar kündigt seine Aktionen unterdessen durch verstreute Gliedmaßen und Schreie an. Der Oratus bevorzugt es, seinen Mund statt seines Schwanzes zu benutzen, und jeder Flaum, der nicht fliehen kann, wird zur Beute. Es ist in Sekunden vorbei, obwohl Sax sich Zeit lässt, um auf die Beine zu kommen. Seine Muskeln zucken, und es fällt ihm schwer zu gehen. Trotzdem lebt er. Er ist ohne Maske direkt in einen Kampf geraten und hat die andere Seite erreicht.

„Wie hat es sich angefühlt?", fragt Gar, sein Gesicht bedeckt mit Beweisen schrecklicher Taten.

„Gefährlich", sagt Sax.

Er könnte mehr sagen. Er könnte über den Nervenkitzel sprechen, zu wissen, dass er nur einen gut platzierten Schuss vom Vergessen entfernt war. Er könnte die aufkeimende Angst erwähnen – etwas, das er lange nicht mehr gespürt hat –, als die Slivers ihn niederschossen, aber das Zentrum eines feindlichen Schiffes ist kein Ort, um Gefühle zu teilen. Gar sieht, dass er nicht mehr bekommt, und akzeptiert es mit einem Nicken.

„Dumm, eher", sagt Bas, während sie über die Leichen steigt, um sich ihnen anzuschließen. „Lass beim nächsten Mal die mit den Masken vorangehen."

„Die Wahrscheinlichkeit für unser Überleben wäre wesentlich höher als für dein eigenes", erklärt Lan mit Stücken von Sliver-Flügeln zwischen den Zähnen. „Allerdings sinken unsere eigenen Chancen erheblich, sollten wir dich verlieren."

„Ich verstehe eure Standpunkte." Sax gibt ihnen das, obwohl er nicht die Absicht hat, beim nächsten Kampf im Hintergrund zu warten. Das macht keinen Spaß.

Gemeinsam wenden sie sich dem Tor und dem zu, was dahinter liegt.

So gern Sax auch Waffen oder Bissen von den Über-resten des Kampfes mitnehmen würde, es bleibt keine Zeit. Wenn die Sevora beschließen, die Tür zu schließen, werden sie hier eingesperrt sein. Also laufen sie zur anderen Seite.

Der zentrale Ring des Saatschiffs ist hoch und dünner als die Abschnitte. Ein langer, umlaufender Metallboden schmiegt sich an die Außenwand und bildet eine Plattform, die zu Sax' Enttäuschung leer ist. Interessanter ist jedoch der Spalt zwischen der Plattform und dem Schiffskern.

Er ist offen. Ein Abgrund, der, als die vier vortreten, um hineinzuschauen, direkt in den offenen Weltraum zu führen scheint. Der Grund ist nicht schwer zu erraten: Darüber hängen, aufgehängt an einer Reihe von dem Anschein nach großen Rohren, Schiffe. Kleine Ovale, nur wenige Male größer als Sax selbst. Sie hängen in Dreier-reihen wie Zähne, mit ihren Spitzen direkt nach unten durch die Öffnung gerichtet.

Es ist ein Saatschiff, und sie haben die Samen gefunden.

DIE HEISSE SUPPE rinnt meine Kehle hinunter, dick und orange von der Süßkartoffel. Mir gegenüber neigt Jakkan seine eigene Schüssel an die Lippen. Malo beobachtet uns, neben mir sitzend. Keine Schüssel für ihn. Als ich auf Malos leere Hände schaue, sagt Jakkan: „Diese Suppe ist für die Priester. Er wird bald seine eigene bekommen."

„Mach dir keine Sorgen, Kaishi." Malo wirft mir ein Lächeln zu. „Es ist mir eine Ehre, über dich zu wachen."

Es ist nicht viel Zeit vergangen zwischen dem Schnitt des Messers und dem Eingießen der Suppe. Ohne den Opfernden anzusehen, hatte ich ein letztes Gebet gesprochen und die Menge hatte sich zerstreut. Zurück zum Alltag. Jakkan hatte mich dann zurück in den Tempel geführt, während die Wachen den Körper entfernten. Am Fuße des Vaos hatten die Eltern und ihre Freunde den Aufstieg des Jungen gefeiert.

„Du hast es gut gemacht", sagt Jakkan und wischt sich eine verirrte Spur Suppe vom Kinn. „Deine Worte waren stark. Dein Verständnis der Grundlagen angemessen. Die

Finesse mit dem Messer, das haben sie geschätzt. Ich denke, wir sollten keine Zeit mehr verschwenden."

„Zeit verschwenden?"

„Heute Morgen kam eine Nachricht", sagt Malo. „Ich habe bereits mit Jakkan gesprochen. Es scheint, die Lunare bewegen sich. In Richtung deines Dschungels und schließlich zu uns. Nur machen sie diesmal etwas anders; anstatt die Stämme zu töten, auf die sie treffen, pressen die Lunare sie in ihren Dienst und überzeugen sie davon, dass die Lunare das göttliche Recht haben, unsere Welt zu regieren."

„Wie können sie das behaupten?", frage ich.

„Das spielt keine Rolle. Es bedeutet, dass wir keine Zeit mehr haben, damit die Stimme von Ignos ihre Ausbildung vervollkommnet." Jakkan seufzt, als er das sagt. „Es bedeutet, ich habe keine Zeit herauszufinden, ob du wirklich die Wahrheit sagst. Du musst dich vor dem Kaiser beweisen und dann vor unserem ganzen Volk."

„Was beweisen? Dass Ignos zu mir spricht? Dass er uns sagen wird, wie wir die Lunare aufhalten können?"

„Wir sind Geschöpfe von Ignos. Ich sagte es schon gestern Abend, und du hast es heute selbst gesehen. Doch diese Lunare führen Magie, die wir noch nie gesehen haben. Seltsame Geräte. Wie können sie solche Dinge haben, während wir sie nicht haben, wenn wir das auserwählte Volk sind? Unser Volk, selbst der Kaiser, hat begonnen sich zu fragen, ob die Lunare göttlich sind. Ob sie in der Tat das sind, was *du* zu sein behauptest."

„Jakkan kennt Ignos' Segen. Er kann von seinen Wünschen sprechen. Aber Worte sind wie Wasser gegen den harten Stein des Sehens. Sieh einen Mann, der von Vieras Waffe angegriffen wird, und dein Glaube an Ignos' Schutz wird erschüttert", sagt Malo. „Besonders für diejenigen außerhalb dieser Stadtmauern wird unser Einfluss zunehmend schwächer."

Sie wollen, dass du ihr Werkzeug bist. Nutze es aus, und wenn die Zeit kommt, werden wir die Dinge so drehen, dass wir die Herren sind.

„Ihr wollt, dass ich sie überzeuge." Ich folge Ignos' Logik. „Ihr wollt, dass ich zu eurem Volk spreche und ihnen was sage? Dass die Lunare nicht die sind, für die sie sich ausgeben?"

„Erkläre sie zu Gräueln. Zu Beleidigungen für Ignos. Oder sie werden unser Ende sein", sagt Jakkan. „Denk nicht, dass wir hier Spiele spielen, Kaishi. Denk nicht, dass ich das tue, weil ich es will. Du musst den Kaiser überzeugen, das Volk überzeugen, dass die Lunare nichts weiter als erbärmliche Dinge sind, die weggefegt werden müssen."

„Wie sollen meine Worte wirksamer sein als eure?"

„Frag", antwortet Jakkan. „Bitte Ignos um Hilfe. Bitte um seinen Beistand. Wenn du lügst, wird er dir nicht helfen und deine Überzeugungskraft wird versagen. Wenn du jedoch erfolgreich bist und Ignos' Gaben die Stämme davon überzeugen, dem Kaiser zu folgen, sich gegen den Feind zu erheben, dann wirst du sowohl unser Volk als auch dein eigenes gerettet haben."

Das Armband fühlt sich kühl und schwer an meinem Handgelenk an. Ignos hat angedeutet, dass Wunder darin verborgen sind. Schätze, die den Charre Erlösung bringen könnten. Vielleicht auch meinem Volk.

„Ich werde es tun." Es liegt eine erfrischende Endgültigkeit in meinen Worten, als ich einen Weg wähle, den ich gehen will. „Bringt mich zu ihm, und ich werde alles in meiner Macht Stehende tun, um den Kaiser zu überzeugen. Wenn er überhaupt einer Frau wie mir zuhören wird."

„Er wird nicht dir zuhören, aber er wird Ignos zuhören."

Jakkan beendet seine Suppe und stellt sie beiseite. „Jetzt. Wir werden dich hinbringen."

Ich leere meine Schüssel, während Jakkan und Malo aufstehen. Folge ihnen aus dem Vaos hinaus, die goldenen Stufen hinunter, die noch feucht sind von den Überresten des Opfers. Gehe mit ihnen zu den geschäftigen Straßen mit ihrem festgetretenen Erdboden, unter dem strahlenden Nachmittagslicht.

Wir gehen in Richtung des Kaiserpalastes. Ich kann ihn sehen, nördlich des Vaos und am Ende der Hauptstraße. Während der Tempel im Zentrum der Stadt liegt, grenzt der Sitz des Kaisers an einen See im Norden, sowohl eine Position der Ehre als auch der Unterordnung gegenüber dem Gott von Damantum.

Malo nimmt eine Position zu meiner Linken ein, während Jakkan sich zu meiner Rechten bewegt. Die Menge macht uns Platz. Ein Löwenkrieger, ein Hohepriester und, wie ich die Flüstereien höre, jemand, durch den Ignos selbst spricht. Niemand belästigt uns. Niemand hält seinen Blick länger als ein paar Sekunden auf mir. Wenn das Berühmtheit ist, habe ich nichts dagegen. Es fühlt sich gut an, begehrt zu sein. Gefolgt zu werden.

Vater hatte immer behauptet, dass solche Aufmerksamkeit Respekt erforderte, dass man sich seine Präsenz vor der Menge verdienen musste.

Mit dem Opfer hast du das getan.

Ich halte meinen Kopf hoch, den Rücken gerade, die Augen nach vorn gerichtet. Ignos' Zustimmung wärmt meinen Geist.

Du wirst zu dem, was du sein musst. Wir werden den Kaiser sehen, und bald wirst du an seiner Seite sein. Irgendwann wirst du seinen Platz einnehmen.

Seinen Platz einnehmen? Obwohl ich als Solare den

Kaiser nicht ganz so verehre wie die Charre, gibt es doch Stationen im Leben. Der Kaiser wird laut Jakkan durch göttliche Zeichnung von Ignos selbst auserwählt. Wäre es nicht eine direkte Beleidigung des Gottes, den Platz des Kaisers einzunehmen oder auch nur zu begehren?

Selbst Götter machen Fehler, Kaishi. Manchmal müssen wir sie korrigieren.

„Du darfst den Kaiser niemals beim Namen nennen", sagt Jakkan, während wir gehen. „Du darfst ihn niemals berühren. Es sei denn, er befiehlt es dir. Ich würde davon abraten, ihm in die Augen zu sehen. Oder ihm sogar zu widersprechen, zumindest direkt. Formuliere deine Worte stattdessen mit Respekt. Verstehe, dass er nicht nur von Ignos, sondern auch von Damantums Volk auserwählt wurde. Er trägt diese Last in allem, was er tut."

„Aber hab keine Angst", entgegnet Malo. „Der Kaiser ist vernünftig. Er wird auf das hören, was die Stimme von Ignos zu sagen hat."

„Malo." Plötzlich will ich über etwas anderes reden, um mich von der Tatsache abzulenken, dass ich sehr bald in einem Raum mit der heiligsten Person im gesamten Charre-Imperium sein würde. „Letzte Nacht war ich in den Gruben. Viera war dort."

„Das überrascht mich nicht. Ich habe sie verkauft, sobald ich dich verlassen hatte. Sie ist eine Kämpferin. Ich bin sicher, sie hat sich gut geschlagen."

„Wir sind entkommen."

Bei Malos Blick erzähle ich die Geschichte, und Jakkan unterbricht mich hin und wieder, um zu erläutern, warum ich überhaupt in die Gruben gegangen war. Als ich zu Vieras Verschwinden komme, runzelt Malo die Stirn.

„Ich schließe aus deinem Gesichtsausdruck, dass du nicht weißt, wo sie ist?", frage ich.

„Eine Frau mit ihrem Aussehen wird in der Stadt nicht lange unbemerkt bleiben", antwortet Malo. „Besonders eine mit diesen Wunden. Wo auch immer sie sich versteckt, sie wird irgendwann Nahrung und Wasser brauchen. Dann werden wir Viera ihre Belohnung geben." Malos Hand wandert zu dem Kukri, das an seiner Hüfte hängt.

Die Lichtung, auf der der Palast des Kaisers steht, ist größer als mein ganzes Dorf. Der Palast selbst hätte unser gesamtes Tier in sich aufnehmen können. Steile Seiten, die in ein kuppelförmiges Dach übergehen, das mit leuchtenden Rot- und Gelbtönen bemalt ist – Kernfarben für Ignos. Charre-Gebete sind in die Wände gemeißelt, und viele Vorübergehende drücken ihre Hände dagegen und murmeln dieselben Worte vor sich hin.

Ein zentraler Bogen führt in den Palast, und zwei Krieger, die Löwenfelle wie Malo tragen, stehen davor Wache mit Speeren. Der Bogen selbst ist unlackierter, beigefarbener Stein ohne Verzierungen.

„Um dich und uns alle an unsere eigene Demut zu erinnern, wenn wir hindurchgehen", beantwortet Jakkan meine Frage. „Bevor wir vor den Kaiser treten, müssen wir uns unter ihn, unter Ignos stellen."

„Unglaublich, nicht wahr?", sagt Malo überwältigt. „Wenn Ignos uns nicht liebte, würde er nicht zulassen, dass dies existiert."

Am Eingang des Bogens, nach einer kurzen Inspektion durch die Wachen, bei der sie sicherstellen, dass weder Jakkan noch ich Waffen tragen, legt Malo eine Hand auf meine Schulter.

„Ich kann dir nicht weiter folgen. Mir ist der Zutritt nicht gestattet."

„Ich gehe allein hinein?"

„Jakkan wird da sein."

„Er ist kein Freund", erwidere ich. „Du bist es."

„Dann wisse, dass ich im Geiste bei dir sein werde." Malo lacht. „Außerdem bist du doch die Botin von Ignos, oder nicht? Er spricht durch dich. Damit bist du nie wirklich allein."

KAPITEL 36

GAMBIT

WIE KÖNNEN sie alle Samen zerstören? Sax grübelt eine Minute lang darüber nach, bis Bas, die an ihm vorbei die Metallplattform entlanggeht, mit ihrem Schwanz auf den Boden schlägt.

„Sie sind nicht das Ziel", sagt Bas, als Sax und die anderen beiden sie ansehen. „Wir übernehmen das Schiff, sie werden damit verbrennen."

Sie hat wie üblich Recht, aber Sax spielt trotzdem mit seiner Idee. Die Schiffe gegeneinander schlagen und sie könnten von diesen Haken fallen. Die Schwerkraft hier ist niedrig genug, dass es keine Herausforderung wäre, zu ihnen hochzuspringen. Dann könnten sie entlang der Linien laufen und einen nach dem anderen abfackeln.

Es wäre so verdammt lustig.

Aber Bas hat Recht, also folgt Sax ihr um den Ring herum und sucht nach einem Weg in den Kern des Samenschiffs. Die vier beginnen zu rennen, als sich nichts schnell zeigt, denn jede Sekunde, die sie hier verbringen, gibt den Sevora Zeit, sich neu zu formieren. Gibt Avan Zeit, die Maske zu entschlüsseln.

Sie sehen drei weitere Tore, während sie herumgehen, alle rot beleuchtet und verschlossen. Keine Wege zum zentralen Kern jedoch. Samen gehen den ganzen Weg herum, abgesehen von einigen verstreuten Lücken. Es ist schwer zu sagen, wie viele dieses Schiff gestartet hat, aber Sax weiß, dass sie jeden einzelnen aufspüren müssen.

Jeder Sevora-Same startet mit einem Cache, und jeder Cache enthält die spezifischen Schritte, die befolgt werden müssen, um die nächste Welle von Sevora an die Macht zu bringen. Teilweise erklärt das, wie sie so schnell so viel von der Galaxie übernommen haben – ein Samenschiff vor sieben Zyklen verstreute Sevora, und mit der Zeit wurden die Planeten, die sie fanden, befallen. Sie starteten ihre eigenen Samenschiffe, bevor irgendjemand wusste, was los war.

Jetzt sind die Oratus und der Rest der freien Galaxie so nah dran. Dieses Schiff erledigen, seine Starts verfolgen, und die Sevora wären erledigt.

Ein galaktischer Schandfleck, weggewischt.

„Also, was ist der Plan?", fragt Lan, als sie sich wieder an ihrem ersten Tor befinden.

Es ist leicht zu erkennen, dass dies das Tor ist, durch das sie hereingekommen sind, obwohl alle vier Tore identisch sind; der Kampf hat viele Spuren hinterlassen, und niemand hat versucht, sie zu beseitigen.

„Wir müssen zum Kern gelangen", sagt Sax, obwohl er weiß, dass das offensichtlich ist. „Sie müssen Wege haben, um Luft und Vorräte dorthin zu bringen, auch wenn es keinen größeren Weg gibt."

„Wenn du erwartest, dass ich mich in eine dieser Röhren quetsche...", beginnt Gar.

„Wir werden nie hineinpassen", sagt Bas. „Wie wäre es mit einem anderen Weg? Durchschlagen?"

„Wir haben keine Schneidegeräte mit Energie übrig", erinnert Lan sie, aber Bas zeigt nach oben, zu den Samen.

„Benutzen wir die", sagt Bas. „Nehmen wir einen, drehen ihn und schlagen durch die Hülle."

Sax gefällt die Idee, aber er weiß nicht, wie man einen Samen fliegt, wenn sie überhaupt zum Fliegen gedacht sind. Die aktuelle Theorie besagt, dass die Sevora mögliche Planeten identifizieren und die Samen auf Autopilot direkt zu ihren Zielen schießen.

Sax hat schon geknackte Samen gesehen und weiß, dass genug Nährstoffe darin gepackt sind, dass ein Sevora, wenn er durch die pure Kälte des Weltraums gefroren ist, so lange reisen könnte, wie nötig.

Die Samen sind jedoch nicht die einzigen Schiffe auf diesem riesigen Gefährt. Sie sind nicht in der Andockbucht gelandet, sondern durch den Laborbereich gekracht. Das bedeutet, die Sevora müssen anderswo Schiffe haben – Shuttles, um ihre Streitkräfte zu bewegen, Jäger, um das Samenschiff zu verteidigen. Jedes davon könnte funktionieren, jedes davon könnte ein Loch in den Kern schlagen.

Es ist ein verzweifelter Zug für verzweifelte Zeiten.

KAPITEL 37

DER KAISER

DER KOPFSCHMUCK, der von Türkis bis zu tiefem Blau wie die Untiefen, die zum Ozean führen, schillert, fällt mir als Erstes ins Auge, als ich die Kammer betrete. Er liegt auf einem Tuch, das von einem Diener gehalten wird; einem dünnen Mann, der nur einen einfachen Baumwollumhang trägt und dessen Blick den Boden absucht, als würde er Geheimnisse bergen.

Mehrere andere stehen zusammen mit dem Mann im hinteren Teil der Kammer, jeder hält einen anderen Schatz. Während die Vaos nach Osten und Westen ausgerichtet sind, ist der Palast nach Norden und Süden ausgerichtet, sodass das Licht von den Seiten hereinzuklettern scheint. Dies verleiht dem Kaiser, der in der Mitte des Raumes steht, ein erleuchtetes Aussehen. Als ob der Schimmer von ihm selbst ausginge.

Jakkan geht zum Kaiser und teilt ein Wort mit ihm, das zu leise für mich ist, um es zu verstehen. Die heiligste Person der Charre erscheint mir nichts weiter als normal zu sein. Ungeschmückt, bis auf einen wunderschönen Federumhang mit Goldverzierungen, sieht der Kaiser nicht größer aus als mein eigener Vater. Seine Arme sind dünn, sein Gesicht rund. Ich sehe Falten, die seine Wangen umwölken, und seine zusammengekniffenen Augen starren mich an, vielleicht mein Urteil spürend.

„Also das ist diejenige, die ich respektieren soll", verkündet der Kaiser. „Diejenige, die behauptet, sie könne Ignos selbst hören. Die mir sagen wird, dass ich falsch liege, wenn ich diese Lunare als Götter in ihrem eigenen Recht betrachte."

Bevor ich antworten kann, schreitet der Kaiser von Jakkan weg, direkt auf mich zu, und seine Hand schießt schnell vor und packt mein Kinn. Mit einem Auge, das sich verengt, lässt der Kaiser seinen Blick über mein Gesicht schweifen, seine Lippen verziehen sich zu einem höhnischen Lächeln: „Jakkan, ich glaube, du hast mir die Falsche gebracht. Dieses Mädchen ist nichts weiter als eine verängstigte kleine Solare. Überfordert. Schick sie zurück."

Bleib standhaft. Mut, Kaishi.

„Ich habe keine Angst", sage ich dem Kaiser ins Gesicht und ignoriere Jakkans plötzliches Zucken. Wenn der Hohepriester mich beschützen will, ist er zu spät dran. „Ich bin nicht überfordert, Eure Heiligkeit, sondern genau da, wo ich sein soll."

„Und wo ist das?", fragt der Kaiser.

„Wo auch immer Ihr seid. Damit ich Ignos' Worte direkt an Eure Ohren weitergeben kann."

„Ich bin der heilige Kaiser. Du nimmst an, dass du mir Ignos' Willen übermitteln musst?"

Kurze Lächeln huschen über die Lippen der Diener. Ich bemerke es, und der Zweifel spielt seine Rolle, lässt meine Nerven vibrieren. Ich bin jung. Nicht einmal eine Charre. Welches Recht habe ich, hier zu sein und den Kaiser anzusprechen?

Du hast mich, vergiss das nicht. Jetzt sag diesem vergoldeten Narren, dass du ihm helfen wirst, die Lunare zurückzuschlagen.

„Ich kann Sie nicht zwingen, mir zu glauben", spreche ich langsam und wäge meine Worte ab. „Aber ich kann Ihnen Geheimnisse geben. Geschenke von Ignos, die es uns ermöglichen werden, die Lunare zurückzuschlagen. Die Ihnen die Chance geben werden, die Charre in eine neue Ära des Ruhms zu führen. Alles in Ihrem Namen."

Das Gesicht des Kaisers wandelt sich zu einem berechnenden Blick, und ich weiß, dass ich die Schwäche des Mannes gefunden habe. Er kratzt sich einen Moment lang am Kinn: „Gib mir ein Beispiel. Einen Beweis für das, was du sagst."

Ich werde dir erklären, wie Vieras Waffe funktioniert, und du wirst es ihm sagen. Wiederhole meine Worte.

„Haben Sie die Waffen gesehen, die sie tragen? Die, die Feuer speien?", frage ich.

Ich erinnere mich auch - die Metall- und Holzmagie, das Krachen im Tal und die Solare, die tot in den Staub fallen.

„Ich habe sie in der Hand gehalten", antwortet der Kaiser. „Meine besten Ingenieure arbeiten gerade daran, ihre Geheimnisse zu lüften. Obwohl ich höre, dass die Lunare viele weitere und stärkere Wunder für uns haben."

„Sie funktionieren nach demselben Prinzip. Ein Pulver, das bei Entzündung eine Explosion erzeugt, die einen Stein auf sein Ziel schleudert." Ich wiederhole Ignos' Worte, wie sie in meinen Kopf kommen, und doch, während ich sie ausspreche, verstehe ich ihre Bedeutung. Wie Vieras Waffe funktioniert, entfaltet sich in meinem Geist, während ich ihre Funktion erkläre. „Ihre Alchemisten könnten dieses Pulver selbst herstellen, wenn sie wollten, und noch viele andere Dinge dazu. Während es Zeit brauchen wird, eine Armee auszurüsten, die den Lunare ebenbürtig ist, kann Ignos Ihnen genug geben, um sie zu erschrecken. Um ihren Anspruch auf Göttlichkeit zu brechen."

„Hast du sie gehört, Jakkan?", fragt der Kaiser den Hohepriester.

„Ich habe sie gut gehört, mein Kaiser. Ich halte ihren Rat für weise."

„Tust du das? Ich fand es seltsam und verzweifelt. Ein Mädchen, das sich Dinge ausdenkt, um sich vom Altar fernzuhalten." Der Kaiser hebt seine Hand, und wie ein Mann schnappen die Diener in Habachtstellung. „Ich habe dieses Reich nicht aufgebaut, indem ich auf die fantastischen Worte von Dschungelbewohnern gehört habe. Von minderwertigen Stämmen. Du sprichst von Wundern, aber ein Kaiser muss sich mit Realitäten befassen. Ich-"

„Bitte, Heiligkeit", sagt Jakkan zum Rücken des Kaisers. „Welchen Grund haben wir, Kaishis Rat zu ignorieren? Das Volk hat ihre Botschaft gehört und stimmt ihr zu. Wenn sie Recht hat und Ignos uns wirklich durch sie helfen kann, was haben wir dann zu verlieren?"

Der Kaiser betrachtet mich, und ich kann eine sich windende Wut darin sehen, die sich mit der leisesten Spur von Angst vermischt. Der Kaiser, der Heiligste der Heiligen, hält mich für eine Bedrohung. Diese Erkenntnis fährt wie ein Blitz durch meine Seele. Wenn der Kaiser mich für gefährlich hält, dann ist meine einzige Zukunft unter dem Messer.

Er wird seine Meinung ändern. Jeder in diesem Raum hat deine Worte gehört. Jeder in diesem Raum hat gehört, wie der Hohepriester dich unterstützt. Nicht einmal der Kaiser kann jemanden töten, der so offensichtlich von Ignos begünstigt wird, ohne Konsequenzen.

Sprich noch einmal, was ich sage, und wir werden vielleicht doch noch lebend hier herauskommen.

Ich sinke auf die Knie, presse meine Stirn auf die kühlen Steine vor dem Kaiser in seinem Federumhang mit Goldverzierungen. „Ich schwöre Euch, Kaiser, dass wir die Werkzeuge haben werden, die Ihr braucht, wenn die Lunare sich nähern. Sie werden von Eurer Brillanz, von der Macht Eures Volkes, in Ehrfurcht versetzt sein, und Ihr werdet ihre Armeen bis ans Ende der Welt jagen."

Ich schaue erst auf, als ich die Berührung des Kaisers auf meiner Schulter spüre. Die Diener und die Wachen entspannen sich. Zu mir herabblickend spricht der Kaiser: „Du versprichst viel, Solare, aber Jakkan bürgt für dich. Also werde ich dir deine Arbeiter geben. Du hast Zeit, bis die Lunare Tutio passieren. Wenn du versagst, wird dein Leben Ignos gegeben, und Jakkan wird neben dir liegen, sein Herz zuerst herausgeschnitten."

KAPITEL 38

EIN GROSSER AUFTRITT

SAX ÜBERMITTELT DIE IDEE, in den Kern zu crashen, an die Gruppe, und es gibt vorsichtige Zustimmung. Theoretisch hält Sax' Plan stand, auch wenn es viele Wenns gibt. Trotzdem hat niemand eine bessere Idee, also bekommt Sax die Stimme, es zu versuchen.

„Ich weiß nicht, welches Tor zum Hangar führt", sagt Sax danach, und selbst Bas schüttelt den Kopf.

„Warum schlägst du es dann vor?", entgegnet Bas. „Wir haben keine Zeit, jeden Bereich auf diesem Schiff zu erkunden."

„Dann fangen wir mit dem nächstgelegenen an." Ein weiterer Teil des Vincere-Codes: Wenn man im Zweifel ist, was zu tun ist, führt man zuerst die einfachste Aktion aus. Da niemand weiß, welcher Weg der richtige ist, sollten sie den erstbesten Weg einschlagen.

Natürlich ist das nächste Tor verschlossen. Sax starrt den schwarzen Knubbel an, während er nach Sevora scannt und nichts findet. Es lässt sich nicht einschüchtern. Wie soll man eine Tür aufbrechen, wenn man keine Waffen hat? Über ihnen hallt ein rauschendes Geräusch aus den

Rohren. Alle vier Oratus zerstreuen sich instinktiv, um die Auswirkungen eines Angriffs zu minimieren.

Lan richtet ihren Bergbaulaser nach oben, feuert aber nicht, weil es kein Ziel gibt. Sax verfolgt das Geräusch entlang der Rohre bis zur nächsten Reihe von Saatschiffen, die zu zittern beginnen.

Sie werden gefüllt.

Die Saaten setzen sich, und ein stetiges, wachsendes Brummen ersetzt das Rauschen. Sax beobachtet, wie die Saaten vibrieren, und plötzlich beginnt die Reihe von drei in ihrer Nähe zu dampfen. Laute Heulgeräusche hallen durch den Ring, als sich die Motoren hochdrehen, und der Lärm beantwortet die Frage, warum niemand hier drin ist. Wenn das regelmäßig passiert, würde Sax sein Gehör und kurz darauf seinen Verstand verlieren.

Dann fällt eine Saat herab. Es ist ein langsamer Vorgang aufgrund der Schwerkraft, aber der Haken, durch dessen Widerhaken die Rohre zur Rückseite der Saat laufen, zieht sich zurück. Nach einem kurzen Fall, um den Haken zu passieren, zündet der Motor der Saat voll. Feuer schießt weißglühend zurück zu den Rohren, und dann ist die Saat unten und verschwunden, durch welchen Schild auch immer die Sevora zwischen Vakuum und Schiffsluft gesetzt haben, und hinaus ins All.

Die zweite und dritte Saat folgen Sekunden später, und Sax bleibt mit einem dröhnenden Kopf und einer gefährlichen Idee zurück. „Wir benutzen die Saaten", sagt Sax zur Gruppe, und sie zischen vor Lachen.

„Ich möchte sehen, wie du eine fliegst", sagt Bas, wohl wissend, dass Sax in seinem Leben noch kein Schiff geflogen hat.

Aber Sax ist vorbereitet. Zum ersten Mal hat er eine Antwort auf Bas und ihren wissenden Sarkasmus. Anstatt seinen Worten zu vertrauen, dreht sich Sax um und springt. Er geht hoch, zur nächsten Saat, und trifft sie.

Er gräbt seine Klauen in ihre Schale. Es ist kein Stoff, aber nur wenige Dinge können einem grabenden Oratus standhalten, und er findet Halt.

„Was machst du da?", ruft Gar von unten.

„Ich ziele!", antwortet Sax. Er arbeitet sich um die Saat herum, setzt jede Klaue ein, bevor er die nächste bewegt, bis er zur Hälfte herumgekommen ist.

Die anderen beiden Saaten in der Reihe sind jetzt hinter ihm, und vorne, unten, ist das Tor. Jetzt, wo er darauf achtet, hört Sax das rauschende Geräusch, nur dass es diesmal in einen anderen Teil des Rings fließt. Das Saatschiff startet wieder. Vielleicht aus Verzweiflung, vielleicht weil es kann. So oder so, Sax wettet, dass diese Saaten bald abgefeuert werden.

Also drückt er sich mit seinen Klauen ein und springt, dreht sich in der Luft, zur nächsten Saat. Fängt sich. Jetzt hat er einen Hebel. Sax, mit seinen linken Klauen tief in der zweiten Saat vergraben, lehnt sich hinaus und blickt auf die drei Oratus.

„Noch zwei!", ruft Sax, ein raues, ohrenbetäubendes Zischen. „Gemeinsam können wir sie schieben."

Das trifft die anderen wie eine Eingebung. Bas und Gar gewinnen einen Blickwechsel und kopieren Sax' Flug. Sie klettern um die erste Saat herum und bringen sich, während Sax zur spitzen Vorderseite der zweiten Saat hinabsteigt, in Position.

„Wenn sie zu fallen beginnt", sagt Sax. „Springt ihr. Gar, du gehst zuerst. Dann Bas. Ich gehe als Letzter."

Die drei sind auf der Saat, als die Flüssigkeit wieder zu rauschen beginnt. Wie Sax hofft, kommt sie diesmal direkt über ihnen. Blubbernd, brüllend und in die Saat strömend.

Wahrscheinlich fließen Sevora mit hinein. Bereit, abzuheben und eine unglückliche Welt zu infizieren.

Diese hier zumindest wird ihr Ziel nicht erreichen.

„Bereit", sagt Sax. Bas und Gar zischen zustimmend.

Die Saat beginnt zu zittern. Sowohl die, auf der sie sitzen, als auch ihr Ziel. Wenn es wie vorher abläuft, wird das Ziel zuerst fallen, und das wird den Oratus ihre Chance geben.

Der rechte Haken bewegt sich. Er zittert, beginnt sich von der ersten Saat zu lösen, und Sax muss nichts sagen, damit Gar weiß, dass seine Zeit gekommen ist.

Gar springt ab, drückt sich mit seinen Klauen ab und stürzt sich auf die erste Saat, als sie sich vom Haken löst. Bas folgt. Beide treffen die Saat, als sie zu fallen beginnt. Die Kraft ihres Sprungs verbindet sich mit der niedrigen Schwerkraft, um die Saat in Richtung des Tores zu schieben, in die perfekte Position für Sax, um seinen eigenen Sprung zu machen. Er spannt seine Beine an, gräbt sich tief ein und zielt auf die Vorderspitze, den unteren Scheitelpunkt der Saat.

Und springt.

Er führt mit den Schultern, versucht jeden Funken Kraft, den er hat, in den Samen zu pressen, als er ihn trifft. Ein lautes Brüllen beginnt im Ring; die Triebwerke des Samens zünden. Als Sax trifft, bemerkt er, wie Gar und Bas wegfallen und ihren langsamen Sturz zum Metallboden beginnen. Sax selbst spürt, wie sich der Samen dreht; ihr gemeinsamer Aufprall reicht aus, um das Schiff auszurichten.

Sax hält die Spitze, als sie nach oben schwingt, und dann fühlt er, wie er beschleunigt. Der Samen bewegt sich, seine Triebwerke schießen das Schiff direkt auf das Tor zu.

Sax kann sich nicht festhalten. Sein Schwung wird ihn

direkt an die gleiche Stelle wie den Samen bringen. Also stößt er sich ab, nach unten zum Boden und weg vom Tor.

Nur ist es zu weit. Sein Schwung zu groß. Er schießt über das Ziel hinaus; fällt in den Abgrund, der in den Weltraum führt. Sax dreht sich in der Luft und starrt hinunter in die schwarze Leere unter ihm. Nichts da draußen außer kaltem Tod.

Die Geräusche des zweiten und dritten Samens, die ihre eigene Freisetzung beginnen, grollen herauf, und dann ein zerschmetternder Knall, ein krachendes Krümeln von Metall und Staub und Funken, als der Samen, den sie geschoben haben, auf ... etwas trifft.

Sax kann es nicht sagen, da er unter den Boden gedriftet ist und alles, was er sehen kann, sind die startenden Samen, die ihren Weg auf ihn zu beginnen.

„Wirf deinen Schwanz hoch!", Bas' Stimme, und Sax folgt ihren Anweisungen, ohne nachzudenken. Das ist der Sinn eines Paares: Du tust, was sie verlangen, ohne Zweifel, weil es dein Leben retten wird.

Er spürt, wie sich Krallen in seinen Schwanz bohren, und es tut weh, aber Sax hört auf zu fallen. Es gibt einen Ruck und jemand zieht ihn zurück. Er spürt die Hitze, als der nächste Samen sich ihm nähert. Selbst wenn der Samen ihn nicht direkt trifft, werden seine Raketen Sax zu Asche verbrennen.

„Beeilt euch!", zischt Sax.

Es gibt ehrenvolle Arten zu sterben. Es gibt Tode voller Stolz, wie sich selbst zu opfern, um dem Feind zu schaden. Den letzten Atemzug für einen weiteren Krallenhieb zu geben. Dies wäre keiner davon. Dies wäre traurig. Erbärmlich.

Der Zug verstärkt sich, und Sax stößt gegen die Seite der Schlucht und dann zurück über den Metallboden, als der Samen hinter ihm vorbeistreift. Die Haut seines Kopfes zieht sich vor Hitze zusammen, seine Schuppen bekommen Blasen, aber Sax lebt.

Es ist Lan, die Gar hält, der Bas hält, die Sax zurückzieht. Er lebt, weil sie als Gruppe zusammenarbeiten. Er lebt, weil die Oratus einander nicht im Stich lassen. Aber keiner von ihnen erwähnt es. Sie müssen es nicht. Sie alle kennen ihre Aufgabe und erledigen sie.

Jetzt schauen sie auf das zerstörte Loch, wo früher das Tor war. Das Samenschiff ist nicht einmal da. Es hat sich direkt durchgeschlagen. Hartes Gestein, das für Zyklen im Weltraum halten sollte, angetrieben von Raketentriebwerken, ist mehr als genug für ein inneres Tor.

Auf der anderen Seite sehen sie etwas, das Sax nie erwartet. Etwas, das er den Sevora nicht zugetraut hätte.

MALO FÜHRT uns zurück zum Vaos, während Ignos am Horizont versinkt, aber wir haben die Gegenwart des Kaisers kaum verlassen, als der Hohepriester mir ins Ohr flüstert: „Erzähl mir von diesen Wundern, die du vollbringen willst, und ich werde dafür sorgen, dass die richtigen Leute informiert werden."

Kaishi, die wahre Macht liegt jetzt bei dir. Gib sie nicht auf.

„Nein, Jakkan." Ich bleibe mitten auf der Straße stehen und zwinge den Hohepriester, dasselbe zu tun. Ignos hat recht. Der Kaiser hat mein Leben gegen den Erfolg dieser Wunder gesetzt, und ich werde ihren Erfolg nicht Jakkan überlassen. „Du wirst die Leute, nach denen ich verlange, zu mir bringen, und ich werde sie selbst über ihre Aufgaben informieren. Dies ist meine Pflicht gegenüber dem Kaiser, und Ignos wirkt durch mich."

„Kaishi", Jakkan zaubert ein Lächeln auf sein Gesicht. Ein warmes, verständnisvolles. „Du musst verstehen, dass du eine Außenseiterin bist. Die Handwerker, die du brauchst, werden nicht mit einer Solare zusammenarbeiten, egal wie sehr sie behauptet, ihre Worte seien die von Ignos selbst."

„Dann werdet ihr", und ich blicke zu Malo, um ihn in meine Worte einzubeziehen, „und Malo sie dazu bringen. Oder ich werde dem Kaiser mitteilen, dass seine Wunder verloren gegangen sind, weil sein eigenes Volk seinen Befehlen nicht Folge leistet."

Jakkans warmes Lächeln verschwindet und wird durch eine angespannte Linie ersetzt. Malo hingegen wirkt unsicher und blickt zwischen Jakkan und mir hin und her. Sogar Passanten bemerken die Spannung und machen einen großen Bogen um uns.

„Dein Ton hat sich geändert, Kaishi", sagt Jakkan. „Habe ich nicht gesagt, dass wir hier Verbündete sein müssen, um unsere Zivilisation zu retten? Dass wir zusammenarbeiten müssen?"

Es gab eine Zeit, in der ein Versprechen der Freundschaft mein Herz bewegt hätte. Sogar meinen Verstand. Jetzt, in der kalten Enge von Damantums Volk, umgeben von Gebäuden statt Bäumen, mit dem brennenden Geruch von Schmieden statt zarter Blumen, behält meine Seele ihre Klarheit. Ich betrachte Jakkans Worte wie ein seltsames Insekt und suche nach ihrer wahren Absicht.

Ich finde nichts Freundliches in ihnen.

„Zusammen", erwidere ich, wobei Erinnerungen an die Gruben und Jakkans erste, tödliche Aufgabe meine Worte mit Hitze erfüllen. „Ja. Aber nur als Partner jetzt, nicht mit meinem Körper unter deinem Fuß."

„Er ist der Hohepriester, Kaishi", fleht Malo. „Zweitmächtigster nach dem Kaiser selbst. Bitte."

Jakkan nickt dem Krieger zu, seine Augen immer noch auf mich gerichtet. Wartend, dass ich nachgebe und mich unterwerfe.

Du warst unter ihnen, jetzt bist du gleichgestellt. Bald wirst du größer sein. Wir sind fast da, Kaishi.

„Partner." Ich lächle nicht. „Nenn mich, wie du willst, aber entweder sind wir gleichberechtigt, oder diese Stadt kann brennen."

Jakkan verfällt in einen Blick, den ich schon einmal auf Vaters Gesicht gesehen habe; einen des Kalkulierens. Hinter Jakkans faltiger, lederner Haut brauen sich Pläne zusammen. Ich sehe, wie Szenarien ablaufen, jedes einzelne in Jakkans Geist sich drehend, bis er am Ende die Oberhand gewinnt.

„Als Partner." Jakkan nickt schließlich. „Für die Stadt und unser Volk werde ich meinen Stolz beiseite legen. So wie du es nicht geschafft hast."

Ich ignoriere den Köder. Ich habe den Status, den ich will, jetzt brauche ich die Loyalität. „Glaubst du immer noch an mich, Malo?"

„Wenn ich das nicht täte, wäre ich nicht hier, Priesterin", antwortet Malo, obwohl die Worte weniger bereitwillig kommen als zuvor. Ein Zeichen vielleicht, dass der Krieger weniger glücklich ist mit meinem Griff nach Macht.

Eine wahre Anführerin kann sich nicht zu sehr um die Gefühle ihrer Untergebenen sorgen. Sie werden dir folgen, und das ist genug.

„Dann sind hier die Leute, die ich sehen möchte." Ich ziehe die Liste von Ignos hervor, und ich spüre, wie der Cache an meinem Handgelenk brennt, als er danach ruft. Bilder und Formeln voller Symbole, die ich nicht erkenne, strömen durch meinen Geist, und es ist alles, was ich tun kann, um nicht genau dort zu schreien. Ich denke, ohne das Opfer und seinen Druck, mich auszubilden, hätte ich es getan. „Die besten Metall- und Holzarbeiter der Stadt. Damantums größte Juweliere und Alchemisten. Bringt sie alle zu mir, und wir werden mit der Arbeit beginnen, die nötig ist, um die Lunare zu bekämpfen."

„Ich kann mich darum kümmern", beginnt Jakkan, aber ich unterbreche ihn.

„Nein, Jakkan. Während Malo die Leute versammelt, müssen du und ich etwas Wichtigeres tun", ich sehe an mir herunter und zeige dann auf Jakkans eigene Robe und Kopfschmuck. „Ich brauche Kleidung, Juwelen wie deine. Ich muss mehr als eine Priesterin sein. Ich muss das sein, was Ignos von seiner Botin wünschen würde. Lass mich wie diese Rolle aussehen."

Der Hohepriester widerspricht dem Argument nicht. Stattdessen führt mich Jakkan, während Malo sich aufmacht, um Gespräche mit den besten Handwerkern der Stadt zu arrangieren, auf eine Tour durch Damantums Märkte. Mit dem Hohepriester an meiner Seite schauen die Ladenbesitzer nicht mehr weg wie zuvor. Zolin, der sich um seine Pflanzen kümmert, bemerkt überrascht, dass ich noch am Leben bin. Ich schenke ihm ein Lächeln und er schüttelt den Kopf.

Zuerst muss ich eine Farbe wählen. So wie der Kaiser die Blautöne der Meere und Untiefen verkörpert und Jakkan die Rottöne von Blut und Erde verwendet, muss ich Farbtöne wählen, die meine Seele in meine Kleidung, Haare und Haut setzen.

Es ist keine schwere Entscheidung.

„Die leuchtenden Grüntöne des Dschungels", verkünde ich den Färbern, deren Stände mit Töpfen voller farbiger Tinten übersät sind. „Ich möchte wie ein Smaragd schimmern, aber mit dem Geheimnis eines Waldtals."

Zweitens, ein Kopfschmuck. Meine Krone. Ein Band mit Federn oder Stängeln; gerade Fäden von Farben. Wieder zieht es mich zu meinen Wurzeln. Die Farbtöne der Vögel um mein Dorf: Schwarz und Weiß und Gelb. Ein Ausbruch von Orange und Rot für Früchte und Blumen. Die Handwerker beginnen, gefärbte und ungefärbte Federn in ein Band zu stecken. Das resultierende Arrangement, obwohl es die passenden Farbtöne enthält, erscheint durcheinander.

„Das wird nicht zu deinem grünen Umhang passen", flüstert Jakkan, als wir den ersten Versuch betrachten.

„Warum sollte mich das kümmern?", erwidere ich. „Ich soll alle Menschen repräsentieren, Charre und Solare. Verschiedene Farben scheinen der einfachste Weg dafür zu sein."

„Ein faires Argument", sagt Jakkan. „Doch als jemand, der sich mit solchen Dingen auskennt, denk daran, dass die Menschen dich so sehen, wie du bist, nicht wie du sein möchtest. Sie werden sich fragen, warum du eine so seltsame Anordnung wählst, warum eine Botin von Ignos so hässlich erscheint, warum ihr Kopfschmuck so anders ist als der, den Ignos bevorzugt."

Jakkan könnte Recht haben, Kaishi. Dieses Ding, das du geschaffen hast, ist, sagen wir mal, recht unansehnlich.

Ich will mich widersetzen. Will stur sein, aber Ignos' Stimme vermischt sich mit Jakkans Einwänden – die diesmal keine Spur einer anderen Agenda enthalten – und ich gebe nach: „Du könntest Recht haben. Lass uns ein helles Grün in der Mitte versuchen, das zu den Rändern hin in Schwarz übergeht."

Sogar der Handwerker ist von diesem Versuch begeisterter als von meinem ersten, und das Endergebnis zeigt es. Als ich die Krone auf meinen Kopf setze und mich im stillen Wasserbecken betrachte, das zu diesem Zweck am Stand bereitsteht, ist der Kopfschmuck ein lebendiges, sattes Grün. Als ob das Leben selbst von oben gekommen wäre und seinen Weg zu mir gefunden hätte.

„Wunderschön", sagt Jakkan, und ich glaube, er meint es ernst. „Nun gibt es noch einen Ort, den du besuchen musst."

Ähnlich wie bei den Färbern haben die Tätowierer Schüsseln mit verschiedenen Tinten um ihre Stände herum. Steine dienen als Stühle, auf denen Krieger und andere sitzen, während die Künstler ihre Arbeit verrichten und komplizierte Tätowierungen von Ignos, Löwen, Bären und den Vaos erschaffen.

Jakkan, der seinen Umhang so verschiebt, dass ich das aufwendige, von Ignos dominierte Design auf seinem Rücken sehen kann, sagt: „Hier musst du deinen neuen Körper wählen. Dein alter wird Ignos übergeben. Öffne dich seiner Weisheit und lass seine Worte deine Zunge bei der Beschreibung und ihre Hände beim Malen leiten."

Ich warte darauf, dass Ignos mir sagt, was ich tun soll. Wie ich meinen eigenen Körper in eine kraftvolle Botschaft verwandeln kann, aber Ignos schweigt. Ich setze mich auf den Stein, spüre den kühlen, rauen Fels an meinen Oberschenkeln und denke nach. Jakkan und der Künstler, ein alter, wettergegerbter Mann, starren mich an.

Wenn ich selbst wählen muss, dann gibt es ein Design, das zu meinem Körper passt. Eines, das den Gott darstellt, der mich so weit gebracht hat. Der so viel getan hat, um mein Leben zu verändern. Ich beschreibe die Details: Die hellgrünen Schattierungen. Ein kreisförmiges Design mit einem weit geöffneten Augenpaar in der Mitte; eine immerwährende Suche nach Wissen. Vier Pfeile, die vom Zentrum ausgehen, um in alle Richtungen zu blicken. An den Winkeln geschnitzte Blöcke, die als Fundamente dienen, die dasselbe Wissen geschaffen hat. Am Ende eine

Reihe von Kreisen, die die Lücken füllen: die Reise der Ideen von der Entdeckung zur Praxis.

Ignos, ein Teil meines Geistes, wird nun auch Teil meines Körpers sein. Während ich spreche, taucht der Künstler ein und sticht zu. Sticht und bemalt meine Haut. Es gibt Schmerzen, ja, aber ich ertrage sie, weil es keine andere Option gibt.

Einen Schritt näher, Kaishi. Einen Schritt näher zur Erlösung deines Volkes.

KAPITEL 40

DER VERRÄTER

ES IST DUNKEL, aber nicht vollständig und nicht unheimlich.

Vielmehr sieht Sax jetzt eine leuchtende Show, die die Schatten nutzt, um die Augen auf das zu lenken, was sie sehen sollen. In diesem Fall sind es prächtige Springbrunnen: Wasserbögen, die über weite Bereiche hin und her sprühen, bedeckt mit etwas, das Sax nur als Unterhaltung beschreiben kann.

Tische, umringt von Flaum, Teven, Whelks und anderen Spezies, die Sax aus der Ferne nicht erkennen kann, blinken und blitzen durch verschiedene Spiele. Pulsierende Beats prallen aufeinander und hallen über den Metallboden, und jeder Schlag bringt eine Vielzahl von Schreien und Rufen mit sich. Schwebende Banner bewegen sich hin und her durch den Raum und leuchten mit Werbung und Filmen auf.

„Wir haben ihren Spaß gefunden", sagt Lan, und sie hat Recht.

Saatschiffe beherbergen viele Tausende, und es scheint Sax jetzt offensichtlich, dass es, um selbst Sevora in einem zivilen Zustand zu halten, einen Weg geben muss, damit sie sich amüsieren können. Einen Ort, an den man gehen kann, wenn man nicht im Dienst ist, einen Ort zum Spaß haben. Zum Herumtollen, zum Spielen und um sich daran zu erinnern, dass nicht alles nur eine Schlacht nach der anderen ist.

Die Sevora brauchen das, weil sie schwach sind. Weil sie die grausame Realität des Lebens nicht ertragen können.

Sax sieht auch den Samen, oder was davon übrig ist. Er ist durch das Tor geschossen und liegt vor ihnen auf dem Boden. Am Fuß der Treppe und weiter dahinter, nachdem er anscheinend bis zu seinem endgültigen Ruheplatz gehüpft ist: eingegraben in die Seite dessen, was einmal eine Art beleuchtete Statue gewesen war, die jetzt Funken sprüht.

Sevora-Spezies versammeln sich darum, zeigen darauf und plappern. All das bedeutet, dass niemand das Tor oder die vier Oratus bemerkt, die dort stehen, umgeben vom bläulichen Licht des Mittelrings hinter ihnen.

„Nutzen wir es", sagt Sax. „Weitergehen. Denkt daran, diese Sevora zu zerfleischen ist nicht das Ziel. Wir müssen zurück zum äußeren Ring, zur Andockbucht."

„Falls sie überhaupt in diesem Abschnitt ist", sagt Gar.

„Wenn nicht, dann versuchen wir einen anderen", antwortet Bas.

„Wenn es so lange dauert, muss ich vielleicht ein paar Flaum essen", murmelt Gar, als sie losgehen.

Jeder Fußtritt auf den harten Boden bringt neue Angriffe auf Sax' Sinne. Er sieht Flaum in verschiedenen Stadien der Trunkenheit. Sie fallen übereinander oder stehen einfach mit glasigen Augen und schlaffen Gesichtsausdrücken da. Eine rücksichtslose Faulheit, die auf einem Vincere-Schiff niemals erlaubt wäre. Slivers lassen sich auf

Pfosten nieder, die mit Halt für ihre Krallen bedeckt sind. Auch sie wirken erschöpft. Unbekümmert um die vier Oratus, die in ihrer Mitte umherwandern.

Sax glaubt zu wissen, warum.

Sie sind jetzt so tief im Saatschiff. So weit entfernt von der Außenwelt, dass die Chancen, dass eine feindliche Truppe es bis hierher schafft, verschwindend gering sind. Es ist viel wahrscheinlicher, dass diese vier Oratus gefangen genommen wurden, Sevora-Sklaven wie der Rest von ihnen. Obwohl Sax ziemlich sicher ist, dass es diese Kreaturen selbst dann nicht kümmern würde, wenn sie es nicht wären. Sie sind so weit von echtem Bewusstsein entfernt, dass Sax denkt, sie würden nicht einmal reagieren, wenn er anfinge, sie hier mitten im Freien zu zerlegen.

Also gehen sie weiter. Hinein und durch die Mitte des Abschnitts, der ein großer Platz mit einem sprudelnden saphirblauen Brunnen in der Mitte ist, der anscheinend Wasser in verschiedenen Farben versprüht. Darum herum, in Abständen verteilt, befinden sich riesige Anordnungen von Tischen und Stühlen und Nährstoffausgabemaschinen. Die meisten Plätze sind von Sevora-beherbergten Spezies besetzt, die glücklich an allem knabbern, was sie bekommen können.

„Faszinierend, nicht wahr?" Sax kennt die Stimme. Er dreht sich um und sieht Avan, der keine seiner Rüstungen mehr trägt und sie beobachtet. Der gefangene Oratus hat sich offenbar seinen Weg aus der dunklen Menge gebahnt. Avan spreizt seine Klauen weit, als wolle er zeigen, dass er keine bösen Absichten hat. „Bitte, lasst mich sprechen."

Sax sieht, oder spürt vielmehr, wie Gar zuckt und sich in eine Angriffshaltung begibt. Sie können sich hier keinen Kampf leisten, also schlägt Sax Gar mit seinem Schwanz.

„Wir sind in Feindesland", zischt Sax, als Gar ihn

anfaucht. „Wenn du hier einen Kampf anfängst, werden wir nicht überleben."

Gar behält seinen glühenden Blick bei, senkt aber seine Klauen.

Avan faltet seine eigenen vor sich. „Sie haben natürlich Recht. Mit einem Schrei könnte ich eine Horde auf Sie hetzen. Sie würden zweifellos viele töten, aber Sie würden in Stücke gerissen werden." Er macht eine Pause, seine Kiemen nehmen einen langen Atemzug. „Sie und ich wissen beide, dass die kleine Flotte, die Sie an diesem Ende der Galaxie haben, dieses Saatschiff für sehr lange Zeit nicht zerstören wird. Wie viele weitere Welten werden die Sevora infizieren, bevor Sie es zu Fall bringen?"

„Wo auch immer Sie hingehen, wir werden Sie finden und wir werden Sie vernichten", antwortet Sax. Er möchte verzweifelt gern das tun, was Gar beinahe getan hätte: Avan das Grinsen vom Gesicht reißen.

„Sicher", erwidert Avan. „Aber was, wenn ich Ihnen sage, dass es keine Rolle spielen wird? Was, wenn ich Ihnen sage, dass es Dinge gibt, die Sie nicht wissen. Dinge, die all Ihre Handlungen bedeutungslos machen würden, wenn Sie sie wüssten?"

„Warum haben Sie uns noch nicht getötet?", zischt Sax die einzige Frage, die von Bedeutung ist - wenn Avan sie bis hierher verfolgt hat, dann hätte er sie erschießen, betäuben oder verbrennen können.

Er hat nichts davon getan.

„Weil ich weg will", sagt Avan. „Ich brauche einen Weg vom Saatschiff runter, und ich brauche eine Möglichkeit zu überleben. Sie sind dieser Weg. Ein Angebot: Ich werde Sie zu einem Schiff führen, zu Ihrer Chance auf den Ruhm, nach dem Sie so verzweifelt streben, wenn Sie mir eine sichere Passage zurück zu Ihrem eigenen Schiff garantieren."

„Woher wissen Sie, dass wir nach der Andockbucht suchen?", fragt Bas.

„Weil Sie auf einem Saatschiff sind. Sie hören alles. Ich höre alles."

Sax spannt seine Klauen an. „Warum reden Sie dann jetzt mit uns? Enthüllen Ihren Plan?"

Avan blickt sich in der lauten, dröhnenden Umgebung um. „Sie können alles hören, außer an diesem Ort. Außer dort, wo so viel Lärm ist, dass die Aufnahmegeräte nur unverständliches Zeug aufnehmen. Wo es so dunkel und schwer zu sehen ist, dass man kaum erkennen kann, was vor sich geht."

„Aber wir sind nur zufällig hier gelandet", argumentiert Lan. „Du konntest nicht wissen, dass-"

„Zufällig?", unterbricht Avan. „Wer, glaubst du, hat den Start der Saatschiffe ausgelöst? Wer, denkst du, hat gewartet, bis ihr euren Plan ausgearbeitet habt, und dann dafür gesorgt, dass die richtigen abgefeuert wurden, als ihr bereit wart? Wofür ich übrigens dankbar bin, dass ihr es mir so viel einfacher gemacht habt als erwartet. Mit einem Saatschiff durch das Tor zu krachen? Das hat keiner von uns kommen sehen."

Avan hat sie in der Hand. Das weiß Sax. Sie können entweder mit ihm gehen oder hier und jetzt gegen ihn kämpfen. Obwohl Sax es nicht sicher sagen kann, nimmt er an, dass Avan herausgefunden hat, wie man die Maske aufsetzt. Das bedeutet, er ist bis zu einem gewissen Grad geschützt. Die vier könnten ihn wahrscheinlich erledigen, aber dann würde ihr eigener Tod kurz darauf folgen.

Oder sie könnten diesem verabscheuungswürdigen

Geschöpf vertrauen und ihm zum Hangar folgen. Dorthin, wo sie sowieso hinwollten.

„Ich glaube, wir haben keine Wahl", zischt Sax. Er wartet auf einen Widerspruch, aber keiner kommt.

Obwohl er das messerscharfe Lächeln hasst, das sich über Avans Gesicht zieht, unternimmt Sax nichts, um es auszulöschen.

KAPITEL 41

MAGIE ERSCHAFFEN

DIE TREFFEN mit Damantums führenden Kunsthandwerkern und Handwerkern sollten laut dem Kaiser sofort beginnen. Nachdem meine Outfits festgelegt sind, bringt mich Jakkan zurück zum Vaos, das, wie er sagt, als mein Zuhause dienen wird.

Kaishi, jetzt ist der Moment. Der Cache. Benutze ihn.

Das Armband. Grün und im Licht schimmernd. Ich fahre mit meinen Fingern über seine warmen Seiten. Es blitzt auf, und ich fühle, wie das Licht durch meine Augen in mein Innerstes strömt.

Der Cache speichert unser Wissen, Kaishi. Vollbringe Wunder damit. Gib deinem Volk, was es braucht.

Den Cache zu benutzen fühlt sich an, als würde ich durch meine eigenen Erinnerungen greifen, nur dass die Dinge, die ich finde, wie nichts sind, was ich je zuvor gesehen habe. Bilder von Kreaturen, die ich aus keiner Legende kenne, Orte so schön und schrecklich, dass sie jeder Beschreibung trotzen. Und Dinge. Wunder, die Ignos verspricht, werden den Lauf meiner Welt verändern. Ich beginne zu fallen, tauche von einem ins nächste. Es gibt so viel zu sehen, und ich will alles lernen!

Stopp.

Ignos' Stimme durchdringt mein hektisches Wirbeln. Das Bild in meinem Kopf wechselt zu etwas, das wie Vieras Waffe aussieht.

Der Cache enthält zu viele Geheimnisse für eine einzige Person. Suche nach dem, was du brauchst, und du wirst es finden. Suche nach allem, und das ist es, was du verlieren wirst.

Von diesem Moment an, bis Malo lange nach Einbruch der Nacht mit der ersten Gruppe von Kunsthandwerkern zurückkehrt, erkunden Ignos und ich den Cache. Wir suchen Wunder aus, die für die Charre geeignet sind; solche, die in der Zeit und mit den Materialien, die wir haben, gebaut werden können. Ich wähle noch mehrere weitere aus, von denen Ignos denkt, dass sie über unsere Möglichkeiten hinausgehen, aber von denen ich glaube, dass sie das Feuer unserer Vorstellungskraft entfachen werden. Den Glauben an die neuen Kräfte, die zu uns kommen.

Ja. Du musst die Charre jetzt als dein Volk betrachten. Das werden sie bald sein.

Sind sie mein Volk? Die Charre, die mich aus meiner Heimat entführt haben? Ich glaube nicht, aber ich kann es mir nicht leisten, sie als Feinde zu behandeln. Das würde den Tod bedeuten. Ich weiß, dass ich, wenn die Charre die Lunare zurückdrängen können, sie vielleicht davon überzeugen kann, mein eigenes Dorf in Ruhe zu lassen, es zu beschützen.

Also stehe ich bereit, um zu beginnen, als Malo den Tempel betritt.

Zuerst kommen die Metallarbeiter, und ihnen zeige ich Schaubilder. Wie man das magische Feuer macht, das Viera so mühelos beschworen hatte. Wie man noch größere Waffen herstellt, solche, die Hunderte oder Tausende von Geschossen in wenigen Augenblicken abfeuern können.

Nicht alles davon ist mit Damantums Werkstätten möglich, und selbst wenn die Charre das Material hätten, sind das Wissen um die Pläne und ihre Ausführung zwei verschiedene Dinge.

Trotzdem sprechen wir, wobei Malo uns die ganze Nacht und bis in den nächsten Tag hinein mit Tee versorgt. Die Metallarbeiter haben ihre eigenen Ideen, betrachten, was der Cache bietet, und gehen mit Anbruch der Morgendämmerung, um ihre eigenen Versionen von Ignos' Wundern zu produzieren.

Ich habe kaum Zeit zu blinzeln, bevor die nächste Gruppe eintrifft.

Die Holzarbeiter. Ich gebe ihnen Entwürfe für Boote und größere Schiffe, sogar für Flugzeuge, die durch die Luft fliegen werden. Ich zeige Dinge, die so weit über ihre größten Vorstellungen hinausgehen, dass ich sehe, wie sich meine eigene Legende in ihren Augen aufbaut. Eine Priesterin erschaffend, die alle Antworten hat. Die alle Anleitungen für das hat, was kommen wird. Die Holzarbeiter gehen wie die Metallarbeiter, mit Visionen, die durch ihre Köpfe tanzen, und Inspiration, die aus ihren Mündern sprudelt.

Die Ärzte folgen nach einem schnellen Mittagessen aus Paprika und Schweinefleisch. Wir gehen detaillierte Karten von Zellen und Biologie durch, obwohl ich enttäuscht bin zu erfahren, dass der Cache keine Diagramme unserer eigenen Spezies enthält. Ungeachtet dessen verwandelt sich in mehreren Stunden Gespräch die gesamte medizinische Praxis des Charre-Volkes.

Die Nachricht von der wundertätigen Priesterin, die sich im Vaos versteckt, verbreitet sich. Jakkan beginnt, als mein eigener Assistent zu fungieren. Er plant Treffen, sorgt dafür, dass für mich angemessen gesorgt wird. Er führt Gruppen aller Art herein und hinaus. Von Schriftstellern bis zu Jägern, Bildhauern bis zu Kriegern. Sie alle kommen. Sie alle verlangen nach mehr. Ich, mit Ignos in meinem Kopf, bin nur zu glücklich, ihnen alles zu geben, was ich kann.

Das. So findest du dein Volk. Hier wird alles, was du bist, real. Wo die Charre aufhören, zum Kaiser zu schauen, und anfangen, zu dir aufzublicken.

Ich wage es nicht, diesen Gedanken in Worte zu fassen.

Nicht einmal der Kaiser selbst ist immun gegen die Gerüchte. Am dritten Tag ruft er zu einer weiteren Audienz. Ich gehe mit Jakkan zurück zum Palast. Zurück, um den Kaiser in all seinem Prunk zu sehen. Wieder starrt er mich an und spricht Warnung um Warnung aus, Drohung um Drohung. Er äußert Furcht und Angst vor den Lunare, die sich Zeit lassen, näher zu kommen. Sie sammeln kleinere Stämme mit ihren eigenen Wundern um sich. Gerüchte verbreiten sich, dass die Lunare die wahren Götter seien. Dass Ignos sie begünstige.

Der Kaiser schickt uns mit Forderungen zurück auf die Straße, die ich zu übertreffen plane.

Am vierten und fünften Tag, als Beweise für meine Wunder auf den Straßen bekannt werden, als die ersten Objekte, die aus meinen Lehren hervorgehen, ihren Weg zum Kaiser finden, ändern sich seine Meinungen. Am sechsten Tag, als der Kaiser ruft, verlangt er nicht nach Jakkan. Dieses Mal bittet Malo nur um mich.

Dieses Mal gehe ich allein zum Kaiser.

Ohne jemanden, der mir hilft, außer der Stimme von Ignos in meinem Kopf, verspreche ich dem Kaiser, dass ich liefern werde. Dass meine Wunder bereit sein werden. Dass, wenn wir beide ausziehen, um die Lunare zu begrüßen, der pure Glanz der vielen Erfindungen des Charre-Volkes, die ihnen von Ignos gegeben wurden, nicht nur alle anderen Stämme in die Knie zwingen wird, sondern auch die Lunare selbst zur Räson bringen wird.

Die Lunare werden, das verspreche ich, erkennen, dass ihre Mission aussichtslos ist. Sie werden in Angst abziehen. Der Kaiser wird rechtmäßig über alles herrschen.

Anstatt seine üblichen defensiven Drohungen auszustoßen, greift der Kaiser hinter sich zu einem Diener, der eine kleine Box hält. Daraus zieht er einen kleinen Gegenstand, der wie eine Röhre mit einem Holzbein am Ende aussieht. Ähnlich der Waffe, die Viera gehalten hatte. Der Kaiser richtet sie auf die gegenüberliegende Wand. Er drückt den Metallstreifen oben zurück und zieht dann mit dem Finger an einer kleinen Metallschlaufe.

Der Lärm im Palast ist ohrenbetäubend. Ein lauter Knall hallt von den Steinen wider und durchbohrt meine Ohren. Ich bin wie betäubt, mein Kopf dröhnt, und ich tue alles, um mich davon abzuhalten, mich auf den Boden zu werfen oder wegzulaufen. Nur der Kaiser, der mich beobachtet, um zu sehen, was ich tue, hält mich davon ab.

Als ich es schaffe hinzusehen, bemerke ich, dass ein Stück der Steinmauer fehlt; zerbröckelt auf dem Boden. Der Kaiser starrt auf das Gerät.

„Deine Wunder sind mehr als nur Worte", sagt der Kaiser. „Das, das ist es, was wir brauchen. Das wird den Unterschied machen. Wir können leider nicht genug davon herstellen. Wir haben die Minen nicht. Die Schmieden. Noch nicht."

„Wir werden sie haben, Eure Heiligkeit", sage ich. „Mit der Zeit wird Eures die mächtigste Nation sein, die die Menschheit je gekannt hat."

„Vielleicht", erwidert der Kaiser. „Aber werden wir diese Zeit haben?"

Ich weiß nicht, wie ich antworten soll, und der Kaiser, der die Waffe zurück in die Box legt, scheint auch keine Antwort von mir zu erwarten.

„Die Lunare haben viele davon. Einige länger, größer. Man sagt mir, sie hätten ganze umherziehende Ungetüme, bedeckt mit großen Dingen, die sie Kanonen nennen, die, wenn sie abgefeuert werden, klingen, als würde der Himmel zerrissen. Wie können deine Wunder damit konkurrieren?"

„Sie können besser sein. Sie werden besser sein. Aber wir brauchen Zeit."

„Sagt dir Ignos, wie du diese findest?"

Triff sie. Geh hinaus, konfrontiere die Lunare von Angesicht zu Angesicht. Erschrecke sie. Nimm die Wunder, die wir haben, und nutze sie, um diese Zeit zu erkaufen. Jeder Tag, jede Woche, die du gewinnst, ist entscheidend.

„Wir dürfen sie nicht die Stadt erreichen lassen", sage ich. „Wenn sie das tun, können sie unsere Bemühungen stören. Sie können die Menschen ablenken, die gerade dabei sind, diese Geräte zusammenzubauen. Ihr seid der Heiligste, Kaiser. Mit mir an Eurer Seite können wir die Meinung der Stämme ändern, die den Lunaren folgen. Wir können den Lunaren sagen, dass sie nicht länger willkommen sind, und genug zeigen, um es zu beweisen."

Die Hand des Kaisers greift nach oben und streicht über seinen Kopfschmuck, Finger filtern durch die Federn,

„Ignos hat es für richtig befunden, dich so weit zu führen, und ich wäre töricht, nicht der Weisheit zu folgen, die er durch dich teilt. Vielleicht ist es Zeit für uns, uns zu offenbaren. Mach dich bereit, denn morgen werden wir in die Wüste aufbrechen und den Lunaren zeigen, dass sie die Berge nie hätten verlassen sollen."

KAPITEL 42

WER LEBT UND WER STIRBT

MIT AVAN an der Spitze bahnen sich Sax und die anderen ihren Weg aus dem Unterhaltungsbereich. Viele Sevora starren die Gruppe von fünf Oratus an, wenden sich aber schnell wieder ihren Getränken zu, nachdem sie einen finsteren Blick oder eine drohende Klaue gesehen haben. Wie das Tor im zentralen Ring sind auch die Ausgänge aus diesem Bereich, weiter vom Kern entfernt, von grünen Lichtern umgeben.

Als Sax zurückblickt, sieht er, dass das zerstörte Tor bereits repariert wird. Das abgestürzte Schiff ist schon weggeräumt. Unterhaltungsbereich hin oder her, die Sevora konnten sich schnell bewegen, wenn sie wollten.

„Sag mal", wendet sich Sax an Avan, als dieser seinen Kopf zu den Scannern des nächsten Tores hebt. „Wie viele Sevora sind auf diesem Schiff?"

„Tausende", antwortet Avan, ohne sich von dem schwarzen Knubbel abzuwenden. Die grünen Lichter blinken und das Tor öffnet sich ruckartig. „Genug, um die Besatzungen ständig zu rotieren. Die hinter uns genießen gerade ihre Freizeit."

„Sogar mitten in einer Schlacht?"

„Wir befinden uns seit Zyklen ständig im Krieg. Wenn wir keine Möglichkeit gefunden hätten, inmitten all der Kämpfe Freude zu finden, wären wir wirklich eine traurige Spezies." Avan verzieht sein langes Maul zu einem Lächeln. „Obwohl ich annehme, dass ihr Oratus das nicht ganz versteht."

„Der Kampf ist unsere Freude", sagt Gar.

„Ja. Natürlich ist er das." Avan winkt sie durch.

Dieser Bereich fühlt sich mehr wie ein Labyrinth an, mit engen Korridoren zwischen hohen Wänden, die sich vom Boden bis zur Decke erstrecken. Runde Fenster zieren diese Wände, und nach den großen Türen mit Tastenfeldern zu urteilen, die in regelmäßigen Abständen auftauchen, vermutet Sax, dass dies die Wohnungen der auf dem Schiff lebenden Sevora sind. Kapseln zum Schlafen und nicht viel mehr.

An den Seiten der Strukturen, die sich über die Wege hinweg erstrecken, befinden sich Sitzstangen auf schwarzen Metallstangen. Sliver landen darauf und wickeln ihre Körper zur Ruhe um die Stangen. Gelbe Lampen hängen von diesen Sitzstangen wie Früchte von Bäumen und verbreiten ein sanftes Licht über den kalten Metallboden. Ab und zu gehen sie durch kleine Grünflächen in Aussparungen zwischen den Gebäuden, ein kurzes Zugeständnis an die Schönheit in einem ansonsten effizienten Design.

Der Unterhaltungsbereich war voller Schwärme von Sevora, die sich bewegten. Massen von ihnen, die vor Lachen gackernd oder Mahlzeiten teilend. Hier jedoch reisen die Sevora, die sie sehen - in der üblichen Mischung aus Flaum-, Teven- und Whelk-Wirten -, allein oder zu zweit. Immer in Eile. Als ob es schreckliche Folgen hätte, wenn man hier draußen erwischt würde. Avan, der nichts sagt, während sie durch den Bezirk gehen, scheint Sax' bevorstehende Frage zu spüren und blickt zu ihm zurück.

„Dieser Bereich befindet sich derzeit unter Ruheordnung", sagte Avan. „Spezies dürfen sich hier nur in Notfällen bewegen, weshalb ihr besorgte Blicke seht. Wie ihr euch vorstellen könnt, ist es von größter Bedeutung, unsere Arbeitskräfte gesund zu erhalten."

Er zeigt mit einer Klaue auf eines der Fenster weiter oben. „Von außen sind diese so konzipiert, dass sie nur Lichtfrequenzen abgeben, die den Schlaf fördern. Im Inneren gibt es Bildschirme, die Bilder zur Entspannung zeigen. Außerdem stehen verschiedene Substanzen zur Verfügung, um den Sevora die benötigte Ruhe zu ermöglichen."

„Ihr drogiert euer eigenes Volk?", sagt Bas. Sax denkt kurz an das Stim, das er zu Beginn dieser Mission genommen hat, schweigt aber.

Avan dreht sich vollständig um, als sie einen Punkt zwischen den Gebäuden erreichen, wo eine einzelne Bogenpflanze mit ihren vielen rosa sich kräuselnden Ranken, die sich ineinander verschlingen, als Dekoration dient. „Zu denken, dass eine so ahnungslose Spezies wie eure uns in diesem Krieg überlegen ist ... ja. Das tun wir. Weder Flaum noch Teven sind im Weltraum heimisch, und da sie schnell reifen und leicht zu beherrschen sind, machen sie den Großteil unserer Streitkräfte aus. Um sicherzustellen, dass die Wirte in einer Umgebung, die dafür nicht förderlich ist, die erforderliche Ruhe bekommen, setzen wir verschiedene Mittel ein."

„Ihr nehmt nicht nur ihre Körper, sondern richtet sie auch noch zugrunde?", sagt Lan. „Und ihr hofft, der Rest der Galaxie wird euch am Leben lassen?"

Die anderen zischen zustimmend - Sax auch. Avan

muss unter dem Einfluss seiner eigenen Drogen stehen, wenn er glaubt, die Oratus würden einer Teilung der Galaxie mit so einer Spezies zustimmen.

„Du sagst das, als ob wir Sevora kontrollieren könnten, wer oder was wir sind", erwidert Avan und nimmt Lans Provokation gelassen hin. Er breitet seine vier Arme weit aus und spreizt die Klauen. „Wir brauchen Wirte zum Überleben. Nur wenige Sevora erreichen jemals die volle Reife und die Fähigkeit zur Fortpflanzung - dafür braucht es Raum und Schutz, was wir seit Zyklen nicht mehr gesehen haben. Daher ... kopieren wir uns selbst. Züchten neue Sevora in Röhren und Becken. Dennoch sind wir weitaus weniger zahlreich als die allgegenwärtigen Flaum, die die Galaxie mit ihren Billionen verschmutzen."

Die Galaxie verschmutzen. Ein interessanter Ausdruck, wenn auch nicht völlig falsch. Sax hat mehr als genug Flaum auf Vincere-Schiffen gesehen, und sie sind in der Regel die ersten, die kommen und Welten wiederaufbauen, die aus dem Griff der Sevora befreit wurden. Flaum bringen Würfe von fast einem Dutzend oder mehr zur Welt. Genug, dass Paare von Flaum in kurzer Zeit ganze Städte neu bevölkern könnten. Wenn die Spezies die Intelligenz oder Stärke besäße, einen eigenen Versuch zur Beherrschung der Galaxie zu unternehmen, hätten die Flaum allein durch ihre schiere Zahl wenig Mühe, die Vorherrschaft zu erlangen.

„Ihr müsst die Vorteile finden", sagt Sax, als Avan ihren Marsch wieder aufnimmt. „Warum sollten wir die Sevora weiter existieren lassen? Welchen Nutzen bringt ihr?"

Avan hat keine Antwort parat. Kein eloquentes Argument oder scharfe Erwiderung. Nachdem sie schweigend gelaufen sind, nachdem sie die Kapseln hinter sich gelassen haben und zum nächsten Tor kommen, bleibt Avan erst kurz vor dem Scanner stehen und blickt zu Sax, seine Augen brennend.

„Wer seid ihr, dass ihr Götter spielt und entscheidet, welche Spezies lebt oder stirbt?"

ES DAUERT NICHT LANGE nach dem Treffen mit dem Kaiser, als zwei Wachen in den Vaos kommen und nach mir suchen. Sie tragen Bärenfelle, und als Jakkan fragt, warum sie hier sind, zeigen sie auf mich. „Wir haben Informationen für die Hohepriesterin."

„Hohepriesterin?", sagt Jakkan, und während ich die Überraschung bemerke, zuckt Jakkan nicht mit der Wimper.

„So hat der Kaiser befohlen, dass sie angesprochen werden soll", sagt einer der Wachen. Ich versuche, Jakkan anzusehen, um zu sagen, dass ich damit nichts zu tun habe, aber der Hohepriester schaut mich nicht an.

„Dann sprecht sie an." Jakkan wendet sich wieder der Schriftrolle zu, die er liest.

„Was gibt es?", frage ich.

„Wir haben eine Lunare gefangen", beginnt der Wächter. „Sie versteckte sich in der Stadt. Anscheinend hatte sie einer Familie gedroht und sich ein Zimmer in ihrem Haus gesichert. Aber sie ist seitdem erkrankt und bittet nun um Ihre Hilfe."

„Viera", sage ich, und ich sehe, wie Jakkans Ohren bei dem Namen aufmerksam werden. „Wo ist sie?"

„Wir haben sie am Fuße des Tempels angekettet", antwortet der Krieger. „Wir sind bereit, sie für das Opfer vorzubereiten. Es sieht nicht so aus, als würde sie noch lange leben, also sollten wir uns beeilen."

„Bringt sie herein", befehle ich. Es fühlt sich seltsam an, das zu tun. Jemanden zu befehligen.

Du bist jetzt mächtig. Es ist nur richtig, dass du das nutzt, was du gewonnen hast. Und dass das, was du gewonnen hast, dich verändern wird.

„Herein?", der Wächter scheint verwirrt.

„Hier herein. In diese Kammer. Ich habe der Frau ein Versprechen gegeben, und Ignos wird nicht zulassen, dass es gebrochen wird."

Bei der Erwähnung des Gottes stampfen die beiden Wachen mit ihren Speeren und verschwinden.

„Also ist deine Freundin zurückgekehrt." Jakkans Stimme ist voller Warnungen. „Ich würde dir raten, vorsichtig zu sein. Die Lunare sind in der Stadt nicht sehr beliebt, wie du dir vorstellen kannst. Gesehen zu werden, wie du einer hilfst, wird dir keine Vorteile bringen."

„Ich kann nur hoffen, dass die Wunder, die Ignos mir gegeben hat, mir genug Respekt einbringen, um Viera zu helfen", antworte ich, dann, nach einem Moment des Nachdenkens: „Mein Stamm hat nicht versucht, gegen jeden zu kämpfen, der durch unser Gebiet kam. Es besteht die Möglichkeit, dass die Lunare nicht eure Feinde sein müssen. Sie könnten wertvolle Händler sein. Sogar Partner. Wir müssen nur unser Volk davon überzeugen."

„Kaishi, es sind nicht wir, die du überzeugen musst", sagt Jakkan. „Es sind die Lunare und ihre Bande von Marodeure. Wenn sie handeln und in ihre Berge zurückkehren wollen, würden wir gerne mit ihnen tauschen. Was sie jedoch wollen, kann nicht gehandelt werden. Nur genommen."

Bevor ich antworten kann, bringen die Wachen ihre Gefangene herein. Es ist Viera, obwohl sie viel blasser ist, schwitzt und bewusstlos ist. Das Problem ist nicht schwer zu erkennen: Die Wunden, die ich kauterisiert habe, diese weißen Narben auf ihrer Brust und ihren Armen, sind rot und entzündet an den Rändern. Ausschläge ziehen sich über die Vorderseite ihres Körpers.

Infektion.

Es gibt Möglichkeiten, dies zu heilen. Obwohl du derzeit keine davon besitzt.

Ich flehe Ignos an, mir mehr zu erzählen. Ich hatte Viera ein Versprechen gegeben. Außerdem, angesichts Jakkans zunehmend misstrauischer Blicke und der überirdischen Stellung des Kaisers, habe ich wenige Freunde in der Stadt. Wenn es irgendeinen Weg gibt, Viera am Leben zu erhalten, will ich ihn nutzen.

Dann hier ist, was du sammeln musst.

Ignos zählt eine Reihe von Zutaten auf. Anweisungen, wie man sie mischt und zusammenkocht. Um einen kleinen Haufen Pulver herzustellen, Zeug, das ich weiter herstellen müsste, bis die Infektion nachlässt. Ich erzähle es Jakkan, und ich kann sehen, wie seine Zurückhaltung, mir zu helfen, allmählich dem Wunsch weicht, ein weiteres Wunder in Aktion zu sehen.

Wir schicken die Wachen los, um Kräuterkundige und Glasarbeiter zu finden, während Jakkan und ich ein großes Feuer schüren. In den Stunden zwischen dem Abgang der Wachen und ihrer Rückkehr lege ich Viera nieder und benutze ein kühles Tuch, um ihre Stirn zu befeuchten. Um zu versuchen, das in ihr tobende Fieber zu beruhigen.

Viera murmelt Worte in ihrer eigenen Sprache, windet und dreht sich auf dem Boden. Schweiß durchnässt sie, und ihre Blässe nimmt zu. Es ist offensichtlich, dass sie nicht mehr lange leben wird.

„Ein Opfer wird dein Versprechen nicht brechen", sagt Jakkan an einem Punkt, während ich das Tuch auf Vieras Stirn tupfe. „Du hast dieses Gelübde einer lebenden, gesunden Frau gegeben. Jetzt stirbt sie. Du hast die Gelegenheit, sie zu ehren. Du hast die Chance, sie von dieser Erde scheiden und in die Heimat zurückkehren zu lassen, nach der sie sich so offensichtlich sehnt. Gib sie Ignos, Kaishi. Gewinne die ewige Liebe des Volkes."

Jakkan spricht weise. Hol dir, was du kannst, von denen, die du benutzen kannst. Verschwende deinen Einfluss nicht an eine verlorene Sache.

Ich kann nicht.

Es gibt einfach keinen Teil von mir, der es akzeptieren kann, in Vieras Brust zu schneiden und ihr Herz herauszureißen. Nicht nachdem ich so hart daran gearbeitet hatte, sie am Leben zu erhalten. Nicht nachdem sie mir aus der Juar-Grube geholfen hatte.

Nein.

Ich werde sie retten, oder sie wird bei dem Versuch sterben.

Mithilfe des Cache führe ich die Kräuterkundigen durch den Prozess. Die Schritte, um diese gewöhnlichen Zutaten in Medizin zu verwandeln, die Viera eine Chance geben wird. Metall, Kräuterblätter, der fermentierte Alkohol, der sonst zur Herstellung von Honigwein verwendet würde, all das und mehr wird zusammen gekocht, bis eine seltsame milchige Substanz entsteht.

Dann trage ich es auf die Infektion auf.

Wir wiederholen denselben Vorgang drei Tage lang.

Jedes Mal flüstere ich Viera zu, dass es ihr besser gehen wird. Dass sie bald wieder auf den Beinen sein wird. Es hilft mir zu glauben, wenn sonst nichts.

Die Pflege von Viera nimmt natürlich nicht meine ganze Zeit in Anspruch. Ich arbeite immer noch mit Damantums Handwerkern zusammen, überprüfe und berate sie zu ihren Fortschritten. Teste, was sie entwickeln. Lerne von ihrer Expertise und verbinde sie mit den Geheimnissen, die der Cache bereitstellt.

Bis der Kaiser selbst im Vaos erscheint.

Jeden Morgen habe ich seine Boten abgewiesen und erklärt, dass ich die Stadt noch nicht verlassen kann. Es ist eine Sache, einem schüchternen Diener zu sagen, dass ich zu beschäftigt bin, Wunder zu vollbringen, um abzureisen. Es ist eine ganz andere Sache, den Kaiser in voller Pracht in die Kammer schreiten zu sehen und zu beobachten, wie Jakkan auf die Knie fällt und sich verbeugt. Ich ahme ihn nach, wenn auch nur, weil der Gesichtsausdruck des Kaisers mir verrät, dass mein Leben jetzt von Unterwürfigkeit abhängt.

„Man sagt mir, der Marsch zur Rettung meines Volkes warte auf eine einzige Frau", hallt die Stimme des Kaisers in der Enge dieser Kammer von den Wänden wider. „Man sagt mir, dass meine Priesterin, diejenige, die Erlösung für die Charre versprochen hat, die Lunare ihre Kräfte sammeln lässt, sie näher kommen lässt ..."

Der Kaiser schreitet, während er verstummt, zwischen Jakkan und mir hindurch zu der Stelle, wo Viera auf ihrer Matte liegt, immer noch bewusstlos, wenn auch nicht mehr ganz so blass wie zuvor.

„Für diese hier. Eine Lunare selbst-"

„Eine Freundin", sage ich und stehe auf, wobei ich Jakkans gedämpftes Keuchen ignoriere. „Eine Freundin, die mich rettete, als keiner der Euren es tat. Die mich beschützte, so wie ich sie jetzt beschütze."

Der Kaiser greift an seinen Gürtel und zieht ein schwarzes Glasmesser aus einer Schlaufe. Sein Gesicht ist ausdruckslos, als er mir das Messer entgegenhält.

Die Implikation ist klar.

Ich lehne ab.

Der Kaiser zieht das Messer langsam zurück. Er gibt mir reichlich Zeit, es mir anders zu überlegen, aber ich bleibe standhaft. Wie Ignos sagt, bin ich jetzt mächtig. Ich habe das Gewicht von Wundern auf meiner Seite. Und ich entscheide mich dafür, dieses Gewicht für das einzusetzen, was ich für richtig halte.

„Wenn du diese eine nicht opfern willst", sagt der Kaiser, und ich bin erleichtert, als er das Messer zurück in die Schlaufe steckt, „dann werden wir sie mitnehmen. Die Lunare sind in Tutio, und wir haben keine Zeit mehr zu warten."

„Sie mitnehmen?" Ich bin zu überrascht von dieser Aussage, um auf meine eigenen Worte zu achten.

„Ich habe einen Wagen vorbereiten lassen. Er wartet an den Stufen, zusammen mit mehreren Priestern, die sich um sie kümmern werden." Der Kaiser blickt auf Viera.

„Dann habt Ihr das von Anfang an geplant?"

„Eine Lunare ist es nicht wert, die Unterstützung meiner Hohepriesterin zu riskieren", erwidert der Kaiser, aber als ich beginne, ihm zu danken, redet er über mich hinweg. „Lass mich das nicht bereuen. Bereite sie für den Transport vor, und lass uns mein Volk retten."

SCHIFFE ALLER GRÖSSEN breiten sich über die Andockbucht aus, sichtbar vom Zugangstor aus, als Sax und die anderen hinter Avan hindurchgehen. Anders als bei den Keimen gibt es hier nicht nur einen magnetischen Schild, sondern auch eine große, verschiebbare Reihe von Metallplatten als zusätzliche Schutzschicht. Jede Platte ist durch Schiebevorrichtungen mit den benachbarten verbunden. Selbst jetzt sieht Sax, wie sich eine der Platten zurückschiebt und ein Paar Sevora-Raumjäger – torpedoförmige Dinger mit einer einzelnen, zylindrischen Energiekanone an der Nase – in die Dunkelheit hinausschießen.

Sax schätzt, dass noch ein Dutzend oder mehr Jäger hinter diesen beiden stehen, obwohl sich keine Piloten in Reihe aufzustellen scheinen, um zu fliegen. Das Keimschiff befindet sich mitten in einem erbitterten Kampf, bei dem es von einer feindlichen Streitmacht geentert wurde, und es hat noch nicht alle seine Verteidigungen losgeschickt?

„Warum?", fragt Sax Avan. „Was machen all diese Schiffe noch hier?"

Avan bewegt sich weiter, in Richtung des weitläufigen,

flachen Abschnitts. Sax bemerkt, dass der Sevora seine Klauen zusammengekniffen hat.

„Es gibt nicht genug Piloten", sagt Avan. „Der Krieg hat unsere Anzahl dezimiert. Während ihr einfach einen weiteren Flaum ausbilden könnt, müssen wir zuerst einen Sevora haben, der bereit ist, einen Wirt zu übernehmen. Erst nachdem der Sevora die Kontrolle übernommen hat, können wir mit der Ausbildung beginnen."

Avan führt sie zu einem größeren Shuttle, einem eiförmigen Schiff ohne sichtbare Kanonen an der Außenseite. Tatsächlich ohne jegliche Waffen. Seine schlanke Außenhülle, in den Grün- und Weißtönen eines friedlichen Schiffes lackiert, bestätigt den Zweck des Gefährts. Dass es startbereit dasteht, mit vier bewaffneten Flaum-Soldaten am Fuß der Metallbeine des Shuttles, verrät Sax, dass ihre Ankunft hier nicht unerwartet ist.

Vielleicht würde Avan diese Reise auch antreten, wenn Sax und die anderen nicht mitgekommen wären.

Das Shuttle wird über einen Aufzug beladen, statt über eine üblichere Rampe. Die Plattform sinkt von der Mitte des Shuttles auf vier dünnen Stangen herab, die sich auf dem Boden aufsetzen. Das Schiff hat drei Stützen; eine vorne und zwei dicke Beine am Heck, und seine Triebwerke zeigen in Richtung des Buchtentors. Avan deutet mit seinen Klauen auf Bas und Lan und sagt ihnen, sie sollen auf die Plattform gehen, die zu klein ist, um sie alle auf einmal zu fassen. Bas sucht Sax' Blick, und er blinzelt ihr zweimal zu. Zustimmend.

Sie werden Avans Plan vorerst folgen.

Ein Paar Flaum, jeder mit einem schussbereiten, schweren Bergbaugerät fast so groß wie sie selbst, gesellen sich zu Bas und Lan auf der Plattform. Sax kennt diese Waffen – ein Abzug, ein großes Batteriepaket und eine breite Düse. In der Lage, heiße Energie auf engem Raum abzufeuern und garantiert nichts vor ihnen zu verfehlen. Wenn Bas oder Lan angreifen wollen, müssen sie die Flaum sofort töten oder entwaffnen, oder sie werden zu Kohle geschmolzen.

Sobald sie sich eingerichtet haben, schießt die Plattform mit dem pfeifenden Zischen der Hydraulik in den Bauch des Shuttles hinauf. Momente später senkt sie sich wieder, leer. Avan winkt Gar hinauf, und zwei andere Flaum gesellen sich zu ihm. Sax beginnt, die Plattform zu betreten, aber Avan hebt eine Klaue. „Noch nicht. Ich muss sichergehen, dass deine Freunde keine Dummheiten machen. Meine Soldaten in Stücke reißen und mich hier unten zurücklassen."

Sax hätte an Avans Stelle die gleiche Entscheidung getroffen. Die vier Oratus, allein mit den Flaum gelassen, hätten vielleicht einen solchen Angriff versucht. Das Shuttle kapern. Obwohl, denkt Sax, es wäre eine kurze Entführung gewesen. Ohne eine Möglichkeit, die Tore der Andockbucht zu öffnen, hätte Avan andere Wachen das Shuttle an Ort und Stelle in die Luft jagen lassen können.

Was bedeutet, dass Avan einen anderen Grund hat, Sax hier unten zu behalten.

„Warum jetzt?", zischt Sax und wendet sich Avan zu. „Wir haben den klaren Vorteil. Es gibt keinen Grund für uns, uns mit euch zu treffen. Eure Spezies zu retten."

„Sax, deine Freunde würden mich in einem Augenblick tot sehen wollen. Dieser eine, Gar, ist besonders gewalttätig. Du scheinst nicht ganz so blutrünstig zu sein. Warum ist das so?"

„Ich bin angewidert von dir", antwortet Sax, während die Plattform des Shuttles wieder leer herabsinkt. „Aber du bist nicht das Ziel. Wir werden unsere Mission nicht für einen Sevora riskieren."

„Dann kannst du vielleicht sehen, was so viele deiner Spezies nicht können. Was ich hoffe, dass deine Kommandeure verstehen werden."

„Und das wäre?"

„Ein lebenswichtiges Stück Information", sagt Avan. „Eines, das die Sevora durch Zufall erfahren haben. Von einem unerwarteten Wirt. Wissen, das, wenn es weit verbreitet würde, als Verleumdung abgetan würde. Propaganda. Aber wenn man es still wachsen lässt, könnte es alles verändern. Die Galaxie und unsere Plätze darin neu ordnen."

„Eine gewagte Aussage, Sevora." Sax folgt Avan auf die Plattform. „Angesichts eurer bevorstehenden Niederlage würde ich denken, dass du alles sagen würdest, um dich zu retten."

„Ich dachte das Gleiche, als ich es hörte", erwidert Avan, während die Plattform sich hebt. „Selbst in unserer verzweifelten Lage sind wir nicht diejenigen, die auf falsche Hoffnungen hereinfallen. Aber, Sax, ich glaube jetzt, dass es wahr ist. Die Sevora haben nach Bestätigung gesucht und genug Beweise gefunden, um unsere Behauptung wahrscheinlicher als unwahrscheinlich erscheinen zu lassen. Und wenn es wahr ist, Sax, dann wären alle unsere Spezies Narren, nicht danach zu handeln."

Das Innere des Shuttles ist ein Luxus, den Sax noch nie gekannt hat: Liegesofas mit Gurten für jede Art von Beschleunigung breiten sich über einen weiten Bereich aus, der von wechselnden Kunstwerken umgeben ist. Bilder von anderen Welten, Ausblicke auf orangefarbene Berge und grüne Ozeane, fesseln die anderen Oratus.

Ihre Flaum-Wachen scheinen ähnlich fasziniert, die

Bergbaugeräte hängen lose an ihren Seiten. Welchem Zweck dieses Schiff heute auch dienen mag, zu einem früheren Zeitpunkt hatte es als das Feinste gedient, was man für Geld kaufen konnte.

„Ein Juwel", sagt Avan über das Shuttle, als sie einsteigen. „Entworfen für andere Zeiten, aber jetzt zu einer Mission berufen, die wichtiger ist, als sich seine ursprünglichen Besitzer je hätten vorstellen können."

Während Sax sich im Shuttle umsieht, spürt er, wie die Triebwerke zu grollen beginnen. Die Vibration durchdringt das Schiff, und alle suchen sich ihre Plätze. Sax landet am Ende, wobei Avan auffällig einen Platz neben ihm wählt. Auf solchen Kissen zu sitzen erfordert mit einem Schwanz einige Verrenkungen, und Sax wickelt seinen Schwanz um seine eigene Taille, um nicht darauf zu sitzen. Die anderen Oratus machen es genauso, obwohl Avans Schwanz zur Seite herausragt und über den Rand der Couch in Richtung Boden baumelt.

„Willst du mir sagen, worum es hier geht? Das große Geheimnis, von dem du behauptest, es zu kennen?", fragt Sax Avan.

„Damit du mich ausschalten und es selbst überbringen kannst?" Avan grinst Sax mit blitzenden Zähnen an. „Dieses Risiko werde ich nicht eingehen. Die Worte kommen von mir oder von niemandem."

„Wenn das also dein Plan war", sagt Bas von der anderen Seite des Schiffs, „warum hast du dann versucht, uns zu töten?"

„Ihr seid nicht notwendig", erwidert Avan. „Ich wäre mit oder ohne euch auf diesem Schiff, auf dem Weg in die Schlacht. Wenn ich unser Saatgutschiff vor euren Klauen retten und gleichzeitig meine eigenen Ziele vorantreiben kann, warum sollte ich es dann nicht tun?"

Während Avan spricht, hebt das Shuttle ab und schießt aus der Andockbucht. Sax blickt durch das vordere Fenster in die Lasershow des noch andauernden Kampfes. Die vier haben die Mitte des Saatgutschiffs verlassen, um einen Weg ins Herz zu finden, und nun haben sie ihn.

Avans Versprechen sind natürlich faszinierend, also wird Sax dafür sorgen, dass Avan es zu Evva schafft, aber Sax hat auch eine Mission. Eine, bei der er nicht versagen wird.

KAPITEL 45

VORWÄRTS MARSCH

JAKKAN WARTET am Tor von Damantum auf mich. Der Kaiser hat dort einen riesigen Tross versammelt, mit Soldaten, die in Reihen stehen, zusammen mit Trägern für die Güter. Der Kaiser ist ebenfalls anwesend und steht auf seinem eigenen Streitwagen, vor den ein Paar großer Kreaturen gespannt ist. Sie werden, wie mir einer der Wachen erklärt, Ochsen genannt. Klobige Tiere mit Hörnern, die meistens für Feldarbeit eingesetzt werden, weshalb ich sie in der Stadt nicht gesehen habe.

Diese beiden jedoch tragen Mäntel in Blau und Gold, die von ihren massiven Hörnern über ihre Rücken fallen und an den Seiten in Quasten enden. Der Streitwagen des Kaisers ist pure Opulenz. Zum Glück ist es ein bewölkter Tag, sonst wäre ich mir nicht sicher, ob ich all das blitzende Gold und die Edelsteine ertragen könnte.

Mein Platz, so wird mir gesagt, ist neben dem Streitwagen zu gehen. Ein Ehrenplatz, und da sonst niemand in der Truppe - außer Viera - reitet, beneide ich die Gelegenheit nicht.

Wir brechen mit einem Ziel auf: die Lunare davon zu

überzeugen, dass ein Kampf mit den Charre kostspielig und schrecklich sein wird und weder von ihrem Gott noch von unserem gebilligt wird. Zu diesem Zweck sehe ich eine Reihe von geflochtenen Kisten, die mit Bambusschuhen über die Rücken von Charre-Arbeitern gespannt sind. Ich öffne eine, um meinen Verdacht zu bestätigen - darin befinden sich einige der Waffen, die wir hergestellt haben und die auf ihre Chance warten.

Grob, aber das Gesamtdesign sollte funktionieren. Ich wäre nicht diejenige, die den Abzug betätigt, Kaishi. Lass jemand anderen sehen, ob es explodiert.

Ich habe nicht die Absicht, gegen die Lunare zu kämpfen. Ich bin nicht hier für eine Schlacht und habe nach den Gruben keine Lust, eine zu beginnen.

„Ich habe ein Geschenk für dich", sagt Jakkan, als wir uns nahe dem Haupttor verabschieden. Ich warte, aber er überreicht nichts. „Deinen Platz. Im Zug. Ich habe beschlossen, in der Stadt zu bleiben und dir meinen Platz an der Seite des Kaisers zu überlassen."

„Ich verstehe nicht?"

„Ich gebe dir die Chance, mich zu verdrängen." Jakkan breitet ein warmes Lächeln aus. „Ich habe es gesehen. Besonders in den letzten Tagen. Du bist wirklich eins mit Ignos, und du verdienst deinen Platz zur Rechten des Kaisers. Ich werde fernbleiben, um euch beide ein großes Reich aufbauen zu sehen, und werde euch so gut wie möglich dienen. Im Moment bedeutet das, dass ich mich um unsere Stadt kümmere und die Arbeit fortsetze, die du begonnen hast. Zerstöre die Lunare, Kaishi, und stärke die Charre mit ihren Knochen."

„Zerstören?" Ich habe Jakkan noch nie so harte Worte benutzen hören, aber in diesen Worten liegt Wut. Auch

Stolz. „Ich dachte, wir würden verhandeln. Sie davon überzeugen, uns in Ruhe zu lassen."

Jakkan lacht. „Mit den Lunare? Der Kaiser bringt dich aus einem Grund auf diese Reise mit, Kaishi. Um zu sehen, dass keine Zivilisation, keine Emporkömmlinge aus den Bergen es wagen, uns herauszufordern. Sie werden entweder fliehen, oder der Kaiser wird sie vernichten lassen."

Ich bin von diesem Eingeständnis wie betäubt und kann nichts sagen. Mein Gesichtsausdruck erfreut Jakkan nur noch mehr, und er verlässt mich dann, während ich ihm nachstarre, als er Anhänger um sich schart, die unserem Marsch von den Toren aus zuwinken werden.

Komm schon. Du kannst doch nicht wirklich überrascht sein? Was ist der Sinn von Macht, wenn nicht deine Feinde zu zerstören und deine Verbündeten zu erhöhen?

Ich habe ein Messer durch Fleisch und Knochen getrieben. Meine Worte haben mindestens einen Tod verursacht. Meine Hände sind nicht sauber. Aber das waren meine Entscheidungen, und ich kannte die Konsequenzen. Wenn Jakkan Recht hat, dann wird das, was ich den Charre geholfen habe herzustellen, zu Eroberung, zu Feuer und Tod führen.

Entweder du oder sie, Kaishi. Sei nicht so naiv. Denk daran, wie weit du gekommen bist.

Das tue ich, und mir wird übel.

Als die Hörner zum Marsch ertönen, stehe ich neben dem rechten Ochsen, und eines seiner großen, braunen Augen starrt mich an. Es liegt im Schatten, da das Morgenlicht von Ignos die andere Seite des langen Kopfes des Tieres trifft, und in seiner Iris sehe ich ein verzerrtes Spiegelbild von mir selbst. Ich trage meine Festkleidung; den grünen Kopfschmuck und den hellen Umhang, mein

Mooswrap ist im Vaos, nicht geeignet für eine Hohepriesterin.

Ich weiß nicht, wen ich da ansehe.

„Du scheinst abgelenkt", sagt der Kaiser über mir in seinem Streitwagen, geschmückt mit allerlei glitzernden, blauen und goldenen Gewändern. „Fühlst du dich nicht geehrt, an diesem großen und glorreichen Marsch teilzunehmen?"

„Ich bin noch nie mit einem Kaiser marschiert. Es ist überwältigend." Ich sage etwas, um überhaupt etwas zu sagen.

Der Kaiser gluckst, dann hebt er seine rechte Hand. Auf dieses Signal hin blasen die Hörner erneut, und die Kolonne beginnt zu marschieren. Tausende von Kriegern mit allerlei Fellen auf ihren Schultern. Diener, Träger, Köche und Betreuer mischen sich darunter. Zum ersten Mal spüre ich, wie es ist, sich mit einer Armee zu bewegen, Teil von etwas so Großem und in Bewegung zu sein. Der Donner und der Rhythmus.

Es lässt mich fast vergessen, was Jakkan gesagt hat.
Fast.

Nach einer Stunde ohne Gespräch wendet sich der Kaiser zurück nach Damantum, und ich folge seinem Blick, darauf bedacht, meinen Marsch stetig zu halten. Die Mauern ragen hoch auf. Menschen stehen auf ihnen und winken immer noch der abziehenden Schlange der Armee zu. „Sie alle glauben an uns, Kaishi. Es kann schwer sein, unter der Last so vieler Erwartungen aufzubrechen, aber du wirst dich daran gewöhnen. Unsere Mission verlangt es. Ignos verlangt es."

„Jakkan sagt, du willst sie töten." Ich kann nicht länger an mich halten zu fragen. „Die Lunare?"

„So wie sie uns besitzen wollen", antwortet der Kaiser.

„Ich bin der Auserwählte. Es kann keinen anderen Herrscher geben. Die Lunare proklamieren sich selbst als das göttliche Volk. Wie kann ich so etwas zulassen? Wie können meine Leute ihren Glauben behalten, wenn solche Blasphemien bestehen?"

„Also ist der Tod der einzige Weg?"

„Wenn die Gerüchte stimmen, wird der Anführer der Lunare uns einen anderen Weg anbieten, nur um uns dann in den Rücken zu fallen, sollten wir uns entscheiden, ihn zu gehen." Der Kaiser schüttelt den Kopf. „Sie erobern durch Lügen ebenso wie durch Gewalt. Jede Verhandlung wird auf die eine oder andere Weise in Blut enden."

Nachdem der Rest des Vormittags mit Fußmärschen vergeht, verkünden die Truppen an der Front einen Halt. Andere, befreundete Streitkräfte nähern sich. Die neuen Krieger entpuppen sich als Malo und seine Gruppe, die von den äußeren Dörfern Damantums zurückkehren und üble Neuigkeiten mitbringen.

„Sie fallen vor den Lunare", erklärt Malo dem Kaiser, während ich zuhöre. „Einige versuchen zu kämpfen, geben aber auf, wenn die Lunare ihr Feuer speien. Andere machen sich nicht einmal die Mühe. Sie verbeugen sich und kriechen. Tauschen Freiheit gegen ihr Leben. Akzeptieren die Herrschaft der Lunare und marschieren mit ihnen."

Nach der Besprechung entschuldige ich mich aus der Gesellschaft des Kaisers und finde Malo bei Viera, nahe dem Ende der Kolonne, wo sie auf einem kleinen Karren mitgezogen wird. Malo begrüßt mich mit einem sanften Lächeln. „Du hast sie also gefunden."

„Sie lebt", sage ich, und der Anblick der beiden zusammen löst eine unerwartete Hitze in mir aus. „Ohne deine Hilfe."

Malo nickt. „Die Frau ist ein Feind. Sie hat bekommen, was sie verdient."

„Sie hat versprochen, mich zu retten. Genau wie du."

Malo zögert, greift dann an seinen Gürtel und hakt Vieras Waffe ab. Er legt sie auf den Karren neben die Lunare.

„Ich hoffe, sie kann es immer noch." Malo verschwindet, bevor ich ein weiteres Wort sagen kann, zurück in das Gedränge der Truppen.

Dieser da ist launisch. Obwohl ich glaube, dass er es immer noch gut mit dir meint.

Es sind Tausende von Menschen hier. Ich glaube, ich kann mich auf zwei von ihnen verlassen, und eine davon liegt immer noch mit geschlossenen Augen und gebrochen auf einem Karren.

Als die Hörner zum Weitermarsch blasen, verlasse ich Vieras Seite und kehre zur Front zurück.

„Heute Abend", sagt der Kaiser, als ich meinen Platz wieder eingenommen habe, „wirst du deine Wunder vorführen. Stell sicher, dass sie so funktionieren, wie Ignos es verlangt. Wenn wir auf die Lunare treffen, wird es keinen Raum für Versagen geben."

KAPITEL 46

GETRENNT

DIE BEWEGUNGEN MÜSSEN PRÄZISE SEIN. Jeder Moment zählt. Sax sucht ihre Augen.

Das Shuttle löst sich vom Saatschiff, und als das Fahrzeug die gleitenden Platten und ihr Magnetfeld hinter sich lässt, ruckelt es. Die Flaum, die auf den Sitzen sitzen, werden hin und her geschüttelt. Ihre Hände lassen die Griffe ihrer Miner los, um sich abzustützen. Sax sieht, wie Avan es bemerkt. Sieht, wie Avan den Mund öffnet, wie sein Warnruf beginnt.

Zu spät.

Quer durch das Shuttle schlägt Bas auf die Flaum zu beiden Seiten von ihr ein. Zwei Klauen links, zwei Klauen rechts, jede mit drei scharfen Klingen, die nach ihren Zielen kratzen. Sie zielt auf die Miner, auf die Hände, die danach greifen. Lan und Gar tun dasselbe, ebenso wie Sax. Ein einfaches Greifen, Zupacken und Reißen. Jetzt, ohne ihre eigenen Arme, erstarren die Flaum vor Schock.

„Was tut ihr da?", ruft Avan schließlich aus.

Der Sevora versucht aufzustehen, aber im Gegensatz zu Sax und den anderen, deren Schwänze ihre Beine nicht behindern, macht Avans Unerfahrenheit die Aktion schwierig. Unhandlich in der geringen Schwerkraft.

Sax springt zur Decke des Shuttles, hält sich mit seinen Klauen an der Innenhülle fest und stößt sich dann wieder in Richtung Avan ab. Als der gefangene Oratus auf die Beine kommt, rammt Sax ihn und wirft die Kreatur zu Boden. Jede von Sax' Klauen fixiert eine von Avans, während Sax' Schwanz über seine Schulter geht und sich um Avans Hals wickelt.

„Wehr dich nicht", sagt Sax. „Das Shuttle gehört uns. Du hast keinen Grund, dafür zu sterben."

Obwohl Sax seine Augen auf Avan gerichtet hält, kann er die Geräusche aus dem Cockpit hören. Panische Quieker von den Flaum und die darauffolgenden Befehle von Lan, das Shuttle nach oben und umzudrehen. Befehle, die Lan mit einer einfachen Aussage beendet: Wenn die Flaum und die Sevora in ihren Köpfen gehorchen, dann werden Lan und Gar sie nicht alle dort, wo sie sitzen, in Stücke reißen.

Bas gesellt sich zu Sax und hält ein Paar der schweren Miner in ihren Armen, die sie auf Avan richtet.

„Warum hast du ihn nicht erledigt?", fragt Bas. „Er ist eine Abscheulichkeit."

Sax zieht seinen Schwanz fester um Avans Hals, um den Sevora davon abzuhalten, auf dumme Gedanken zu kommen, und blickt zu seiner Partnerin. „Er behauptet, wertvolle Informationen zu haben, die den Verlauf des Krieges ändern könnten. Ich kann nicht riskieren, dass er lügt."

„Wir können ihn nicht mitnehmen. Er wird nicht ruhig dasitzen, während wir das Schiff zerstören."

„Nein. Deshalb werden Gar und Lan ihn zu Evva bringen. Sie wird entscheiden, ob seine Informationen sein Leben wert sind." Sax wendet sich wieder Avan zu. „Ich biete dir das an, Sevora. Eine Reise zu unserer Seite. Eine Chance, deine Geschichte zu erzählen. Nimmst du an?"

„Das ist es, was wir gerade taten, bevor du meine Crew ermordet hast", sagt Avan, als Sax seinen Schwanz gerade so weit lockert, dass der Sevora sprechen kann.

„Und das ist es, was du weiterhin tun wirst. Bas, mach eines der Evakuierungsmodule bereit. Das werden wir benutzen."

Bas zischt ihre Ablehnung. „Leichtsinnig, Sax. Wir können das Shuttle hineinlenken. Seine Größe allein garantiert Schaden am Kern des Saatschiffs."

Avans Augen huschen zwischen ihnen hin und her, weit aufgerissen, rot und zitternd. Sax ignoriert ihn. „Du hast mich gehört, Bas. Bis die Mission endet, treffe ich die Entscheidungen. Mach das Modul bereit."

„Was versucht ihr zu tun?", fragt Avan, aber Sax antwortet nicht.

Er beobachtet Bas einen Moment lang, um sicherzugehen, dass sie tatsächlich zur Tür des Evakuierungsmoduls geht und beginnt, die Befehle einzugeben, um das Fahrzeug vorzubereiten. Bas tut, was Sax verlangt, obwohl Sax weiß, dass er später dafür viel Ärger bekommen wird.

Falls es ein Später gibt.

„Gar, Lan", verkündet Sax. „Ihr werdet das Shuttle zurück zu Evva fliegen. Stellt sicher, dass Avan die Chance bekommt, seine versprochene Geschichte zu erzählen. Wenn sie seine Existenz nicht rechtfertigt, vertraue ich darauf, dass ihr ihm die Haut von den Knochen reißen werdet. Jetzt werdet ihr das Shuttle über die Mitte des Saatschiffs bringen. Bas und ich werden das Evakuierungsmodul für unseren Angriff nutzen."

Die beiden Oratus begrüßen den Befehl mit Schweigen. Sax weigert sich, seinen Kopf von Avan abzuwenden –

der Körper eines Oratus ist eine Waffe, und Sax wagt es nicht, ihn aus den Augen zu lassen.

„Wir werden deinen Befehl ehren, Sax, auch wenn wir ihn nicht verstehen", sagt Lan schließlich.

„Siehst du, Sevora?", zischt Sax, nachdem Lan gesprochen hat. „Wir sind loyal ohne Kontrolle. Ohne unsere Körper euren Parasiten zu überlassen."

„Ich versuche, meine Spezies zu retten." Avan klingt zum ersten Mal gebrochen.

„Bis du mich vom Gegenteil überzeugst", sagt Sax, „ist es mein Ziel, sie zu zerstören."

Gar nähert sich dann, tauscht die Wache über die Piloten mit Lan und legt eine bekrallte Hand auf Sax' Schulter. Ohne zu sprechen tauschen die beiden die Positionen, wobei Gar Avan gegen den Boden drückt und seinen eigenen Schwanz um den Hals des Sevora wickelt. Erst als Sax aufsteht und sich zum Evakuierungsmodul begibt, sagt Gar etwas: „Du nimmst mein Blut, Bruder."

„Ich werde genug für uns beide vergießen, Bruder", antwortet Sax, wie es die Sitte verlangt. Die Antwort befriedigt Gar, der sich auf seinen Gefangenen konzentriert. Sax weiß, dass der Oratus sich nicht von dieser Position bewegen wird, bis ihn etwas wegbläst oder sie auf dem Vincere-Schiff landen.

„Das Startfenster nähert sich", kündigt Lan vom Cockpit aus an. „Macht euch bereit."

Bas wartet in dem engen Evakuierungsmodul, die Bänke darin zu klein für ihren Körper. Sax gesellt sich zu ihr und quetscht sich auf die gegenüberliegende Seite. Ihre Schwänze treffen sich in der Mitte und umschlingen einander. Ohne jegliches Zeichen, ohne Worte oder Blicke, streckt Sax seine Klauen aus und Bas umfasst sie mit ihren eigenen. Sie akzeptiert seine Entschuldigung, vergibt die harten Worte, und sie versprechen, gemeinsam durch alles zu kämpfen, was kommen mag, alles mit einer Berührung.

So ist es bei einem Paar.

Das Evakuierungsmodul hat keine Fenster. Abgeschirmt mit dickem Metall, um sowohl die Hitze einer Atmosphäre, die Strahlung aus dem Weltraum als auch den unvermeidlichen Aufprall eines Ausstoßes aus einem abstürzenden Schiff zu blockieren, dient das Evakuierungsmodul einem einzigen Zweck: seine Passagiere lebend an ihr Ziel zu bringen.

Als Sax also die Tür hinter sich mit einem einfachen Druck auf das Zwei-Knopf-Bedienfeld schließt, warten die beiden ohne Sorge darauf, dass Lan das Shuttle in die richtige Position bringt.

Sie werden nur einen Versuch haben. Ein rasendes Geschoss, das direkt auf das Herz des Saatschiffs zielt. Verfehlen sie, werden sie entweder woanders abstürzen und in der gleichen misslichen Lage wie zuvor stecken, oder sie könnten das Schiff komplett durchbrennen und in die zermalmende Schwerkraft des riesigen orangefarbenen Planeten fallen.

Ein Stoß ertönt. Ein Bewegen von Metall. Das kurze Heulen eines Alarms.

Kein anderer Hinweis kündigt das Verlassen des Evakuierungsmoduls aus dem Shuttle an. Keine anderen Empfindungen dringen zu den beiden Oratus durch, dass sie sich jetzt in Bewegung befinden.

Sie fliegen in Stille.

KAPITEL 47

WUNDER AUF DIE PROBE STELLEN

IN DIESER NACHT, als unzählige Lagerfeuer die Wüste um uns herum erleuchten, versammle ich mich mit einer Gruppe von Charre-Kriegern, einschließlich Malo, um einen letzten Test dessen durchzuführen, was der Cache uns gegeben hat.

Vier geflochtene Kisten sind in einem Halbkreis am Rande des Armeelagers aufgereiht, mit nichts als Sand auf der anderen Seite. Nomis' Licht schimmert von oben und vermischt sich mit dem flackernden Orange, um unsere Schatten weit darüber hinaus zu werfen.

Während die Krieger zusehen, gehe ich zur ersten Kiste und öffne ihren Deckel. Darin scheinen sich Klingen zu befinden. Das gleiche Schwarzglas, das die Opfermesser kennzeichnet. Nur sind diese Klingen lose miteinander verbunden. Eine einzige lange zentrale Faser verläuft zwischen ihnen, flexibel und sich windend. Sie endet in einem robusten Griff aus gewundenem Seil, mit einer weichen Wölbung an der Unterseite. Ich packe es und hebe es heraus. Es ist lang; fast doppelt so groß wie ich, und die

Waffe schlängelt sich um meine Füße. Trotz der scharfen Klingen ist das Gerät leicht. Einfach zu halten.

„Das hier nennt man eine Scherbe", sage ich und erinnere mich an den Namen, den der Cache mir genannt hat. „Man kann sie wie eine Peitsche gegen seine Feinde einsetzen, so."

Ich hebe die Scherbe und schlage sie nach vorne, ziehe meine Hand im letzten Moment zurück, um die Klingen knallen zu lassen. Sie schneiden durch die Luft und prallen aufeinander, wobei Funken fliegen. Bösartig, aber nicht so anders als die Kukris, die sie bereits halten.

Bis ich den Trick anwende.

Ich drehe mein Handgelenk, sodass jeder die kleine Kugel am Ende des Scherbengriffs sehen kann. „Hier ist jedoch das Geheimnis. Drückt das. Ein wenig Öl wird durch die Faser nach unten auf die Glasklingen sickern. Dann müsst ihr sie nur noch einmal knallen lassen."

Ich tue, was ich sage. Drücke die Pumpe, und ein Glanz überzieht die Fasern des Seils. Ich lasse die Scherbe noch einmal knallen. Funken fliegen, als das Schwarzglas klackt. Nur dieses Mal fangen die Funken Feuer. Bald steht das gesamte Seil, außer dem Griff, in Flammen.

„Seht ihr, wie es brennt, aber die Faser darunter nicht?", sage ich. „Ihr könnt ihnen immer und immer wieder Angst einjagen."

Ich lasse die Peitsche in den Sand sinken, der Schmutz erstickt die Reste des Feuers. Die Ausdrücke auf den Gesichtern der Krieger sind angemessen beeindruckt, obwohl sie noch nicht erstaunt sind. Eine interessante Waffe, aber kaum ein göttliches Wunder.

Ich fange gerade erst an.

Aus der nächsten Kiste hole ich etwas, das Vieras

Pistole sehr ähnlich ist. Ein Holzschaft in einem Metallrahmen.

„Die Lunare werden vor dem Abfeuern Schwarzpulver in ihre Waffen laden. Das wird uns eine Gelegenheit geben. Ob wir nun mit unseren Händen zuschlagen oder mit diesen hier", ich hebe die Waffe, ziele in die Ferne und drücke ab.

Mit einem Knall macht die Waffe ein lautes Geräusch. Meine Schulter wird zurückgeworfen, aber ich ignoriere die Prellung, den kurzen Schmerz, als die Waffe gegen mich stößt. Keine Zeit dafür jetzt. „Anstatt das Pulver in die Waffe zu packen, packen wir es in die Munition. Drückt den Abzug, ihr trefft den Schuss und er explodiert nach vorne. Jede davon kann zwölf auf einmal halten."

Was ich nicht sage, ist, dass die gesamte Charre-Armee nur drei dieser Gewehre hat. Ihr Zweck ist es schließlich nicht, eine Armee zu dezimieren, sondern zu zeigen, dass ein Kampf fruchtlos wäre. Zu kostspielig für beide Seiten. Zumindest hoffe ich das.

Die dritte Kiste enthält weitere Wunder. Kugeln, die, wenn sie geworfen werden, in gewaltige Flammen- und Lärmfontänen explodieren. Andere, die nicht brennen, sondern giftiges Gas verbreiten und Menschen in ihrer Nähe in Hustenanfälle und weinende Qualen stürzen lassen.

Die allerletzte Kiste enthält keine Kriegsgeräte, sondern Friedensmittel. Salben und Balsame. Medizinische Instrumente, die selbst die schlimmsten Verletzungen heilen können. Ich will diese für die Charre, ja, aber auch als potenzielles Friedensangebot. Eine Chance, nicht zu töten, sondern zwei Völker zum gegenseitigen Nutzen zusammenzubringen.

Ich denke auch an meinen eigenen Stamm. Wie zerstört

sie wären, wenn die Charre und Lunare den Dschungel zu ihrem Schlachtfeld machen würden. Wie viel besser alles wäre, wenn die beiden Fraktionen stattdessen mein altes Dorf zu einem Zentrum des Handels machen würden. Des Friedens.

Malo kommt nach der Demonstration zu mir, als die anderen Krieger in aufgeregten Stimmen schwatzend weggehen. Zum ersten Mal sieht er mich nicht an, als wäre ich etwas, um das man sich kümmern muss. Ich sehe den gleichen ebenbürtigen Blick, den er Jakkan und anderen Kriegern gibt.

Respekt.

„Ich hätte nie geglaubt, als ich dich aus deinem Dorf holte, dass dies das Ergebnis sein würde", sagt Malo. „Ich dachte bestenfalls, du wärst ein talentiertes Mädchen. Dass du ein paar inspirierende Gebete hättest. Nicht, dass du unser ganzes Imperium umgestalten würdest."

„Ich dachte das Gleiche, aber Ignos wusste es besser. Er hat mich benutzt."

„Zum Wohle der Charre. Zum Wohle unseres Volkes."

„Eures Volkes", erwidere ich. „Ein Grund, warum ich noch hier bin, ist, weil ich weiß, dass die Lunare schlimmer für uns sein werden. Wenn ich Erfolg habe, wird der Kaiser vielleicht mein Volk vor eurer Brutalität verschonen."

„Du bist so feindselig geworden." Malos Gesicht ist neugierig, aufmerksam, besorgt. „Warum? Was habe ich getan?"

„Es ist eher das, was du nicht getan hast", sage ich. „Du hast mich nicht gewarnt. Du hast mich nicht durch Damantum geführt, sondern mich Jakkan vor die Füße geworfen und bist gegangen. Du hast mir nichts von den Gruben erzählt. Du hast behauptet, mich zu unterstützen, an mich zu glauben, aber du hast mich aus meiner Familie gerissen und mich allein Leben oder Sterben lassen. Sollte ich dir dafür dankbar sein?"

Malo braucht einen Moment, starrt in die Lagerfeuer. „Ich wusste nicht, was ich tun sollte. Ich bin ein Krieger, keine Vaterfigur. Kein Führer."

„Es spielt keine Rolle, was du bist. Man muss nicht ausgebildet sein, um zu wissen, wann jemand, den man einen Freund nennt, Hilfe braucht."

Malo sagt nichts. Nach einer Minute, während der ich jede Sekunde warte, murmelt der Krieger einen Abschiedsgruß und stampft davon.

Ich gehe zurück zu Viera, nur um festzustellen, dass die beiden Priester, die sich um sie kümmern, außer sich vor Freude sind. Oder zumindest so glücklich, wie Charre-Priester sein können.

„Hohepriesterin", ruft einer von ihnen, als ich mich nähere. „Ihr Fieber ist gesunken. Die Behandlungen scheinen gewirkt zu haben. Die Infektion ist zurückgegangen."

Ich dränge mich an dem Priester vorbei und knie neben Viera nieder. Lege meine Hand auf ihre Stirn. Sie fühlt sich tatsächlich kühler an. Das Rot um ihre Narben ist zu einem blasseren Ton verblasst, aber die Augen der Lunare bleiben geschlossen. Sie atmet leicht. Ja, sie könnte überleben, aber Viera ist noch nicht gesund.

Nicht, dass ich Zeit hätte, mir Sorgen zu machen. Morgen, laut den Kundschaftern, treffen wir auf die Lunare.

KAPITEL 48

INFILTRATION

DER AUFPRALL KOMMT mit einem erschütternden Krachen. Ohne Vorwarnung. Ohne Anzeichen. Eben noch schwebt man mit einem leichten Gefühl schneller Bewegung, und im nächsten Moment schleudert das Evakuierungsmodul Sax gegen Bas. Das Modul knirscht und rollt, das Geräusch reißenden Metalls erreicht Sax nicht als Lärm, sondern als Vibration. Er spürt das Wrack in seinen Knochen.

Die kleinen Lichter im Modul erlöschen. Stürzen den fensterlosen Container in Dunkelheit. Dann ein aufflackerndes Rot. Eine Warnung.

„Du hast noch eine Maske", sagt Sax zu Bas, die es bestätigt. „Du kannst gehen."

„Das Vakuum wird dich töten."

„Die Mission hat Vorrang." Bas streckt die Hand aus, fährt mit einer Klaue an der Seite von Sax' langem, schmalem Gesicht entlang. „Geduld, Liebster. Das Schiff wird sich um uns kümmern."

Ein Risiko. Die meisten Schiffe von beachtlicher Größe haben Maßnahmen, um zu verhindern, dass ein Riss in der

Hülle alles zerstört. Einige könnten elektromagnetische Schilde über Lücken errichten und durch Druck und Magnetismus alles im Inneren des Schiffs davon abhalten, hinauszuströmen. Andere verwenden temporäre Sprays; Dichtmittel, die von Reparaturrobotern abgefeuert werden, um ein Loch zu schließen, bis dauerhaftere Maßnahmen ergriffen werden können.

Bas würde auf eines davon hoffen. Die Gefahr besteht natürlich darin, dass in der Zwischenzeit etwas anderes ihr Evakuierungsmodul finden könnte. Einen Hinterhalt vorbereiten und die beiden in die Luft jagen, sobald sie die Tür öffnen.

„Es ist das Risiko nicht wert." Sax streicht über Bas' Klaue.

„Sag mir, Sax, würdest du nicht dasselbe für mich tun?"

Sax öffnet den Mund, um zu sagen, dass er mit der Mission fortfahren würde. Dass er den Erfolg über jede einzelne Person stellen würde. Doch kein Wort kommt heraus. Er scheint nicht in der Lage zu sein, den Satz zu bilden. Bas zischt lachend bei diesem Anblick.

„Eine Paarung ist mehr als eine einzelne Mission", flüstert Bas. „Du, Sax, bist mir lebend mehr wert als tausend Saatschiffe."

Sax bewegt seinen Schwanz, damit er sich an die Wand des Evakuierungsmoduls lehnen kann. Starrt Bas an. Streckt erneut seine Klauen aus und umfasst ihre. Sie mögen gefangen sein, aber Sax wird diese Momente voll auskosten.

„Wann wusstest du es?", fragt Sax. „Wann wusstest du, dass du etwas für mich empfindest?"

„Von dem Moment an, als ich sah, was hinter der Gefahr in deinen Augen lag."

„Was meinst du damit?"

Bas neigt den Kopf zur Seite. „Die meisten Oratus sind Waffen, Sax. Sie leben und atmen Gewalt. Das ist es, was uns beigebracht wird zu lieben. Ich tue es. Du tust es. Aber wir hören da nicht auf, oder?"

„Du sprichst von Avan."

„Ich spreche von vielen Momenten, Sax, in denen wir einen anderen Weg wählten. Als ich bemerkte, dass du andere Wege sehen konntest, da wusste ich, dass du derjenige warst, den ich wollte. Den ich brauchte."

Bevor Sax antworten kann, wechseln die Lichter im Evakuierungsmodul von Rot zu einem tiefen Blau. Druck und Sauerstoff. Das Vakuum, das nach dem Aufprall bestanden hatte, war von jemandem oder etwas behoben worden. Sie können gehen.

„Wir kommen darauf zurück, Bas." Sax greift nach dem Bedienfeld, das die Tür öffnet. „Ich hätte nichts dagegen, mehr darüber zu hören, wie toll ich bin."

Bas lacht nicht. Stattdessen reißt sie Sax' Arm vom Bedienfeld weg. „Ich gehe zuerst", sagt Bas und schiebt Sax sanft zum hinteren Teil des Evakuierungsmoduls. „Ich bin diejenige mit der Maske, erinnerst du dich?"

Als sich die Tür des Evakuierungsmoduls öffnet, offenbart sie ein funkelndes Durcheinander aus Kabeln, zerrissenen Metallplatten, die einmal eine Decke oder ein Boden waren, und flackernde weiße Lichter. Bas steckt ihren Kopf hinaus, zieht sich dann wieder in die Kapsel zurück.

„Wir sind in einem abgerundeten Bereich", sagt Bas. „Hängen an der Spitze davon. Direkt unter uns ist eine Kammer. Ich kann nicht hineinsehen. Dieser Raum umgibt sie ringförmig. Es scheint zumindest Nahrung, Sauerstoff und Wasser zu geben, die von anderswo auf dem Schiff hierher geleitet werden."

„Es ist eine versiegelte Brücke", sagt Sax. Nicht ungewöhnlich auf riesigen Schiffen oder solchen, die wertvolle Fracht transportieren. Den Kapitän und die Kontrollen von den Passagieren getrennt zu halten, reduziert die Wahrscheinlichkeit einer Entführung oder, wie in diesem Fall, dass Angreifer den Ort erreichen, von dem aus sie alles andere kontrollieren könnten.

„Und wir sind drinnen." Bas blitzt Sax ein zahniges Grinsen zu, dann klettert sie aus dem Modul und lässt sich fallen. Sax folgt, gleitet zum Boden. Von außerhalb des Moduls kann Sax den kreisförmigen Abschnitt sehen, so hoch wie die anderen Teile des Saatschiffs, die sie besucht haben. In der Mitte, direkt unter ihrem hängenden Modul, befindet sich ein breiter Zylinder, der fast bis zu ihnen hinaufreicht.

Die Struktur hat keine Fenster und erscheint im weißen Licht, das von kugelförmigen Lampen an den Wänden des Rings ausgestrahlt wird, völlig schwarz. Auf Bodenhöhe scheint der Abschnitt eine Vielzahl von Annehmlichkeiten zu bieten: Röhren, die sich zu Behältern für Wasser öffnen, Theken für Nahrung und eine große Abfallgrube, die, wie Sax vermutet, zurück zum Recycler des Saatschiffs führen würde.

Jemand könnte hier auf unbestimmte Zeit leben.

Sax landet auf dem Boden und balanciert auf seinen Beinen, lässt seine Klauen kleine Furchen in das Metall graben. Etwas kitzelt seine Kiemen. Ein Geruch, der nicht an einen Ort wie diesen gehört. Zu viel Kohlenstoff in der Luft. Als wäre er in einem Raum mit einem Haufen schwer atmender Flaum eingesperrt.

„Riechst du das?", fragt Sax Bas, die um den zentralen Zylinder läuft und nach einer Tür sucht.

„Defekte Elektronik?", antwortet Bas, während sie sich bewegt, und Sax beginnt, in die entgegengesetzte Richtung zu kreisen. Das Zylindergebäude ist nicht so groß, dass sie außer Hörweite geraten würden. „Vom Absturz?"

„Zu natürlich." Sax geht herum, aber es scheint keine klare Tür zu geben. Kein Schloss, kein Schiebegatter. Es ist jedoch offensichtlich, dass sich das Kommandocluster, nach dem sie suchen, innerhalb dieser Wände befindet. „Können wir durchbrechen?"

Bas zögert nicht. Sie fährt mit einer Klaue über das Metall und lässt einen schrillen Ton durch den Raum hallen. Ihre Klauen hinterlassen eine silberne Linie, aber keinen Riss.

Sie werden auf diese Weise nicht hineinkommen.

„Wer auch immer da drin ist, muss irgendwann rauskommen", sagt Bas und wirft einen Blick auf die Essen- und Trinkbehälter. „Wir können auf sie warten."

Sax will gerade antworten, aber der Kohlenstoffgeruch vernebelt die Luft. Überdeckt jeden anderen Duft. Er konzentriert sich darauf. Öffnet seine Lüftungsschlitze und atmet ein. Sein Körper sagt ihm, dass der Geruch von oben stärker ist. Sax schaut hoch und erstarrt.

Ein großer Schatten bewegt sich an der Decke.

„Bas, wir sind nicht allein", sagt Sax, als die Dunkelheit auf sie herabfällt.

WIR MARSCHIEREN am nächsten Tag nur eine Stunde lang und halten weit vor Ignos' Zenit in einem Tal, mit Tutio hinter uns an einem Ende und der sandigen Ödnis, die zu meinem Dschungel führt, am anderen. Der Kaiser verkündet, dass die Lunare zu uns kommen werden und nicht umgekehrt, also warten wir.

Ich versuche, die Zeit zu nutzen. Viera ist immer noch bewusstlos, also helfe ich den Priestern, sie am hinteren Ende der Truppen aufzubauen, sobald die Kolonne zum Stehen kommt. Dann arbeite ich mit den Wundern, positioniere die Kisten in der Nähe des Kaisers und stelle sicher, dass die Krieger, die sie öffnen und ihren Inhalt präsentieren sollen, verstehen, wie man sie benutzt.

Der Kaiser selbst hat immer noch die kleine Pistole, die extra für ihn angefertigt wurde. Er hält sie in seiner rechten Hand, während er in der linken ein Zeremonialzepter trägt, das mit einer goldenen Darstellung von Ignos gekrönt ist, wobei jeder der sechs Strahlen mit Rubinen, Diamanten und Saphiren besetzt ist. Es ist prachtvoll und majestätisch, und ich bin völlig zufrieden damit, dem Kaiser das Rampenlicht zu überlassen.

Krieg, wie ich lerne, ist nicht mein Lieblingszustand. Zu viel Dreck, zu viele Befehle, und die ständige Erwartung des Todes hängt über allem.

Gegen Mittag erscheint Staub am Horizont, der näher kommt, als er in das Tal vor dem Vulkan fegt. Die gleiche braune Wolke, die ich um die Solare-Stammesangehörigen gesehen habe. Diese hier wächst schneller, bewegt sich rascher auf uns zu. Der Boden zittert unter dem Stampfen von Füßen und größeren Dingen. Monster, die ich noch nie zuvor gesehen habe.

Die Lunare, auf ihren rollenden Holz- und Steingebilden in der Mitte, sind weit und breit von dem stampfenden Marsch anderer Stämme umgeben. Ich kann meinen Blick nicht von den Lunare-... Gebäuden abwenden. Ich weiß nicht, wie ich sie sonst nennen soll. Sie sehen aus wie Boote, mit einem gekrümmten Bug vorne, haben aber sich drehende Räder, die sie über den Boden antreiben.

Große weiße, geschuppte Bestien ohne Augen und mit vielen Beinen ziehen die Dinger auf uns zu, an ihre Aufgaben gefesselt durch dicke Eisenketten, die an Halsbändern befestigt sind.

Allzu deutlich sind auch die Öffnungen an den Seiten der Rümpfe, aus denen graue Rohre herausragen, die in unsere Richtung zeigen.

Fassoth. Wie sind sie hier?

Ich verstehe nicht, wonach Ignos fragt, und er fährt schnell fort. Er sagt mir, dass es wichtig ist, diese Kreaturen zu meiden, da sie tödlich sind, wenn sie gereizt werden. Dann verstummt er, wie Ignos es oft tut.

„Sieh dir an, wie viele es sind", sage ich zum Kaiser. „Wir sind in der Unterzahl."

„Ich habe nicht ohne Grund nicht alle Charre mitgebracht", sagt der Kaiser und klingt dabei so unbesorgt, wie er aussieht. „Was diesen Konflikt entscheiden wird, ist nicht die zahlenmäßige Stärke. Sie werden Damantum nicht einnehmen oder mein Volk mit ihren Waffen auslöschen. Sie werden es erreichen, indem sie unseren Glauben zerstören. Die Charre werden fallen, wenn sie aufhören, an mich zu glauben. An Ignos.

„Wie viele der Truppen, die du vor dir siehst, sind Lunare? Nicht viele. Die Feiglinge aus den Bergen verstecken sich in ihren Spielzeugen. Sie herrschen durch Angst. Wenn wir den Stämmen, die sie gesammelt haben, zeigen, dass die Lunare nichts sind, wovor man sich fürchten muss, werden sie sich uns zuwenden."

Bleib nicht in seiner Nähe.

Ich verstehe Ignos' plötzliche Warnung nicht.

Die Geschichte aller Dinge ist mit dem Blut von Helden bespritzt, die von der Front ihrer Truppen aus geführt haben. Der Kaiser, auf diesem Streitwagen, macht sich selbst zu einem großartigen Ziel. Du, neben ihm, wirst genauso wahrscheinlich von einem verirrten Schuss getroffen.

„Wie wirst du sicher sein?", frage ich den Kaiser.

„Ignos wird mich beschützen. Selbst diese Stammesangehörigen, die die Lunare als ihre Anführer bezeichnen, selbst sie werden sich gegen diese Eindringlinge wenden, wenn sie mich direkt niederstrecken. Die Lunare werden das wissen."

Malo gesellt sich zu uns, als wir das Herannahen der Lunare beobachten. Ihre Boote sind dreimal so hoch wie der Kaiser. Es sind drei, jedes mit einem Paar der weißen, pelzigen Bestien, und sie ragen über die Charre-Truppen hinaus.

Ich schätze, dass mehrere hundert Lunare auf und um die Boote herum gepackt sind. Um diese herum sind jedoch Tausende von Stammesangehörigen. Aus den Dschungeln und Wüstengebieten zusammengetrieben, gezwungen oder genötigt, mit diesen seltsamen Dingen zu marschieren.

Es ist nicht der Krieg, den Vater als das Ende der Solare vorausgesehen hatte – die Bögen und Pfeile und Speere in den Dschungelbäumen, sondern stattdessen ein Aufeinandertreffen von Streitkräften, die mit Waffen bewaffnet sind, die er sich nie hätte vorstellen können.

Ein Lunare tritt an die Spitze des mittleren Bootes. Anders als der Kaiser ist er nicht in goldenen Putz gekleidet. Er trägt keinen Umhang und keinen Stab. Sein Gesicht ist mit Schmutz verschmiert, was seinen silbernen Helm, der mich an Pilzkappen erinnert, glänzen lässt. Seine Uniform ist einfacher Stoff, und nichts an dem, was er trägt, spricht von Führung, außer seiner Haltung. Seine aufrechte Statur, sein breiter Blick und der schiere Respekt, mit dem alle anderen Lunare ihn anweisen, als der Mann seinen Blick auf den Kaiser richtet.

Stille erfüllt die erwartungsvolle Luft.

Der Kaiser klopft mit seinem Stab auf den Boden seines Streitwagens, und die Ochsen trotten einen Schritt vor, bis sie Nase an Nase mit den Kreaturen stehen, die Ignos Fassoths nennt. Er blickt zum Lunare-Anführer auf.

„Soll ich gehen?", flüstere ich Malo zu, der jetzt neben mir steht und den Kopf schüttelt.

„Der Kaiser muss die absolute Autorität sein, Hohepriesterin."

Ich höre die Anrede. Malo hat mich schon früher Priesterin genannt, aber immer mit einem Hauch von Freundlichkeit, wie ein Freund. Jetzt kommt es mit einer harten Förmlichkeit. Vielleicht war ich zu hart zu ihm gewesen. Zu schwierig.

Erinnere dich an das, was ich zuvor gesagt habe. Jetzt ist nicht die Zeit, dich um seine Gefühle zu sorgen. Stattdessen gewinne diese Konfrontation. Beanspruche deinen Mantel.

Und dann was? Ignos drängt mich ständig zu mehr und größeren Dingen, aber zu welchem Zweck? Wie viel würde ich auf dem Weg verlieren?

Ende? Das wird nie enden, Kaishi. Wir werden weitermachen und wachsen. Zuerst die Charre, dann alle Stämme, und weiter und darüber hinaus, bis du weiter gegangen sein wirst, als du dir vorstellen kannst.

Was, wenn ich das nicht will?

Ignos antwortet nicht, und meine momentane Träumerei zerbricht, als der Kaiser seinen Stab erhebt. Die Krieger, die die Wunder tragen, treten vor. Zuerst kommt derjenige mit der Scherbe. Er drückt den Griff und schlägt das schwarze Glas gegeneinander. Entfacht ein wirbelndes Feuer.

Ich höre das Keuchen um mich herum, aber die Lunare scheinen unbeeindruckt. Zwei andere Charre treten vor, halten die Schnellfeuergewehre. Sie zielen nach oben, über die Köpfe der Lunare hinweg, und feuern jeweils zwei schnelle Schüsse ab.

Wieder gibt es Keuchen. Diesmal bemerke ich, dass die Lunare aufmerksam sind; ihre Augen sind auf die Gewehre gerichtet.

„Wir haben noch viel mehr", ruft der Kaiser. „Ignos gibt uns seine Vision und wir manifestieren sie."

Die Worte des Kaisers scheinen die Stämme zu bewegen. Die Solare und Stammesmänner an den Seiten der Lunare verschieben sich, blicken einander an und zu ihren neuen Anführern auf, die sich wiederum an ihren Mann in der Mitte wenden, um eine Antwort zu erhalten. Mein Herz verkrampft sich bei dem seltsamen Lächeln, das sich über sein Gesicht ausbreitet. Wenn der Lunare-Anführer irgendwelche Zweifel, Ängste oder Sorgen hat, kann ich keine erkennen.

„Eine großartige Show für jemanden, der so wenig hat. Wir kommen nicht hierher, um eure Spielzeuge zu sehen, Kaiser, sondern um zu beweisen, dass es ein besseres Leben gibt. Dass die Lunare Paradies und Vorsehung bringen. Alle diese Stämme hier wissen, wovon wir sprechen. Alles, was bleibt, ist, dass ihr es lernt." Der Anführer lässt dann seinen Blick über die vorderste Reihe der Charre-Armee schweifen.

Er bleibt bei mir stehen.

„Eine Frau unter euren Truppen, Kaiser?", ruft der Lunare-Anführer. „Und ohne Waffe?"

„Eine Hohepriesterin ist notwendig, damit Ignos unsere Reise segnet", antwortet der Kaiser.

„Segnet? Also sagt ihr, *sie* trägt Ignos' Worte?", kräht der Lunare.

Malo legt seine Hand um meinen Arm. „Sei bereit", flüstert er.

„Bereit wofür?", flüstere ich zurück.

Es ist nicht so, als könnte ich etwas tun, wenn ich hier mit tausend Truppen hinter mir und einer Schar von Feinden vor mir stehe.

„Durch sie sagt uns Ignos, dass eure Tage in diesem Land vorbei sind. Dass ihr, um euer Leben und das eurer Männer zu retten, in eure Berge zurückkehren solltet. Kriecht zurück in eure Löcher im Boden." Der Kaiser donnert seine Stimme jetzt, und ich verstehe, dass sie mehr zu den Armeen sprechen als zueinander.

Der Lunare greift in seinen Gürtel, zieht eine Pistole heraus und richtet sie auf mich. „Sicherlich, wenn diese Hohepriesterin den Schutz eures Gottes hat, wäre ich nicht in der Lage, sie zu töten?"

„Ihr habt die Gaben gesehen, die Ignos uns gegeben hat." Der Kaiser macht keine Anstalten anzugreifen, keine Anstalten, Soldaten vor mich zu schieben. „Ist das nicht Beweis genug?"

„Tricks", verkündet der Lunare. „Lügen, die eure Gedanken verdrehen sollen. Ich frage erneut, wenn ich dieses Mädchen erschieße, wird Ignos sie beschützen?"

„Er wird einen Weg finden", antwortet der Kaiser.

Der Lunare nickt. Hält seinen Finger am Abzug. Dann schwenkt er die Waffe zum Kaiser und feuert. Der Schuss kracht laut; in diesem Moment ist es das einzige Geräusch im gesamten Universum.

Ich sehe die Kugel nicht, aber ich sehe den Rauch. Der Kaiser sackt nach vorne gegen die Vorderseite seiner Kutsche, und die Ochsen, erschrocken, wenden sich zur Flucht. Sie trampeln davon, rumpeln die Linie zwischen den Armeen entlang, der Körper des Kaisers stürzt aus der Kutsche in den Staub vor mir.

„Seht ihr? Sein Gott hat ihn im Stich gelassen. Euer wahrer Kaiser steht nun vor euch. Folgt mir und führt eure Gefährten ins Licht." Der Lunare hebt seine Pistole hoch und winkt damit.

Ich starre mit Malo und allen anderen. Entsetzt. Wie kann der Kaiser, der Heilige, so sterben?

Der Kampf hat noch nicht begonnen, und die Lunare haben bereits gewonnen.

SAX IST DER MEINUNG, dass seine Instinkte, diese nervösen Handlungen, die ohne bewusstes Denken kommen, der Hauptgrund dafür sind, dass er so lange überlebt hat. Sie retten ihm erneut das Leben, als sein Schwanz zusammen mit Sax' Beinen ihn in eine Rolle am Boden treibt. Hinter ihm stürzt die Kreatur aus den Schatten.

Bas rollt in die entgegengesetzte Richtung, sodass, als die beiden Oratus aufstehen, die Kreatur direkt zwischen ihnen steht. Was, in Anbetracht dessen, dass es sich um einen Fassoth handelt, alles andere als optimal ist. Der Fassoth ist ein Albtraum anzusehen: Sein langer, gerippter, schneegeschuppter Körper geht in acht stammartige Beine über, die jeweils in einer ausgebreiteten Anordnung von Klauen enden. Sein Kopf ist eine harte Knolle, ohne Augen und Ohren. Weißes Haar quillt zwischen den Schuppen hervor, dünn und leicht. Auf ihrer eisigen Heimatwelt jagen die Fassoth, indem sie sich ducken und warten, bis etwas vorbeikommt. Sie verstecken sich in den Schneewehen.

Meistens dienen Fassoths als Arbeitskräfte. Stark und

nahezu unermüdlich, solange sie gefüttert werden, hat Sax viele von ihnen auf Sevora-Welten gefunden und mehr als seinen gerechten Anteil bekämpft. Allerdings nie in so engen Räumen wie diesem. Nie mit nur einem einzigen Partner, unbewaffnet. Trotzdem, wenn es eine Regel für den Kampf gegen einen Fassoth gibt, dann die, sich ständig zu bewegen.

Also legt Sax los. Er springt in Richtung des Rückens der Kreatur. Während Sax jedoch fliegt, dreht sich der Fassoth, wobei diese Haare die Luftveränderungen wahrnehmen. Er rollt sich, als Sax über ihn hinwegfliegt, wobei die Schwerkraft nun als Hindernis wirkt und Sax lange genug in der Luft hält, sodass er, anstatt mit ausgestreckten Klauen auf den Rücken des Fassoths zu treffen, direkt in die bekrallten Beine der Kreatur kracht.

Dort wartet der wahre Schrecken des Fassoths. An den Enden jedes dieser Beine, in der Mitte der Klauen, sitzt ein knirschendes Maul aus sandigen Zähnen. Felsgeformt und im Laufe der Zeit zu gezackten Kanten geformt. Sax ist kurz davor, von diesen Dingern erwischt zu werden. Gepackt und in Stücke zerkaut.

Bis Bas, die in entgegengesetzter Richtung durch die Luft saust, Sax tackelt und sie beide zurück auf den Boden weg vom Fassoth stößt. Sax tippt ihr mit einer Klaue zum Dank. Sie trennen sich, kauern und halten sich bereit. Der Fassoth windet sich zurück auf seine Füße und bewegt sich auf sie zu. Sax sieht, wie sich die felsigen Platten der Kreatur biegen und Luft ein und aus drücken. Nicht unähnlich seinen Lüftungsschlitzen. Das sind die Schwachstellen des Fassoths. Wenn er seine Klauen zwischen seine Rüstung bekommen kann, wird er in der Lage sein, den Fassoth in Stücke zu reißen.

„Ich lenke ab, du gehst auf den Rücken", zischt Sax.

„Lass uns tauschen", erwidert Bas. „Ich habe noch meine Maske."

„Das wird gegen den hier nicht helfen."

„Hör auf zu reden und greif an", sagt Bas, während sie auf den Fassoth zustürmt. Die Kreatur, mehr als dreimal so groß wie sie, beißt an und rennt auf sie zu, alle acht Beine schieben sich über den Boden.

Sax geht wieder in die Luft. Diesmal springt er gegen die Seitenwand des Rings und benutzt seine Klauen, um sich über dem Boden festzukrallen. Sax verharrt einen Moment. Wenn er sich nicht bewegt, wird der Fassoth Schwierigkeiten haben zu wissen, wo er ist. Wird ihn vergessen und sich auf Bas konzentrieren, die mit ihrem Schwanz und weit ausgebreiteten Armen hin und her huscht. Sie erzeugt so viele bewegte Moleküle wie möglich. Bei so viel Bewegung wird der Fassoth raten müssen, wo sie ist.

Bas beginnt zurückzuweichen, als der Fassoth näher schleicht. Als er denkt, sie sei in der Nähe, richtet sich der Fassoth auf seinen vier hinteren Beinen auf und benutzt seine vorderen vier, um nach Bas zu schlagen. Sie duckt und weicht aus, ignoriert Öffnungen zugunsten ihres Über- lebens. Ein Paar der Gliedmaßen des Fassoths kommt von oben, gefolgt von den zweiten beiden, die von unten fegen. Bas nutzt die Schwerkraft und dreht sich durch einen Salto in der Luft, wobei die riesigen Beine gerade über und unter ihr gleiten. Sax würde diesen Zug bewundern, aber seine eigene Zeit ist gekommen.

Normalerweise würde Sax von hier aus mit Minern beginnen. Konzentrierte Energiestrahlen abfeuern, um den Fassoth zu halbieren oder ihm die Beine abzurasieren und ihn bewegungsunfähig zu machen. Sax hat keine Miner. Sax ist unbewaffnet, abgesehen von seinen Klauen.

Sie werden reichen müssen.

Sax stößt sich von der Rückwand ab und schleudert sich auf den Fassoth zu. Sein Winkel ist flach, sodass er sich, als er sich nähert und die Kreatur beginnt, sich ihm zuzuwenden, dreht und mit seinen Klauen greift. Sie gleiten über den Rücken des Fassoths, tasten sich zwischen die Platten und graben sich in weicheres Gewebe. Der Zug dreht Sax den Rest des Weges, als er den Körper des Fassoths überquert, und der Oratus pflanzt seine Beine an die Seite des Fassoths, gräbt seine Klauen ein, während sich die Kreatur, die sich in die falsche Richtung gedreht hat, wieder zurückdreht.

Sax stößt sich erneut ab und springt vom Fassoth weg in Richtung der Wand des zentralen Gebäudes. Der Zug hätte die Aufmerksamkeit des Fassoths zurück auf Bas lenken sollen, die versucht, heranzutanzen und nach den Beinen zu schlagen. Fassoths sind nicht intelligent. Er sollte seinen Instinkten gehorchen. Das nähere Ziel verfolgen. Aber dieser tut es nicht. Dieser ignoriert Bas und dreht sich, um Sax zu folgen. Als Sax an dem Gebäude landet, stürzt der Fassoth auf ihn zu. Diese Beine treiben die Kreatur zu schnell voran, als dass Sax wegspringen könnte.

Also tut Sax es nicht. Er hört Bas' verzweifeltes Brüllen, das der Fassoth ignoriert. Sax lässt seine Klauen von der Wand gleiten und wickelt sich in seine Arme, seinen Schwanz, und bereitet sich darauf vor, zerquetscht zu werden.

Der Fassoth prallt auf Sax, schmettert den Oratus gegen das Gebäude. Sax spürt, wie die scharfen Klauen an den Enden der Beine des Fassoths in ihn eindringen. Die Zähne schneiden in Sax' Haut. Aber das Problem mit niedriger Schwerkraft ist, dass es schwer ist, sich zu stoppen, wenn man einmal in Bewegung ist, und ein Fassoth kann sich wie wenige andere Kreaturen in der Galaxie in Bewegung setzen. Er kracht in den zentralen Zylinder, seine Masse trägt in die Wand und drückt dagegen.

Sax vermutet, dass die Seitenwände dazu konzipiert sind, Laser abzuwehren. Um vor Schneidwaffen und Strahlen zu schützen. Die Ober- und Unterseite der Struktur, die wahrscheinlichsten Ziele für einen Rammangriff, wie Sax und Bas ihn mit dem Evakuierungsmodul versucht hatten, könnten gegen einen Aufprall verstärkt sein. Die Seiten jedoch? Woher sollte in einem so engen Raum ein schwerer Aufprall kommen?

Die Wand biegt sich, verdreht sich und bricht, als der Fassoth hindurchkracht.

Der Aufprall presst diese stammartigen Beine gegen Sax und drückt den Oratus gegen den Unterleib des Fassoth. Trotz der Krallen, die sich in seine Arme bohren, kämpft Sax zurück. Er verfällt in den manischen Geist, der in jedem Oratus schlummert. Die Blutgier. Manchmal durch Stim aktiviert, kommt sie hier ganz natürlich. Der stechende Schmerz von den Zähnen des Fassoth verschwindet, ersetzt durch pure, ungebrochene Wut.

Sax schneidet, schlägt, beißt und peitscht, während der Fassoth dasselbe mit ihm macht. Bis die Kreatur Sax plötzlich durch die Luft gegen die gegenüberliegende Wand schleudert. Er rutscht am Metall entlang und kommt auf dem kalten Boden zum Liegen.

Ihm gegenüber kann Sax das Zentrum des Samenschiffs sehen. Mit einer seiner zerstörten Wände fallen die übrigen in sich zusammen, die Seiten falten sich gegeneinander und biegen sich über den Ring. Der Fassoth, mit Bas, die sich in seinen Rücken gräbt, windet sich, aber Sax hat den Schaden angerichtet. Tief genug geschnitten. Dies sind Todeszuckungen.

Seine Augen wandern zur Mitte, zum Anführer des Samenschiffs, dem Sevora, den sie eliminieren sollten.

Was er sieht, ergibt einen perfekten, erschreckenden Sinn.

KAPITEL 51

AUS DER ASCHE

PANIK SCHLÄGT SCHNELL in Wut um.

Ich sehe den Körper des Kaisers, bevor erneut wütende Knalle die Luft zerreißen. Direkt hinter mir. Malo hat einem der Charre-Krieger eines der Wunder abgenommen. Das, welches mehrere Schüsse abfeuern kann. Malo feuert sie alle ab.

Die Schüsse treffen den Lunare-Anführer, der immer noch vorne auf seinem Boot steht, einen nach dem anderen. Die ersten beiden reißen dem Lunare die Freude aus dem Gesicht. Der dritte und vierte werfen ihn zurück ins Boot. Die restlichen Schüsse von Malo treffen die Reling und lassen den Lunare in einem Schauer aus Holzsplittern in Deckung gehen.

Als wäre Malos Angriff ein geheimes Signal, bricht das Chaos aus: Menschen fliegen überall herum. Charre-Krieger stürmen vor, um den Körper ihres gefallenen Kaisers zu schützen, während andere in die Reihen der Lunare vordringen. Die Fassoth bäumen sich hoch auf und schlagen jeden, der ihnen zu nahe kommt, mit ihren Beinen.

Die Lunare scheinen ohne ihren Anführer verloren zu sein und rufen zum Rückzug auf. Momente später ertönt ein Basshorn, ein hohler Felsen, den die Lunare als Instrument benutzen. Dies löst eine Art Training bei den Fassoth aus, und sie wenden sich sofort vom Kampf ab, die Boote mit sich ziehend.

Was die Solare-Stämme betrifft, so wissen sie nicht, was sie tun sollen. Anführer auf beiden Seiten sind tot. Die Charre meiden sie und konzentrieren sich stattdessen auf die Lunare, die nicht in einem Boot sind, und jene, die sie festnageln. Fesseln und gefangen nehmen.

Hier zu bleiben ist gefährlich. Du hast deinen Teil gespielt. Geh.

Ignos hat Recht. Ich stehe in der ersten Reihe. Wenn ein gezielter Kampf ausbricht, wenn die Lunare beschließen, dass sie noch nicht fertig sind, gehöre ich nicht in die Mitte. Also mache ich mich davon. Ich bahne mir meinen Weg zurück durch die Reihen der Charre, während sie vorwärts drängen, Malos hallende Stimme ruft zum Generalangriff auf.

Andere stimmen in Malos Ruf ein, ein Echo von Kriegsrufen zur Vernichtung ihrer Feinde. Der schiere Lärm überwältigt mich, während ich mich wegkämpfe, gegen Körper pralle und mich an scharfen Kanten vorbeiquetsche, bis ich das hintere Ende der Truppe erreiche. In der Nähe von Viera, ihrem Karren und den Priestern, die über sie wachen. Sie alle starren mich an. Sie haben noch keine Ahnung, was passiert ist.

„Der Kaiser ist tot." Es ist das Erste und Einzige, was ich sage.

Die Priester fallen auf die Knie und beginnen zu beten, und ich lasse sie ihre schnellen Worte an Ignos richten, bevor ich fortfahre. „Mit seinem Tod gab uns der Kaiser die

Chance, den Lunare-Anführer niederzuschlagen. Sie laufen jetzt davon. Wir werden siegen."

„Was ist ein Sieg bei solch einem Verlust? Ohne unseren Kaiser haben wir niemanden." Einer der Priester steht auf, während er die Worte spricht, obwohl er mich ansieht, als hätte ich eine Antwort.

„Das würde ich nicht sagen", der Ton klingt fremd. Dann erkenne ich Vieras Stimme, so heiser und müde sie auch ist. „Ich würde sagen, ihr habt eure Anführerin direkt vor euch stehen."

Die Lunare sitzt noch nicht aufrecht, aber ihre Augen sind offen, und es gelingt ihr, mir schwach zuzugrinsen. Ich hätte zurückgelächelt, wären da nicht die Stirnrunzeln und harten Blicke der übrigen Priester gewesen.

Das sind keine Blicke der Ablehnung, sondern des Abwägens, Kaishi. Bleib stark, und sie werden dich akzeptieren.

Ignos spricht endlos über meinen Aufstieg zur Macht. Dass ich einen Punkt erreichen werde, an dem ich mein Volk retten kann, indem ich jene führe, die es zerstören würden. Als ich in die Gesichter der Charre um mich herum blicke, wird mir klar, dass sie nicht an mich glauben. Ich bin es nicht, die die Macht hat.

Die Charre glauben, Ignos spricht durch mich. Unser Gott wählt meinen Körper als sein Gefäß.

Das tust du. Sei das, woran sie glauben.

Es ist das, was Vater jeden Tag für das Dorf tat. Was meine Mutter jeden Tag für mich tat. Ich kann es für sie tun.

„Gerade jetzt kämpfen und sterben unsere Krieger, während wir hier stehen." Ich drehe mich beim Sprechen, um alle Priester einzubeziehen, jene, die durch ihre

Umhänge und Armreifen, Stäbe und Tätowierungen alles Heilige der Charre und Solare repräsentieren. „Kommt mit mir. Zurück an die Front. Gemeinsam können wir die anderen Stämme überzeugen, sich uns anzuschließen und die Lunare zu vertreiben."

Es gibt Zögern, aber niemand will vor ihrem Gott wie ein Feigling aussehen. Sie reihen sich hinter mir ein, mit mir, und gemeinsam drängen wir zurück zum Kampfgeschehen. Diesmal muss ich mich nicht durchkämpfen – die Krieger machen den Priestern Platz und, mit deren Segen, auch mir.

Die Front selbst ist ein Durcheinander. Körper liegen über den Sand und die Sträucher verstreut, Lunare und Charre und Solare alle zusammen. Das Schlimmste des Kampfes ist vorbei – die Lunare und ihre Boote sind in vollem Rückzug. Die übrigen Stämme starren uns an, und mit den Priestern, die mir eine Bühne aus eigener Kraft bereiten, starren sie mich an.

„Anhänger des Ignos", rufe ich. „Ihr habt gesehen, wie eure Falschheiten zunichte gemacht wurden. Ihr habt gehört, wie die Lügen der Lunare durch Wahrheiten widerlegt wurden. Unser mächtiger Kaiser hat sich geopfert, um euch vor ihrer Täuschung zu retten. Ich bitte euch, nicht die Waffen gegen eure Brüder zu erheben, sondern sie gegen den wahren Feind zu richten." Ich zeige auf die Staubwolke, die Boote, die in der Ferne darüber aufsteigen. „Verjagt sie aus euren Ländern. Aus euren Dörfern. Erobert zurück, was Ignos euch gegeben hat, und seine Wunder werden euch gehören."

Als wolle er dieses Versprechen unterstreichen, hebt Malo sein Gewehr hoch, sodass allen klar ist, welche Wunder sich ihren Weg bahnen würden. Was genau diese neue Priesterin im Austausch für Loyalität verspricht. Das reicht aus. Einer nach dem anderen legen die Stämme ihre Waffen nieder und fallen auf die Knie. Sie alle, einer nach dem anderen, knien vor mir nieder.

Bis ich allein in einem Kreis von Tausenden stehe.

KAPITEL 52

DIE SEVORA

SELBST WÄHREND BAS und der sich windende Fassoth im Hintergrund kämpfen, kann Sax seinen Blick nicht von dem verstümmelten Chaos vor ihm abwenden. Es gab natürlich Gerüchte darüber, was passiert, wenn eine Sevora ihre volle Reife erreicht. Es dauert so lange und gilt als so riskant für die Sevora selbst, dass nur wenige lange genug in ihren Wirten bleiben, bis das Wachstum eintritt. Stattdessen ziehen sich die Kreaturen beim ersten Anzeichen der Veränderung in die Geburtsbecken oder andere wässrige Umgebungen zurück, töten dabei ihre Wirte und warten auf neue Körper. Sax hat diese Überreste schon oft gesehen; auf Schiffen, Planeten und Raumstationen, die er den Parasiten entrissen hatte.

Der ursprüngliche Wirt war offenbar ein Flaum gewesen. Sax kann genug Fell erkennen, um das festzustellen. Ansonsten ähnelt das Ding vor ihm nichts, was er je gesehen hat. Haufen verfärbten Fleisches türmen sich aufeinander, pilzartige Auswüchse bauen auf dem auf, was vorher da war. Sie wachsen auf Stielen, höher als Sax selbst in voller Größe, aus dem, was einmal der Körper des Flaum gewesen war. An den Spitzen dieser Stiele verschmelzen die gewölbten Enden miteinander und bilden ein unregelmäßiges Baldachin. Von diesem Baldachin hängen in faserigen Massen gelbe, orange und rote Stränge herab, die den Tentakeln ähneln, die Sevora in ihrem schwimmenden, parasitären Stadium haben.

All das ist schlimm genug, aber was Sax völlig aus der Fassung bringt, sind die offenen Röhren, die eine rechteckige Plattform in der Mitte umgeben, auf der der Körper des Flaum liegt. Jede dieser Röhren hat eine kleine Öffnung, nicht größer als Sax' Handfläche. Rote Stränge der Sevora hängen über vielen dieser Röhren, und die Enden beulen aus, als ob etwas darin stecken würde. Weil etwas darin steckt, wird Sax klar. Die Ausbeulungen bewegen sich. Unabhängig voneinander.

Währenddessen schlängeln und heben sich die orangen und gelben Stränge über die Spitze der Sevora hinaus, in Richtung einer langen Reihe von Terminals, die alles von Ansichten der Schlacht außerhalb des Schiffes bis hin zu Grafiken und Messinstrumenten zeigen, die, wie Sax annimmt, die Systeme des Samenschiffs abdecken.

„Sax!" Bas' Schrei reißt Sax aus seiner Benommenheit, und er sieht, wie sich seine Gefährtin aus den Armen des Fassoth befreit, während die große Bestie auf den Boden fällt und ihre letzten Sekunden Leben verzuckt. „Lebst du noch?"

„Vorerst", versucht Sax zu rufen, aber seine Stimme ist dem nicht gewachsen. Der Blutrausch verlässt ihn wie ein kühler Atemzug und nimmt Sax' Kraft mit sich. Er ist zu oft geschnitten und verwundet worden. Sax kann spüren, wie jedes bisschen aus seinem Inneren auf den Metallboden um ihn herum sickert. Ein herber Geschmack in seinem Mund. Ein Verschwimmen an den Rändern seiner Augen.

Bas erscheint vor ihm, als würde sie von oben fallen. Sie ist über die Mitte gesprungen. Hat sich von der Sevora ferngehalten. Klug.

„Der Fassoth hat ganze Arbeit geleistet", flüstert Bas, während sie Sax mustert.

Nichts an ihrem Ausdruck gibt Sax Hoffnung.

„Die Mission, Bas", erwidert Sax. „Bitte."

Bas blickt zurück zur Sevora, die sie zu ignorieren scheint.

„Ich habe noch nie eine wie diese gesehen."

„Du musst sie zerstören. Sie ist der Pilot, Bas. Sie kontrolliert dieses ganze Schiff."

Wenn man die Sevora ausschaltet, würde das Samenschiff vielleicht in den Gravitationsbrunnen des Gasriesen fallen. Ein so großes Schiff würde, ungeachtet seiner Panzerung, auf die starke Atmosphäre dieses Planeten treffen und in Stücke gerissen werden. Es ist das Einzige, was Sax als funktionierend erachtet. Ihre einzige Chance.

„Nimm die Maske", sagt Bas und ohne auf Sax' Antwort zu warten, presst sie ihre Krallen zusammen.

Die Maske schmilzt von ihr ab und häuft sich vor Sax auf. Er greift danach, legt seine Krallen in das weiche Material. Die Maske fließt hoch und um Sax herum, in seine Wunden hinein, wo sie sich verhärtet. Sie wirkt wie eine Salbe, stillt die Blutungen. Sax erträgt den Schmerz, die Qual der Maske, die die Wunden versiegelt, mit offenen Augen und zusammengepressten Lippen. Bas hat ihm das Leben geschenkt, und er wird dieses Geschenk nicht entehren, indem er Schwäche zeigt.

„Danke."

„Es ist nicht für dich", sagt Bas und hält ihre Augen auf den Parasiten gerichtet. „Es ist für mich. Wenn du bereit bist, werde ich deine Hilfe brauchen."

„Ich werde da sein." Obwohl Sax das nicht garantieren kann. Seine Glieder sind schlaff, schwach, und der Gedanke, wieder aufzustehen, lässt ein leichtes Zittern durch seine Nerven laufen.

Bas richtet sich zu ihrer vollen Größe auf und breitet ihre Arme aus, die Krallen glitzern. Da bemerkt Sax, dass der Parasit während ihres Gesprächs nicht untätig gewesen ist. Orange und gelbe Stränge haben sich von den Stielen aus in ihre Richtung gestreckt und zielen auf die Pfützen von Sax' Blut auf dem Boden. Die Stränge gabeln sich, neue Ableger strecken sich nach ihnen aus. Wachsen schnell.

Auf der anderen Seite des Raums umhüllt die Sevora den Körper des Fassoth mit weiteren Strängen.

Bas beginnt mit den nahen Ranken und schneidet mit ihren unteren Armen durch diejenigen am Boden. Bei jedem Schnitt ziehen sich die Stränge zurück. Kommen der pilzartigen Masse in der Mitte näher.

„Vorsicht", zischt Sax seiner Gefährtin hinterher.

Bas' Schwanz zuckt zur Bestätigung, und sie geht langsam vor, schlägt zu, wenn die Stränge in Reichweite kommen. Besser bedacht vorzugehen, als alles mit einer Kreatur zu riskieren, die keiner von ihnen versteht.

Als Bas sich nähert, beginnt einer der roten Fäden, der über den Röhren baumelt, zu zittern, wobei sich die Schwellung im Inneren heftiger windet. Das Ende des Strangs schält sich zurück und offenbart für einen kurzen Moment ein schneckenartiges Wesen mit eigenen Tentakeln, bevor es die Röhren hinunterfällt. Eine neue Sevora.

Bei diesem Anblick springt Bas nach vorne, auf die zentrale Masse zu, und schlägt mit ihren Krallen auf die weichen Köpfe ein. Sie graben sich tief ein und reißen milchig-weiße Klumpen der Sevora weg. Zunächst scheint es, als würde Bas das gesamte Wesen in Sekundenschnelle zerfetzen.

Aber die Sevora ist noch nicht am Ende.

Stränge schießen vom Boden hoch, über den Körper des Fassoth hinweg, von überall her, außer von den roten, die über den Röhren hängen. Während Bas sich in das Wesen hineinarbeitet, wickeln sich die Sevora-Fasern um ihre Arme, Beine und ihren Schwanz. Zuerst reißt Bas sie weg, ihre Krallen schneiden mit einem weiten Schwung eine Schneise durch die Stränge. Der Zug lässt jedoch Bas' Arme auf ihrer linken Seite frei, und neue Fäden eilen herbei, um die Lücke zu füllen.

Die Sevora presst Bas' Gliedmaßen fest an ihren Körper. Bas beißt in sie hinein und zermalmt die Fasern, bis die Stränge ihren Mund füllen und ihn gewaltsam öffnen. Sax weiß, dass er sich bewegen muss. Dass er helfen muss, aber seine Arme und Beine reagieren nicht, und Bas stirbt vor seinen Augen.

ICH BRINGE VIERA an diesem Abend selbst die Suppe. Die Lunare liegt in ihrem Karren, obwohl ihre Haut weniger wie die Farbe des Todes und mehr wie warme Milch aussieht.

„Hat es also geklappt?", fragt Viera, als sie mich sieht. „Sind die Lunare geflohen?"

„Ich dachte, sie wären deine Freunde?", stelle ich die Tonschale mit Suppe vor ihr ab.

„Freunde ändern sich", sagt Viera. „Außerdem ist keiner von ihnen so unterhaltsam wie du."

„Unterhaltsam?"

„Man trifft nicht jeden Tag eine Hohepriesterin. Nicht jeden Tag flieht man vor Juars in den Gruben."

„Hoffentlich infiziert man sich auch nicht jeden Tag so sehr, dass man fast stirbt."

Viera bewegt ihre Schultern in dem Versuch zu zucken. „Das kommt drauf an. Willst du nochmal versuchen, mich zu kauterisieren?"

Ich blicke weg, zum Feuer hin. „Dank Ignos werden wir das nicht mehr lange tun müssen. Es gibt so viele neue

Dinge, Viera. So viele Entdeckungen, die auf uns warten. Wir werden die alten Methoden nicht mehr brauchen."

Viera bemerkt den Wechsel in meinem Tonfall. Sie nimmt einen Schluck von der Suppe und ihr Gesichtsausdruck wird ausdruckslos. Sie wartet auf mich.

„Von hier an wird es gefährlicher werden." Es ist beruhigend, mit Viera zu sprechen, jemand, der keinen Rang in der Charre-Welt hat, der genauso fehl am Platz ist wie ich. „Malo sagt mir, dass die Ältesten der Stadt, in Damantum, jemand Neues auswählen werden. Einen anderen Kaiser. Einen, der mich nicht besonders mögen wird."

„Dich mögen?"

Ich nicke in Richtung der Priester, die um ihr eigenes Feuer herum essen. Sie werfen mir immer wieder Blicke zu. Keine wohlwollenden.

„Sie mögen meine Macht nicht. Jetzt, wo der Kampf vorbei ist, wird ihnen klar, was es bedeutet, jemanden wie mich in der Nähe zu haben. Jemanden, dem ein Gott ins Ohr flüstert. Wie können sie damit konkurrieren? Wer wird ihnen jetzt noch zuhören?"

„Wen kümmert's? Sag ihnen, sie sollen sich echte Jobs suchen."

Ich lache, und es fühlt sich gut an, locker zu werden. Es dauert jedoch nur einen Moment, bevor ich mich daran erinnere, dass Vater genauso ist wie diese Priester, und er alles für mein Dorf getan hat. „Die Charre brauchen ihren Glauben. Wenn ich die Priester wegnehme, wer wird dann den Menschen zuhören? Wer wird ihre Gebete hören? Wer wird ihre Zeremonien durchführen und sich um ihre Kranken kümmern? Ich kann nicht überall gleichzeitig sein."

Darauf hat Viera keine Antwort. Ich rede weiter, um ihr

die Notwendigkeit zu ersparen, zu sprechen. Lass sie noch einen oder zwei Schlucke von der Suppe nehmen.

„Also muss ich mit ihnen zusammenarbeiten. Ich muss mit Jakkan zusammenarbeiten, wenn wir zurückkehren. Er wird meine einzige Chance sein, alle auf meine Seite zu bringen."

„Sag mir eins", meint Viera. „Du kommst aus einem kleinen Dorf im Dschungel. Dein Vater ist das Oberhaupt eines Stammes. Du hast eine Familie. Warum kümmerst du dich darum? Du hast schon gewonnen. Die Lunare werden für lange Zeit nicht zurückkommen. Warum verschwindest du nicht einfach?"

Weil das nicht die bist, die du bist.

„Weil Ignos es mir nicht erlauben wird." Ich halte meine Hände an die Kohlen. Es ist eine kühle Nacht, und die Wärme des Feuers fühlt sich gut an. Eine Kleinigkeit, aber etwas Normales. Es ist gut, ab und zu solche Dinge zu haben.

„Ich glaube, du verstehst das nicht. Wenn sie dich nicht mögen, dann wird es keine Rolle spielen, welcher Gott auf deiner Seite ist. Sie werden einen Weg finden, und du wirst sterben."

„Ich dachte, du würdest mich beschützen." Ich lächle, um die Schärfe zu nehmen.

„In diesem Zustand werde ich nicht viel beschützen können." Malo unterbricht, indem er in die Nähe unseres kleinen Feuers stampft. Eine Bewegung, die jede weitere Unterhaltung tötet und uns beide zu dem Krieger aufblicken lässt.

„Kaishi", sagt Malo und verbeugt sich leicht. „Es tut mir leid, dich zu stören, wir brauchen deine Hilfe. Meine Krieger sagen mir, dass eines der Wunder nicht funktioniert. Vielleicht wird Ignos dir sagen, wie man es repariert?"

Ich schaue zu Viera. „Siehst du, deshalb brauche ich die Priester. Deshalb werde ich so viel Hilfe brauchen. Weil ich mich um meine eigenen Wunder kümmern muss."

„Vielleicht solltest du bessere machen. Welche, die nicht kaputtgehen." Ich möchte wieder mit Viera lachen, aber Malos ernste Miene hält mich davon ab.

Wir beide gehen durch das Lager, vorbei an Feuer um Feuer, umgeben von Kriegern. Schließlich erreichen wir den Rand, wo eine Gruppe von Kriegern die Wunder verpackt. Als wir uns nähern, halten sie inne und schauen mich an.

„Zeigt es ihr", sagt Malo. „Ihr habt mich gebeten, sie zu holen, jetzt ist sie hier. Zeigt der Priesterin, was repariert werden muss."

Der Anführer der Krieger, mit einem schwarzen Bärenfell über Kopf und Schultern, greift in eine Kiste und zieht die Scherbe heraus. Er hält den Griff hoch.

„Es brennt nicht mehr."

„Habt ihr den Behälter wieder aufgefüllt?", frage ich.

Daraufhin schauen alle Krieger überrascht. Ein einfaches Problem, das ich ihnen schon früher gezeigt habe, wie man es löst. Warum ist das jetzt ein Problem? Es sollte keins sein.

„Ist das alles?", Malo ist genauso genervt wie ich. „Sogar ich hätte das für euch lösen können."

„Nein, Häuptling. Das ist nicht alles." Der Krieger lässt das Ende der Scherbe fallen und schwingt sie dann plötzlich nach vorne, auf mich zu.

Die anderen stürmen mit ihm los.

KAPITEL 54

EINE ÖFFNUNG

SAX KANN Bas nicht mehr sehen. Das Sevora hat sie mit seinen Fasern bedeckt. Sax kann jedoch noch Bewegungen darin erkennen. Seine Gefährtin kämpft. Er muss etwas tun. Muss aufstehen. Sax schwingt seinen Schwanz, der größtenteils unversehrt ist, hinter sich und drückt sich hoch. Er erhebt sich auf seine Füße. Seine Krallen rutschen auf seinem eigenen Blut aus und Sax fällt auf die Seite. Als er kippt, versucht Sax sich abzufangen, und sein unterer linker Arm streift etwas an seiner Seite. Eine leichte Ausbuchtung in der Maske. Am Boden liegend, tastet Sax danach. Erkennt, was es ist.

Die Stim-Ampulle. Bas hat ihre nie benutzt.

Sax rammt seine Kralle in die Tasche, spürt, wie die Flüssigkeit sie benetzt. Anstatt sie vorsichtig herauszuziehen, schöpft Sax mit seiner Kralle heraus und steckt sie, getränkt mit der Droge, in seinen Mund. Eine kleine Menge erhöht die Konzentration, beseitigt Schmerzen. Eine große Menge kann tödlich sein, kann die Muskeln und Herzen des Benutzers so überreizen, dass sie einfach explodieren.

Jetzt aber braucht Sax alle Kraft, die er bekommen kann.

Das Stim brennt durch seinen Körper. Anders als der natürliche Blutrausch der Oratus vertreibt die Droge Sax' Sinne nicht. Vielmehr verschwindet seine verschwommene Sicht, und er steht wieder ohne Anstrengung auf. Welche Schäden die Bewegung auch an seinen Muskeln verursacht, sie werden ihn nicht behindern.

Jetzt nicht.

Er wendet sich dem Sevora zu, zu Bas. Sax könnte angreifen, könnte versuchen, was Bas getan hat, aber das hat nicht funktioniert. Bas hat die kuppelförmigen Auswüchse zerfetzt, aber es gibt zu viele dieser Fasern. Sax braucht eine andere Lösung. Er scannt den Raum, findet nichts und blickt dann nach oben. Zurück zu ihrem abgestürzten Evakuierungsmodul, das immer noch in zerbrochenen Trägern und Metallplatten an der Decke hängt.

Eine Decke, die mit der äußeren Hülle verschmilzt.

Hinter dem Evakuierungsmodul kann Sax sehen, was die Öffnung hinter ihrem Absturz verschlossen hat: ein blassgrauer Kunststoff. Genau wie bei den Angriffsshuttles dient das Material als temporäre Abdichtung gegen das Vakuum.

Temporär.

Sax springt zur Wand, gräbt seine Krallen ein und klettert an der Seite hoch zur Spitze der Kammer. Klettert entlang der Decke zum Evakuierungsmodul. Das Fahrzeug hängt immer noch dort, die Luke offen, als würde es darauf warten, wieder benutzt zu werden. Also nutzt Sax es; als Fußhalt, um sich in die zerbrochenen Trümmer und zersplitterten Drähte zu erheben. Bis zur Dichtung selbst.

Dünn und undurchsichtig fühlt sich die Dichtung wie ein Fels an, als Sax seine Kralle dagegen drückt, aber wenn er die scharfen Spitzen an seiner Hand beugt, beißen sie sich in die Dichtung, als wäre es weiches Holz. Er kann sie durchbrechen. Die Kammer dem Vakuum aussetzen.

Unten ignoriert das Sevora Sax. Seine Ranken, die nicht um Bas gewickelt sind, beschäftigen sich mit dem Fassoth. Sie verschlingen weiterhin den Körper des Dings. Zweifellos geht der Parasit davon aus, dass Sax nirgendwohin gehen kann. Dass er schließlich zur nächsten Mahlzeit des Sevora wird.

Sax klammert sich mit seinen Beinen und seinen mittleren Krallen an die Hülle und gräbt die Spitzen tief ein. Er wird dem Sog standhalten müssen, zumindest für eine Weile. Das Sevora muss sterben, bevor Sax loslassen kann.

Mit seinen vorderen Krallen beginnt Sax, auf die Teile der Dichtung einzuschlagen, die er erreichen kann. Kleine Löcher, nicht ganz durch bis zum Weltraum. Als er die Oberfläche perforiert hat, lässt Sax seinen Schwanz herabhängen und schwingt ihn dann hart nach oben. Sein Schwanz kracht in die geschwächte Dichtung und durchbricht sie. Ein Drittel der Dichtung bricht sofort weg, und vor seinen Augen kann Sax die wirbelnde orange Atmosphäre des Gasriesen sehen.

Kalter, harter Weltraum.

Das Vakuum fühlt sich an wie tausend Hände an Sax' Rücken, die ihn zur Öffnung drücken. Seine Krallen halten jedoch. Das rauschende Geräusch der entweichenden Luft übertönt alle anderen Geräusche - ein ohrenbetäubendes Brüllen, während die Atmosphäre aus dem Schiff entweicht.

Sax konzentriert sich auf den nächsten Schritt: Die Dichtung muss offen bleiben. Winzige Roboter, wie Spinnen, kriechen aus Schlitzen in der Hülle um Sax herum. Sie huschen zum Loch und beginnen aus Kanistern auf ihren

Rücken, Dichtungsmittel zu sprühen. Sie versuchen, das Loch zu schließen.

Sax wird das nicht zulassen.

Mit seinen Vorderkrallen und seinem Schwanz fegt Sax die Roboter weg. Er wischt sie in Bündeln fort. Das Saatschiff wird so viele wie möglich zur Bresche schicken, bis sie versiegelt ist, und es gäbe Millionen dieser Dinger auf einem so großen Schiff, aber Sax muss nicht für immer gegen sie kämpfen.

Sax riskiert einen Blick auf das Sevora und sieht eine Masse von Strängen. Alle Farben, alle steigen zu ihm auf, wie eine Pflanze, die mit unglaublicher Geschwindigkeit wächst. Sie steigen um das Evakuierungsmodul herum auf, das sich in seiner Halterung verschiebt, als das Vakuum auch daran zerrt. In einem Moment werden die Stränge Sax erreichen. In einem Moment werden sie sich um ihn wickeln, und sein verzweifelter Versuch könnte enden. Trotzdem ist dies seine einzige Option, und Sax kann jetzt nicht aufgeben.

Also wischt er weiter die Roboter weg, hält die Dichtung frei, und plötzlich fließen die Stränge an ihm vorbei. Sie versuchen sich zu biegen; Sax sieht, wie sie sich verdrehen, als das Vakuum sie vorbeizieht, aber die Fasern sind nicht stark genug. Einer der Hügel des Sevora fliegt vorbei, ein größeres Stück.

Der Rest des Sevora folgt - das Vakuum zieht die gesamte Kreatur nach oben und hinaus, saugt sie durch die offene Dichtung in den Weltraum.

Etwas fehlt. Sax sieht die Stränge vorbeifliegen, aber keine Bas.

Wo ist sie?

Sax reißt seinen Blick von dem verschwindenden Parasiten los und schaut wieder nach unten. Bas ist da, klammert sich an das Evakuierungsmodul, sieht angeschlagen aus, aber lebendig. Sie begegnet seinem Blick, und Sax sieht, wie sich ihr Mund öffnet, aber das Vakuumgebrüll übertönt jeden Laut. Sax winkt mit einer Kralle, hört auf, die Roboter wegzufegen. In wenigen Augenblicken werden sie die Dichtung wieder vervollständigen. Sax und Bas werden in Sicherheit sein. Er beobachtet, wie die kleinen Dinger sich an die Arbeit machen.

Bis eine massive, weiße Gestalt vom Boden hochfliegt, vom Evakuierungsmodul abprallt, in die beschädigte Dichtung kracht und sie vollständig aufreißt, wobei sie die Spinnenroboter mit sich reißt. Sax spürt, wie das Ding seinen Rücken trifft, seinen Halt löst, und dann ist Sax hindurch, folgt dem riesigen Körper des Fassoths in die offene Schwärze des Weltraums.

KAPITEL 55

FÜR EINEN FREUND

ES GIBT MOMENTE, in denen die Zeit stillzustehen scheint. Wenn alles sich verlangsamt und ich mir plötzlich all der Dinge bewusst werde, die mir noch Sekunden zuvor entgangen sind. Ich sehe die leeren Augen der vier Krieger, die sich gegen mich aufgestellt haben, alle starr auf mich gerichtet. Ich sehe ihre Münder, die sich zu Knurren und Schreien verziehen, die in dem Lärm der Siegesfeier unserer Armee ertrinken. Ich sehe ihre Arme, die sich nach mir ausstrecken oder ihre Kukris ziehen.

Hinter ihnen erstreckt sich die Wüste bis zum dunklen Horizont, grau schattiert vom Licht des Nomis, das sich mit dem der lodernden Feuer vermischt. Das Licht dieser Feuer wirft einen zornigen orangefarbenen Schein auf meine Angreifer und verleiht ihnen das Aussehen der Teufel, von denen mein Vater in unserem Dorf zu predigen pflegte. Dämonen und Monster, die jene holen würden, die es versäumten, den gebührenden Respekt zu zollen.

So wie sie jetzt kommen, um mich zu holen.

Ich weiche zurück, stolpere vor den vier Angreifern zurück und lande, über einen Stein stolpernd, auf meinem

Rücken. Ich bleibe nicht liegen, sondern drücke meine Hände gegen den Boden und schiebe mich weiter. Hauptsache, in Bewegung bleiben. Vor mir schwingt der Krieger mit der Scherbe seinen schwarzen, glitzernden Tod.

Malos Kukri fängt den Schlag ab, als die Scherbe nach vorne peitscht, und lenkt den Angriff zur Seite. Malo folgt seiner eigenen Abwehr, setzt seine Füße und schwingt sein anderes Kukri in Richtung der Brust des angreifenden Kriegers. Die gebogene Schneide hinterlässt einen breiten roten Schnitt, und der Scherben-schwingende Krieger tritt zurück, verschafft sich etwas Raum.

„Was tut ihr da?", schreit Malo die Krieger an, obwohl er das gar nicht müsste. Die Krieger selbst beantworten seine Frage von ganz allein. Sie schreien Ungläubiger, Gotteslästerer, Mörder. Erschaffer von unreinen Dingen.

Dunkle Namen ergießen sich aus ihren Mündern, während die vier auf mich zukommen. Malos rechtes Kukri fängt die Scherbe ab, als der Krieger zuschlägt, und die schwarzgläsernen Kanten beißen sich in den Holzschaft des Kukris. Mit einem harten Ruck reißt der Krieger das Kukri aus Malos Händen. Zwei der anderen Krieger, ihre eigenen Kukris gezogen, zwingen Malo in einen verzweifelten Verteidigungstanz, bei dem er mit seinem einzigen Kukri versucht, die Schläge abzuwehren.

Das lässt mich mit dem letzten Krieger zurück, dessen braunes Fellfell sein Gesicht fast verbirgt, als er sich mir nähert, das Kukri zum Schlag bereit.

„Halt!", schreie ich laut und deutlich. Es ist das Einzige, was mir einfällt zu sagen.

Die weiche Wüstenluft trägt meinen Befehl über das Singen und Trinken hinweg, und meine Stimme durchdringt die Feier.

Mein Schrei lässt den Angreifer innehalten. Er blickt

hinter mich, zweifellos auf all die anderen, die nun Zeugen ihrer Taten werden. Sein Tod dafür ist gewiss. Sein Zögern weicht der Verzweiflung und dann der Resignation. Er macht einen Schritt, hebt seine Waffe und grunzt dann, als sich ein geworfenes Kukri in seine Seite bohrt, und dann fällt er.

Malo.

Er ist jetzt links von mir und hat seine einzige Verteidigung weggeworfen, um mir ein wenig mehr Zeit zu verschaffen; ein paar weitere Stöße meiner Füße gegen den Boden, während ich mich von meinem Feind wegschleppe. Ich höre meinen Freund schreien, wütend und schmerzerfüllt, als die anderen Krieger ihre Ziele finden. Malo verschwindet im Staub, die zwei Krieger prügeln ihn zu Boden.

Du musst dich bewegen. Zu den Kisten. Sie sind deine einzige Chance!

Ignos hat recht. Ich komme auf die Füße, erspähe die anderen drei Kisten in der Nähe und renne auf sie zu.

„Hohe Priesterin, ergebt Euch", sagt der Krieger mit der Scherbe, während er auf mich zukommt, als ich die nächste Kiste erreiche. Als ich den Rand greife und sie aufstoße. „Ihr habt die Worte der Teufel gesprochen. Und jetzt habt Ihr unseren Anführer getötet. Den Heiligsten selbst. Wie Jakkan es vorausgesagt hat, so ist es geschehen. Steht zu Euren Verbrechen. Gewinnt die Ehre zurück, die Ihr noch könnt."

Jakkan. Warum sollte der Hohepriester sagen, dass der Kaiser sterben würde?

Am Boden der Kiste, auf einem für sie gewebten Tuch liegend, befindet sich die Waffe, die Malo früher am Tag benutzt hatte. Bereit, Kugeln abzufeuern, mit einer neuen Patrone, die bereits geladen ist. Ich ziehe die Waffe heraus, stemme mich an, um sie zu heben, und drehe mich um, als der Krieger die Scherbe hebt.

„Jakkan verbreitet Ketzereien und verdreht euren Verstand." Ich rede, während ich versuche, den Abzug zu finden, mich zu erinnern, wie dieser hier funktioniert. „Denkt nach! Wer außer Ignos könnte Geräte wie das, das ihr haltet, wie das in meinen Händen, erschaffen?"

Die Augen des Kriegers gleiten zu der Waffe. Kalt und grau in der Dunkelheit, dann blickt er wieder zu mir auf. „Solche Dinge sind nicht für den Menschen bestimmt."

Sein Arm geht zurück, die Scherbe fliegt hoch, und ich finde ihn, den glatten Metallsteg, der leicht nachgibt, als mein Finger ihn berührt. Der Abzug. Ich drücke ihn.

Die Waffe stößt immer wieder gegen meine Schulter, und ich ignoriere den pochenden Schmerz. Die Mündung der Waffe springt mit jeder Kugel, mit jedem ohrenbetäubenden Schuss und Echo und Knall, weiter nach oben.

Rot erblüht vor mir, und der Krieger bricht im Staub zusammen.

Du kannst jetzt loslassen. Es ist vorbei.

Erst da wird mir bewusst, dass die Waffe selbst aufgehört hat zu feuern. Sie klickt nur noch mit leerem Magazin. Ich hatte alle zwölf Schüsse abgefeuert. Die meisten davon, nach meiner Zielgenauigkeit zu urteilen, waren hoch in den Himmel gegangen.

Der Kampf ist vorbei.

Die anderen beiden Krieger werden von Charre weggezerrt, entwaffnet und gefangen genommen. Andere Bärenund Löwensoldaten schließen vor mir auf, bilden mit Schilden und Speeren eine Barriere um mich, für den Fall, dass diese vier nur der erste Versuch waren.

Meine Krieger – wie ich sie bereits in Gedanken nenne – eskortieren mich in einer Phalanx zurück zu den Priestern, zu Viera und ihrem Feuer, wo sie einen Ring um mich bilden, nach außen gewandt und alle Ankömmlinge anstarrend. Meine Priester bieten Tee an, drängen darauf, die Attentäter bei Tagesanbruch zu opfern.

Ich nicke. Ich stimme zu.

Ich denke nur an Malo.

KAPITEL 56

RETTUNG

FÜR EIN LEBEN, das in Raumschiffen verbracht wurde, hat Sax nie wirklich den Weltraum erlebt. Nie die kriechende Kälte der großen Leere, das schwarze Nichts gespürt. Während er fliegt, kann er nur an eines denken:

Bas.

Sax hat ihre Maske. Er wird lange im Vakuum überleben, wobei die Rüstung ihn vor Kälte schützt und seine Luft recycelt. Bas hingegen wird nur Momente leben. Sax kann seinen Körper nicht drehen, also wendet er den Kopf und versucht, in Richtung des Saatschiffs zu blicken, das sich bereits in die Ferne entfernt und in einen Orbit-Verfall gerät.

„Hier spricht Sax, ich rufe um Rettung." Sax macht den Ruf, ohne nachzudenken; Standardprozedur, wenn sie von einem Schiff abgetrennt werden.

Die Kommunikatoren der Maske haben keine große Reichweite, aber Sax kann um sich herum viel Aktivität sehen. Die Schlacht geht weiter. Jemand wird hören, das Signal verfolgen. Dann sieht Sax es. Ein Fleck, der sich vom Saatschiff erhebt. Auf ihn zukommt, obwohl Sax weiß, dass er ihn nicht erreichen wird. Das Evakuierungsmodul. Frei schwebend vom größeren Schiff. Seine kleinere Größe bedeutet, dass sein Orbit länger andauern wird, es könnte oben bleiben. Es besteht eine Chance, das weiß Sax, dass Bas in diesem Modul ist.

Er entscheidet sich dafür, daran zu glauben. Die Hoffnung macht den langen Drift durch den Weltraum erträglicher, macht das Wiederholen seiner Hilferufe dringender. Es geht jetzt darum, seinen Partner zu retten.

Es scheint eine Ewigkeit zu dauern, bis ein Shuttle in Sicht kommt. Bis ein anderer Oratus, dieser an das Raumschiff gebunden, Sax aus seiner endlosen Umlaufbahn um den Gasriesen greift und ihn hineinzieht. Von da an vergehen eine Reihe von Momenten, während Sax die Besatzung anweist, das Evakuierungsmodul zu erfassen, bevor es zu tief in die Atmosphäre absinkt. Während der medizinische Offizier der Flaum auf dem Shuttle Sax die Maske abnimmt und beginnt, Behandlungen anzuwenden. Betäubungsmittel, Nähte und mehr. Sax achtet kaum darauf. Er starrt ins Leere und lässt die letzten Momente an Bord des Saatschiffs Revue passieren.

Er hatte sie gesehen, da ist sich Sax sicher. Am Rand des Moduls klammernd. Ihn beobachtend. Wartend, bis sich die Versiegelung schließt. Hätte sie die Zeit gehabt, in das Modul zu gelangen? Die Tür zu schließen, bevor die gesamte Atmosphäre entwich? Wenn Bas Sax nicht ihre Maske gegeben hätte, hätte sie - nein. Das ist Unsinn.

Die Maske ist das Einzige, was Sax erlaubte, so nah am Vakuum weiter zu atmen, was ihm die Energie gab, die Mission zu beenden. Bas hat die richtige Entscheidung getroffen.

Das Shuttle lädt das Evakuierungsmodul durch seine winzige Bucht, die eher für Landungsfahrzeuge als für so etwas gedacht ist. Sax stößt sich vom medizinischen Tisch ab, ignoriert die Proteste des Flaum und rennt. Die Tür zur Bucht gleitet auf, als Sax sich nähert, gerade als das Paar Flaum auf dem Shuttle die Luke öffnet. Der Eingang des Moduls schwingt nach oben, die Gelenke knarren, aber Sax wartet nicht, bis die Bewegung beendet ist, bevor er hineintaucht.

Er schlingt seine Arme um seinen Partner, vorsichtig darauf bedacht, dass seine Krallen nicht durch ihre Schuppen stechen, und Sax trägt Bas aus dem Modul. Hebt sie zur medizinischen Bucht, und als der Flaum Sax zuwinkt, Bas auf das einzige Bett zu legen, das Sax selbst gerade verlassen hat, gehorcht Sax.

Später, als Bas Sax fragt, was er in dem Moment gedacht habe, warum er seine eigene Behandlung unterbrochen habe, um das zu tun, wozu jeder der beiden anderen Oratus mehr als fähig gewesen wäre, antwortet Sax, dass er gar nichts gedacht habe.

Instinkt.

Instinkt hatte sein Leben gerettet, und jetzt hatte er das Leben seines Partners gerettet.

Mit wenig Sauerstoff und bedeckt mit seltsamen Einstichen von den Ranken der Sevora, geht Bas direkt von der medizinischen Bucht des Shuttles in das Krankenhaus des Schiffes, als sie an Evvas Kommandoschiff andocken. Sax, selbst noch schwach, stützt sich auf Gar, während er zusieht, wie Bas, bewusstlos, präzise Aufmerksamkeit von einem Schwarm Roboter erhält. Erst als eines dieser Dinge, bedeckt mit Armen und Instrumenten, Sax mitteilt, dass Bas sich schließlich erholen wird, fühlt Sax, wie das Universum seine Schieflage korrigiert. Das Klingeln in seinen Ohren hört auf und zum ersten Mal, so scheint es, saugt Sax einen vollen Atemzug durch seine Kiemen.

Gar und Lan lachen dann. Ein fröhliches Zischen. Durch die durchsichtige Wand hinter ihnen blüht eine feurige Blume gegen den orangefarbenen Planeten auf. Das Saatschiff, ohne seinen steuernden Parasiten verlassen, stürzt in die Atmosphäre.

Noch eine Mission erfüllt.

KAPITEL 57

DIE RÜCKKEHR

ICH WACHE UMGEBEN von Kriegern und Priestern auf. Ignos geht auf wie jeden Tag meines bisherigen Lebens, aber wenn er jetzt auf mich scheint, wird mir gesagt, Ignos scheint auf eine Kaiserin. Eine Frau, die die Charre und Solare vereint hat. Die ihren Feind vertrieben hat. Die von Ignos selbst hört.

Anführer aus Dörfern und Stämmen nähern sich mir in einer Reihe, jeder verbeugt sich und bietet seine Gefolgschaft an. Malo klammert sich noch ans Leben, also steht Viera in meiner Nähe, die Hand an ihrer Waffe. Überraschung zeichnet sich auf den Gesichtern ab, als die Leute erkennen, dass meine engste Wache eine Lunare ist, aber im Moment kann ich nicht daran denken, mit all dem allein fertig zu werden. Ich weiß kaum, was ich sagen soll. Ich danke ihnen und spreche, was Ignos mir sagt.

Ignos drängt durch mich darauf, dass die Stämme ihre Loyalität schwören. Nicht den Charre, sondern mir. Auch das sorgt für Aufregung, aber wenn sie sich an die Wunder erinnern, stellt niemand es in Frage.

Ein Teil von mir wartet auf Vater. Hat er sich den

Lunare angeschlossen, als sie durch den Dschungel fegten? Sind die Jäger meines Dorfes hier in dieser Versammlung?

Aber sie tauchen nicht auf, und als die letzten Anführer ihre Schwüre leisten und beginnen, ihre Truppen nach Hause zu führen, bleibe ich an der Spitze einer Charre-Streitmacht zurück, die sich ebenfalls in Bewegung setzen muss. Je schneller wir nach Damantum zurückkehren, desto schneller erhält Malo bessere Versorgung.

Desto schneller, sagt Viera, können wir uns um Jakkan kümmern.

Wir beide verbringen den Rückmarsch zusammen, wobei ich in stiller Beratung mit Ignos bin, während Viera eine Geschichte nach der anderen erzählt. Die Frau scheint die Stille zu hassen, und jetzt, da ihre Krankheit ihr die Stimme zurückgegeben hat, lässt Viera sie nie ruhen. Mir machen die Geschichten vom Untergrund, den dunklen Höhlen und hohen Bergklippen nichts aus.

Wenn Ignos mich zuhören lässt, jedenfalls.

Der Gott ist beschäftigt. Er erzählt mir von Plänen, Dingen, die ich tun muss, um seine Gunst zu behalten, jetzt, da ich die Macht habe, sie umzusetzen. Zuerst kommen Becken, gefüllt mit seltsamen Mischungen aus Pflanzen und Mineralien. In Gebäuden untergebracht, wenn möglich. Dann werden Schmieden und Fabriken folgen. Massive Strukturen, die die Charre in einen unkenntlichen Zustand verwandeln werden. Ignos' Vision ist weitreichend, aber es ist eine Vision.

Ich habe meinen Weg hierher gefunden, an die Spitze eines Throns, den ich nie wollte, und die Sicherheit der Solare-Stämme garantiert. Mein Plan ist abgeschlossen. Ignos sagt mir, was als Nächstes kommt, und ich bin dankbar dafür. Nach zwei Tagen – die Verwundeten machen unsere Rückkehr zu einer langsamen – erscheinen die Mauern von Damantum. Als ich diese Mauern zum ersten Mal sah, verschlug es mir den Atem. Jetzt ist es Unruhe. Eine Übelkeit, die ich von vor dem Opfer kenne, von dem Moment, als ich zum ersten Mal als Priesterin zu meinem Dorf sprach.

Es werden bald Handlungen vollzogen, die ich nicht rückgängig machen kann.

Am Mittag erreichen wir die hoch aufragenden Tore von Damantum. Sie sind geschlossen, und Jakkan steht mit einer Gruppe von Priestern und neugierigen Bürgern oben und starrt auf mich herab.

Zerbrich ihn, Kaishi. Du kannst keine Bedrohungen für deine Macht dulden. Er hat versucht, dich zu töten. Uns.

„Haltet hier", verkünde ich. Ich möchte nicht, dass meine erste Handlung als Kaiserin ein Angriff auf meine eigene Stadt ist.

Ich gehe vor meine Truppen, und nur Viera folgt mir. Wir beide sind allein auf dem fahlen Gras, ein leichtes Ziel für einen Attentäter, obwohl ich glaube, dass Jakkan wirklich dreist sein müsste, um vor aller Augen anzugreifen.

„Jakkan", rufe ich. „Sag mir, warum die Tore meiner Stadt für mich verschlossen sind?"

„Die heilige Stadt öffnet sich nicht für Ketzer", antwortet Jakkan. „Du weißt, dass ich dich nicht zurückkehren lassen kann, Kaishi. Du weißt, dass die Quelle all deiner Kraft eine dunkle ist. Ohne die Bedrohung durch deine angeblichen Gaben hätten die Lunare unseren Kaiser nicht getötet. Sie wären unsere Verbündeten gewesen. Stattdessen treibst du uns in den Krieg und verdirbst die Stadt und ihre Menschen in deinem Streben nach Herrschaft."

„Ich versuche nicht zu herrschen", antworte ich.

Jakkans Worte überraschen mich. Es ist ein seltsames

Argument. Warum hätte ich gegen die Lunare kämpfen sollen, wenn es meine Absicht war, die Macht zu übernehmen? Als ich die Menschen auf der Mauer betrachte und zurück auf meine eigenen Truppen blicke, wird mir klar, dass Jakkan nicht mit mir spricht.

Bevor ich eine Antwort finde, wiederholt der Hohepriester seine Anschuldigungen und geht noch blumiger auf die vielen Gräueltaten ein, die ich begehen werde, um meinen Platz an der Spitze der Stadt zu sichern. Während er spricht, sehe ich die zwiespältigen Blicke meiner eigenen Armee, der Menschenmenge auf den Mauern.

Jakkan versucht mehr, als nur meinen Eintritt zu verhindern.

Er bekehrt mein Reich.

Du hast ein Dorf, eine Stadt und eine Armee inspiriert, Kaishi. Lass diesen Narren dir nicht im Weg stehen.

Ignos hat Recht.

„Dann sag mir dies, Jakkan", unterbreche ich. „Du sagst, die Wunder, die uns Ignos durch mich gebracht hat, seien das Werk des Bösen, doch sie haben die Lunare aus unseren Landen vertrieben. Sie haben den Kaiser gerächt. Sie retten jeden Tag das Leben unserer Menschen. Wie kann das böse sein?"

Jakkan öffnet den Mund, um mir zu widersprechen, aber ich rede weiter. Ich verstehe den Trick des Hohepriesters jetzt. Schwung aufbauen, das Publikum einbeziehen und niemanden von meinem Kurs abbringen lassen.

„Warum hat der Kaiser, der Heiligste der Heiligen, sich entschieden, mich mitzunehmen statt dich?" Ich lasse meinen Blick über die Gesichter der Menge schweifen, suche so viele Augen wie möglich. „Vielleicht war es, weil du illoyal warst. Weil er dir nicht vertraute, dass du die wahren Worte von Ignos hörst. Du, der Attentäter geschickt hat, um mich zu töten."

An Jakkans Gesicht erkenne ich, dass ich Recht habe.

„Lügen. Lügen und Verleumdung, die diese Neuankömmling über mich verbreitet. Sie ist nicht einmal selbst eine Charre. Sie ist eine Solare! Nicht eine von uns!" Jakkan hebt beschwörend die Arme zur Menge. „Steht zu mir und vertreibt diese Usurpatorin, diese Hexe, die droht zu-"

Ein vertrauter Knall hallt über die Ebene. Der Schuss trifft Jakkan in die Schulter, und der Hohepriester taumelt von der Brüstung zurück und verschwindet aus dem Blickfeld.

Viera, ihre Pistole gezogen, zuckt mir gegenüber mit den Schultern. „Dachte, er hat dich ganz schön beschimpft. Das gefiel mir nicht."

KAPITEL 58

DIE NÄCHSTE MISSION

BEI SAX IST die Versetzung in den medizinischen Arrest die schlimmste Form der Bestrafung. Er hatte sich verletzen lassen – genauer gesagt, von einem Fassoth übel zugerichtet – und ist nun im medizinischen Flügel von Evvas Schiff untergebracht. Die Heilung hat dabei nicht mal Priorität – Sax erduldet Stiche und Untersuchungen, Injektionen und Kontrollen, um festzustellen, ob der Kontakt mit einer ausgewachsenen Sevora seltsame Folgen haben könnte.

Deshalb ist Sax auch nicht überrascht, als sich die Tür zu seinem Quarantäneraum ohne Vorwarnung öffnet. Der Raum besteht aus einem Bett, einem Tisch und einem Oratus-ausgestatteten Stuhl. Sax beobachtet die Übertragung der Schlacht – die sich dem Ende zuneigt, wobei sich die Schiffe entweder zurückziehen oder Trümmer beseitigen – auf einem Viertel der Wand, die als Bildschirm dient.

„Sax, du bist freigegeben", erklärt Evva, deren karmesinrote Schuppen im Licht glänzen, als sie den Raum betritt. Es ist eng mit ihnen beiden drin, und sie schwingen ihre Schwänze herum, bis sie eine freie Stelle zum Landen finden. „Bas erholt sich allerdings noch, aber wir können nicht auf sie warten, bevor wir uns bewegen. Dank des Überläufers wissen wir jetzt, dass dies nicht das war, worauf wir gehofft hatten. Es gibt noch mehr Sevora-Schiffe da draußen, Sax, und jetzt wissen wir, wo sie sind."

„Überläufer?"

„Der infizierte Oratus, Avan", Sax bemerkt Evvas Blick hinter sie, bevor sie seinen Namen sagt.

Sie prüft, ob jemand lauscht.

„Hier sind Kameras, Kommandantin", sagt Sax. „Aber niemand wird sie überprüfen, wenn nichts Ungewöhnliches passiert."

Evva bleibt angespannt, ihre Klauen verkrampft, aber sie fährt fort: „Er liefert sehr interessante Informationen, die ich gerade verifiziere. Die Implikationen, Sax, könnten enorm sein, und ich sage dir das aus einem Grund: Ich vertraue dir, und nur wenigen anderen."

„Er wollte die Sevora retten", erwidert Sax. „Was erzählt er dir?"

„Dass es vielleicht noch einen Grund gibt, unsere Hand zurückzuhalten", zischt Evva. „Natürlich könnte er sich irren, und wenn dem so ist, werde ich seine Hinrichtung mit Vergnügen persönlich durchführen."

„Du wirst es mir nicht sagen, oder?"

„Zu viele Ohren, Sax. Aber ich bin nicht hergekommen, um über Avan zu sprechen. Ich habe gewöhnlichere Befehle für dich. Wir haben von einem Keim erfahren, der auf einem Planeten gelandet ist, von dem bekannt ist, dass er intelligentes, wenn auch noch nicht erwecktes Leben beherbergt. Wir möchten lieber nicht, dass die Sevora die Welt vollständig korrumpieren."

Sax lehnt sich auf dem Bett zurück. Betrachtet seine

Klauen. „Ich bin kein Säuberer. Es gibt viele andere, weniger erfahrene, die das tun könnten. Warum ich?"

Evva kommt näher, legt eine bekrallte Hand auf Sax' Schulter, beugt sich vor und flüstert: „Weil ich dich lebend brauche, Sax, für das, was als Nächstes kommen könnte. Dich von der Front fernzuhalten, ist der einfachste Weg, das zu erreichen, und dieser Auftrag dient als plausible Ausrede."

Evva richtet sich auf und verkündet laut: „Ich weiß, es ist nicht der Auftrag, den du wolltest, aber die Flotte bewegt sich schnell, und wir haben keine Zeit, auf deine Genesung zu warten. Diese Mission wird ein einfacher Weg sein, dich wieder in den aktiven Dienst einzugewöhnen. Bas auch."

Sax, dem wenige Optionen bleiben, steht auf, als Evva sich anschickt, den Raum zu verlassen.

„Ich werde die Mission nach bestem Können erfüllen, Kommandantin."

„Wie immer, Sax. Ich ehre dein Leben." Evva verbeugt sich, während sie die formellen Worte spricht.

„Es ist mir eine Ehre, es zu geben." Sax verbeugt sich ebenfalls, und dann ist Evva verschwunden.

KAPITEL 59

KAISERIN

WEISS ICH, was es bedeutet, eine Kaiserin zu sein? Die Charre zu führen, nicht mein eigenes Volk, obwohl ich kaum siebzehn Sommer alt bin?

Nein.

Aber ich habe einen Gott, der durch mich spricht. Ich habe ein Armband voller Wunder. Und als ich die Gemächer der Vaos verlasse, skandiert eine begeisterte Menge meinen Namen. Sie versprechen, dass jeder meiner Befehle ausgeführt wird. In den Tagen nach meiner Rückkehr präsentierte ich den Ältesten von Damantum kleine Wunder, die der Cache hervorgebracht hatte.

Einen nach dem anderen beeinflusste ich ihre Meinungen mit medizinischen Salben, Plänen für neue, persönliche Wunder und in einigen Fällen mit Gold und Artefakten, die Jakkan, der unter dem schwarzgläsernen Messer sein Schicksal gefunden hatte, zurückgelassen hatte. Als die Zeit kam, einen neuen Anführer für Damantum zu wählen, wagte niemand sonst, seinen Namen einzureichen.

Zu meiner Linken steht meine persönliche Wache, eine Lunare namens Viera. Ihre alten, zerschlissenen Kleider wurden durch den feinsten Charre-Umhang und -Stoff ersetzt. Grün, wie meine eigenen. Zu meiner Rechten steht der Anführer meiner Armeen, obwohl Malo vorerst von einem Paar Löwenkrieger aufrecht gehalten wird.

Gemeinsam blicken wir über meine Stadt, über die Mauern zu den weiten Feldern, wo die Veränderungen bereits beginnen. Schwarzer Rauch steigt auf, donnernde Feuer brennen tief; neue Wunder werden geboren.

Alles unseres, Kaishi. Alles unseres.

Kaishi umarmte die Gaben, die die Sevora ihr schenkten, doch zur Kaiserin zu werden, hat die Art von Aufmerksamkeit auf sich gezogen, die mit Krallen einhergeht.

Setzen Sie das Abenteuer fort Geistesauge, Die Himmelwärts Saga Buch Zwei!

DANKSAGUNG

Dieser Roman ist das Ergebnis davon, dass meine Familie und Freunde einen Traum nicht sterben ließen. Meine Frau Nicole, die mir erlaubte, früh morgens zu schreiben und dafür sorgte, dass ich nicht verhungerte. Meine Brüder und Eltern für ihre ständigen Kommentare, ihre Unterstützung und ihren Enthusiasmus.

Und natürlich dir, dem Leser, dafür, dass du mir einen Grund zum Schreiben gibst.

A.R. Knight spinnt seine Geschichten in einem frostigen Haus in Madison, WI, das hauptsächlich von zwei Katzen bewohnt wird. Nachdem er während der Wirtschaftskrise 2008 in den Arbeitstrott geraten war, fand er sich in langweiligen Meetings wieder, in denen er gedanklich durch den Weltraum schwebte und große Abenteuer erlebte.

Schließlich, nach einiger Zeit mit Podcasting, Drehbüchern, Kurzgeschichten und anderen Romanen, fand er eine Geschichte, in die er eintauchen konnte, und eine Reihe von Charakteren, die sowohl unterhaltsam als auch herzerwärmend waren.

A.R. Knight plant, in andere Welten zu springen und neue Geschichten zu erzählen, die in den grenzenlosen Weiten unserer Vorstellungskraft entstehen.

Wie immer, danke fürs Lesen!

Für weitere Informationen:
www.adamrknight.com

Für Nicole